Arden Rheer

2091 Deine Zukunft

Die fünfunddreißigste Stadt

Zukunftsroman

Arden Rheer

2091 Deine Zukunft

Die fünfunddreißigste Stadt

Zukunftsroman

1. Auflage

Dieses Buch enthält Schimpfwörter, Szenen mit gewalttätigen und tödlichen Handlungen. Auch gibt es diverse Beschreibungen sexueller Handlungen.

Die Handlung des Romans und alle beschriebenen Personen sind frei erfunden. Jegliche Ähnlichkeit zu lebenden oder realen Personen wäre rein zufällig.

Impressum

Bibliografische Information der Deutschen Nationalbibliothek:
Die Deutsche Nationalbibliothek verzeichnet diese Publikation in der
Deutschen Nationalbibliografie; detaillierte bibliografische Daten sind im
Internet über http://dnb.dnb.de abrufbar.

© 2024 Arden Rheer

Korrektorat: Alina Schunk

Coverdesign: Robin Reher

Verlag: BoD • Books on Demand GmbH, In de Tarpen 42, 22848 Norderstedt

Druck: Libri Plureos GmbH, Friedensallee 273, 22763 Hamburg

ISBN: 978-3-7693-0484-8

www.arden-rheer.de

Dieses Buch widme ich all meinen Freunden.

Freundschaft ist ein bisschen wie ein Buch...
Es gibt Freunde für nur eine Seite, andere für ein ganzes Kapitel.
Und dann gibt es noch Freunde, die während der ganzen
Geschichte mit dabei sind!
(Verfasser unbekannt)

Meine ganz persönliche Ergänzung:
Manche Freunde sind nicht ein einziges Wort wert.

Mein Dank gilt meinem Neffen Robin, der wieder einmal ein tolles
Buchcover erschaffen hat. Auch ihm habe ich, neben meinem
Sohn, einen eigenen Charakter in diesem Buch gewidmet.

Arden

Vorwort   10

Prolog   11

Doug Beauforts neuer Begleiter   13

Crew Meeting   18

Steven   26

Ein neues Team   34

Reyko O´Hara   40

Ein erster Konflikt   45

Teambuilding   63

Konfrontation   75

Crew-Meeting   78

Reyko und Raptor   84

Aufbruch   88

Ein gemeinsames Wochenende   92

City 35 (Part 1)   100

Das Verhör   106

City 35 (Part 2)   111

Crewbasis 12   121

City 35 (Part 3)   126

Spurensuche 133

Gemeinsam gegen die „ZM" 136

Annäherungsversuche 144

Die Sturmkatastrophe 151

Aufräumarbeiten 165

Ein vermeintlicher Plan 178

Im Wandel der Zentralen Macht 188

City 35 (Part 4) 194

Doug, Reyko und Raptor 215

City 35 (Part 5) 220

Kontakt 230

City 35 (Part 6) 238

Ratlos 247

Ein Schritt zu spät 256

City 35 (Part 7) 260

Arrest (Part 1) 264

Arrest (Part 2) 276

Crew-Basis 283

Arrest (Part 3) 289

Verbindung   298

Arrest (Part 4)   301

Flucht   306

Nachtrag   310

Vorwort

Diese ist der zweite Teil meiner Trilogie der Antarfari-Crew, die mit dem Band **„2090 Deine Zukunft-Die Antarfari-Crew"** beginnt. Es werden in kleinen Rückblendungen die Ereignisse des ersten Bandes erzählt, daher ist es nicht unbedingt notwendig den ersten Band gelesen zu haben. Für das vollständige Eintauchen in die Story, die im Jahr 2090 startet, sollte man aber mit dem ersten Band beginnen. Viel Spaß dabei!

Arden Rheer

Prolog

Sein Herz, welches eine Zeitlang stillgestanden hatte, begann langsam wieder zu schlagen. Sein Gehirn, welches sich in einen traumlosen Dämmerungszustand geflüchtet hatte, versuchte sich neu zu ordnen. Im Hintergrund nahm er ein leises, aber vertrautes Motorengeräusch wahr. Eine Vibration übertrug sich von einer kalten und zugleich harten Unterlage auf seinen durchtrainierten Körper. Die Lunge meldete akuten Sauerstoffmangel und gab damit ein dringendes Signal, endlich aufzuwachen. Sein Geruchssinn kam zurück und nahm einen intensiven Gummigeruch wahr. Benommen öffnete er seine Augen, konnte aber nichts sehen. Seine Nase berührte einen harten, derben Stoff, das Atmen fiel ihm schwer. Er benötigte dringend Luft, sonst würde er in eine Ohnmacht fallen oder ersticken. Mühsam schaffte er es, den Kopf nach links zu drehen. Etwas Licht drang durch eine grob perforierte Naht. Langsam schob er seinen Mund nah an diese Naht, die sich als ein Reißverschluss erwies. Gierig sog er die Luft ein, bis sich seine schmerzende Lunge beruhigte. Noch einmal atmete er ein und drehte dann den Kopf langsam nach rechts. Wieder streifte seine Nase diesen harten, nach Gummi riechenden Stoff und auch dort nahm er Licht wahr. Langsam wurde er sich seiner Situation bewusst.

Sein Gehirn versuchte die neuen Eindrücke zu verarbeiten, schaffte es aber letztendlich nur halbwegs. Er lag auf einer Art Tisch und war mit Gurten fixiert. Er konnte sich an nichts erinnern, was City Zwölf geschehen war, aber vermutlich steckte er in einem Leichensack und war auf dem Weg zur eigenen

Beerdigung. Er überlegte, ob er sich bemerkbar machen sollte, als er Stimmen hörte. Er beschloss, erstmal ruhig zu bleiben und wartete ab. Die Personen kamen näher und dann öffnete jemand den Reißverschluss seines Leichensacks. Ein kühler Hauch frischer Luft ließ ihn tief einatmen; als ein grelles Licht eingeschaltet wurde, musste er blinzeln, doch er wusste nun wo er sich befand. Er lag in einem Transport-Jetcopter, daher kannte er die Geräuschkulisse und auch die Vibrationen, die er nun stärker wahrnehmen konnte.

Langsam gewöhnten sich seine Augen wieder an das Licht und er erkannte einen Mann, der ihn kalt ansah und höhnisch sprach:

„Willkommen zurück im Leben, Steven Gatzo!"

Doug Beauforts neuer Begleiter

Doug Beaufort erwachte in seinem Luxusapartment und fühlte sich unglaublich fit. Selten war er so schnell aufgestanden wie an diesem frühen Morgen. Es schaute auf seinen Multimedia-Screen, um seinen Zugang auf neue Nachrichten zu prüfen, aber sein Posteingang war merkwürdigerweise leer. Irgendwie kam ihm seine ID, die am oberen Rand des Screens eingeblendet war, verändert vor. Konnte aber nichts Ungewöhnliches feststellen und somit schob er es ein wenig auf sein Alter. Obwohl Doug körperlich sehr fit war, fühlte sich der Mann mit seiner kräftigen Statur doch manchmal schon etwas alt. Heute war das anders und er ließ den gestrigen Tag noch einmal Revue passieren. Er war zu einem Gespräch zur „Zentralen Macht" eingeladen gewesen. Man hatte über diese „Antarfari-Crew" diskutiert und er hatte die Aufgabe bekommen, die Crew zu finden und dingfest zu machen.

Danach war Doug durchaus positiv gestimmt wieder heimgeflogen und in ihm ist der Wunsch nach einem Hund entstanden. Heute wollte er einen bei der „ZM" beantragen, das sollte kein Problem sein, denn er hatte den notwendigen Rang dafür. Er tippte schnell eine kurze Anfrage an die „ZM" und beschloss, frühstücken zu gehen. Er machte sich auf den Weg zum *Sunset*, gemütlichen Strandbar, in der man auch gut essen und eben auch frühstücken konnte. Im *Sunset* angekommen, bestellte er sich ein deftiges Frühstück und dachte nach. Früher war er oft hier zusammen mit seinem Schützling Steven gewesen, dieser wurde jedoch vor kurzem eliminiert. Steven hatte eine Prostituierte umgebracht und somit war klar, dass er für sein

Handeln zur Verantwortung gezogen worden war.
Komischerweise machte es Doug Beaufort überhaupt nichts aus,
völlig empathielos dachte er noch kurz an Steven, um sich dann
wieder auf den Hund zu freuen. Er hielt seine Hand kurz über
dem im Tisch eingelassenen Multimedia-Screen und automatisch
wurde er über seinen implantierten Chip mit seinem Postfach
verbunden. Auf dem Multimedia-Screen blinkte das
Nachrichtensymbol und er klickte darauf.

Doug Beaufort
ID 825202776t
Aktueller Rang Master (Elite 10)
City Zwölf
Quadrant unter Geheimhaltung
Gebäude unter Geheimhaltung
Apartment unter Geheimhaltung

Aktuelles KTO-Gesamtguthaben 640.100,- Globar

Sie haben zwei Nachrichten:
1. Nachricht 02.09.2090, 09:34 Uhr

> Ihr Antrag auf einen Hund wurde stattgegeben.
Nachricht Ende <

2. Nachricht 02.09.2090, 10:12 Uhr
Absender: „ZM"

> Die „ZM" wird ihnen um 14:00Uhr einen Hund mit
programmierter Grundausbildung zustellen.
Nachricht Ende <

Doug nickte zufrieden vor sich hin und schaltete den Screen
wieder ab. Er hatte noch etwas Zeit und nahm sich vor, noch ein
wenig über die Strandpromenade zu flanieren, bevor er in sein
Luxusapartment zurückkehren würde. Positiv gestimmt fiel Ihm
auf, dass viele junge Frauen an diesem Tag auf der
Strandpromenade waren. Doug hatte keine Partnerin und er
wollte auch keine, seine Bedürfnisse konnte er auch auf anderem
Wege befriedigen. Es war Gang und Gäbe, dass in bestimmten
Kreisen Prostituierte beziehungsweise Escort-Damen zur
Verfügung standen und Doug konnte es sich leisten, dieses
Angebot regelmäßig zu nutzen.
Gegen 13:30 Uhr erreichte er sein Apartment und pünktlich um
14:00 Uhr wurde ihm der Hund von einem Boten in einer großen
Transportbox zugestellt. Der Hund namens „Raptor" begrüßte
sein neues Herrchen freudig; er war bereits auf Doug Beaufort
konditioniert worden. Eine Leine war nicht notwendig, Hunde der
„ZM" waren gut programmiert und wussten was von ihnen
verlangt wurde. So zumindest, stand es im beigefügten
Übergabeprotokoll und niemand würde das anzweifeln. Der grau
gefleckte, normal groß gewachsene Hund mit einer Schulterhöhe
von knapp 45cm war von der üblichen Rasse auf Antarfari, es gab
nur diese eine, bei der das Gehirn manipuliert und
umprogrammiert wurde. Trotzdem war er ein vollwertiger Hund
und konnte sein eigenes Wesen entwickeln. Doug lief mit dem

Hund an seiner Seite zum Auslaufgehege, welches sich auf dem Dach seines Apartmentblocks befand. Raptor ließ sein neues Herrchen nicht aus den Augen und parierte jeden Standartbefehl mit Bravour. Beaufort war zufrieden, genauso hatte er sich das vorgestellt. Doug beschloss wieder zurück zum *Sunset* zu gehen und den Tag ruhig ausklingen zu lassen. Am *Sunset* angekommen gingen die Multimedia-Screens jedoch selbstständig in eine Art Alarmmodus. Eine Sturmwarnung wurde gemeldet, die Bewohner wurden aufgefordert unverzüglich in ihre Unterkünfte zurück zu gehen.

„So ein Mist!"
Doug verfluchte die ständigen und immer häufiger auftretenden Stürme, die auch immer schlimmer wurden. In wenigen Stunden würde Antarfari wieder einer roten Hölle gleichen. Er mochte zwar das Schauspiel, wenn der rote Sand durch die Gassen Antarfari´s fegte, aber dieser angeordnete Hausarrest war ihm zuwider. Er folgte nicht gern Befehle, er war der Mann, der Befehle gab. Aber widersetzen würde ganz schlecht bei der „ZM" ankommen und das wollte Doug unbedingt vermeiden. Also ging Doug mit seinen neuen Kumpanen „Raptor" zurück zum Apartment und beschloss, den Abend ruhig zuhause bei einer Flasche Whiskey zu verbringen.

Gegen 18:00 Uhr verdunkelte sich die Sonne und die Vorboten des Sturms machten sich bemerkbar. Das Meer an der sonst so belebten und nun menschenleeren Strandpromenade baute sich mehrere Meter hoch auf und umspülte bereits die äußeren

Tischreihen des *Sunset*. Ein dumpfes Grollen erklang durch die Häuserschluchten und dann erreichte der rote Wüstensand wieder einmal die Stadt. Letzte Kontrolldrohnen verschwanden schleunigst in ihre Stationen zurück, die Überwachung der Stadt erfolgte nun nur noch über Kameras und natürlich über den ständig präsenten, aber unsichtbaren Satelliten. Sämtliche Bewohner wurden mittels eines eingesetzten Chips geortet und überwacht. Alle Bewohner haben die angeordnete Sturm-Quarantäne eingehalten, die „ZM" war zufrieden.

Nach gut vier Stunden ließ das Grollen und damit der Sturm wieder nach. So schnell er gekommen war, so schnell war er auch wieder verschwunden. Seine Hinterlassenschaften waren eine gut 20 cm hohe Sandschicht in den Gassen, die in manchen Ecken schnell über ein Meter erreichte. Säuberungsrobots fuhren, wie immer nach solch einem Sturm, die Gassen systematisch ab und befreiten nach und nach die City 24 von unerwünschtem Sand. In letzter Zeit häuften sich die Stürme, doch niemand der Bewohner sorgte oder kümmerte sich darum; die „ZM" wird schon wissen, wie man damit am besten umgeht.

Crew Meeting

Salem Rinasto saß bereits zusammen mit Wilson, Ron Martines und Brandon im geheimen Bunker, der Crewbasis 12, als Sam Docker mit seiner Partnerin Sue Walker aus dem Fahrstuhl traten, der direkt in die Geheimzentrale der Antarfari-Crew führte.

Ron lächelte und schaute fragend in die große Runde; alle nickten und somit war klar, dass alle erstmal ein Bierchen zur Begrüßung trinken wollten. Alle außer Wilson, der bereits wie immer seine Limo vor sich stehen hatte. Nachdem man sich gegenseitig zugeprostet hatte und alle den ersten Schluck genommen hatten, begann Salem noch einmal zusammenzufassen.

Sie hatten gute Untergrundarbeit geleistet und einen Werbefilm über sogenannte Retirement-Homes gehackt und so den wahren Hintergrund dazu aufgedeckt. Da ältere Menschen auf dem Kontinent Antarfari nicht mehr produktiv waren und nur Ressourcen verbrauchten, sollten diese unauffällig beseitigt werden. Ein unauffälliger Massenmord war die Strategie der Zentralen Macht, die durch den gemeinsamen Einsatz der Antarfari-Crew vereitelt wurde. Eine Zeitlang waren sämtliche Übertragungen der TV-Sender gestört worden. Inzwischen lief der Sendebetrieb wieder, jedoch ohne den makabren Werbefilm für Retirement-Homes, der lediglich dazu diente, die alten Menschen aus der Stadt zu bekommen. Die Bewohner der Stadt hatten kurz aufbegehrt, aber man hatte nie gelernt, sich gegen die „ZM" zu wehren, oder besser gesagt, Widerstand gegen die „ZM" und deren Gesetzgebung zu leisten. So war wieder Ruhe in die Stadt zurückgekehrt und niemand interessierte sich mehr für die vergangenen Gegebenheiten.

Es war eine friedliche, heile Welt …

Sam schaute in die Gesichter der Crew-Mitglieder, jeder war sichtlich stolz darauf, dazu zugehören, obwohl die Gefahrenlage seit der Werbefilmaktion sich enorm verschärft hatte. Man traute nur noch den Crew-Membern und sprach mit niemandem außerhalb der Antarfari-Crew ein Wort über die „ZM" und deren hinterhältige Pläne. Man traf sich einen Tag nach dem Sturm, zu verräterisch wären Fußspuren zu dem geheimen Fahrstuhl am Einkaufscenter gewesen. Inzwischen war die City Zwölf wieder vom roten Sand befreit und alles ging seinen gewohnten Gang.

Ron stand auf, nahm dabei noch einmal einen tiefen Schluck aus der Flasche Bier und fragte offen in die Runde:

„Wie machen wir weiter?"

Sam nickt kurz Ron zu und stand selbst auf, strich Sue das lange, blondgelockte Haar zur Seite, legte dann eine Hand auf ihre Schulter und sprach:

„Wir haben viel erreicht, aber wir sehen, dass die Bewohner sehr schnell zu ihren alten Gewohnheiten zurückgekehrt sind, das birgt die Gefahr, dass die „ZM" sehr schnell mit etwas Neuem um die Ecke kommen könnte. Wir sollten proaktiv agieren und nicht auf neue Gegebenheiten reagieren. Wir sollten die *City 35* ins Auge fassen und auf alles gefasst sein. Wilson, hast du irgendwelche Neuigkeiten für uns?

Der angesprochene Wilson verschluckte sich an seiner Limo und lief kurzzeitig rot an. Die gesamte Crew lächelte, man wusste das Wilson nicht gern im Rampenlicht stand und gab ihm die Zeit sich zu sammeln. Eine knappe Minute später war er dann bereit, zeigte noch einmal die Koordinaten auf einer ausgebreiteten Karte und startete einen Beamer um eine Luftbildaufnahme der ansonst unbekannten *City 35* an die Wand zu werfen. Diese war nirgendwo vermerkt und auch nicht mit dem Streckennetz der Highspeedmonorailbahn verbunden. Es gab keinerlei Dokumentationen und die einzigen Hinweise über die Existenz hatte Wilson umständlich aus den Servern der „ZM" gehackt.

Niemand der Crew wusste, ob es diese geheime Stadt nun wirklich gibt, oder ob sie auf einen Fake reinfallen würden. Ron, der sich inzwischen gesetzt hatte, sparte sich das aufstehen und meinte trocken:

„Ich werde der Sache auf den Grund gehen. Nun, wer will mit?"

Wilson schaute konzentriert auf die Projektion, aber jeder wusste, dass Wilson sich am liebsten in der Crewbasis 12 aufhielt und nicht in die Öffentlichkeit wollte. Sam schaute kurz zu Sue, die leicht die Stirn runzelte, was Sam etwas irritierte. Trotzdem äußerte er sich selbstsicher:

„Ich bin auf jeden Fall dabei."

Sam schaute zu Salem und Ron, welche beide nickten und dann zu Sue, die nun leicht erbost zu Sam rüber schaute. So hatte Sam seine Sue noch nicht gesehen.

„Da gibt es wohl Redebedarf", dachte er sich. Und er sollte recht behalten...

Ron übernahm wieder und legte fest, dass Sam gemeinsam mit Salem und Ron selbst die Koordinaten der *City 35* aufsuchen sollten, um dann auszuspähen, wie sich die Lage dort vor Ort darstellt. Das war kein ungefährliches Unterfangen, das war jedem Anwesenden der Crew bewusst, aber sie wollten nun aktiv werden und nicht wieder einen Schritt hinter der „ZM" sein. Auch blieben den Teilnehmern der Mission nur eine Stunde Zeit, dann mussten sie wieder beim Highspeedmonorail sein. Ansonsten würde die „ZM" auf die fehlenden ID's aufmerksam werden. Der Rest der Crew würde dem üblichen Tagesgeschehen nachgehen, um so unauffällig wie möglich zu sein.

Salem und Ron schauten sich die Koordinaten noch einmal an. Eine Highspeedmonorailbahn verlief in etwa 5 km nahe der vermutlichen *City 35*. Einen direkten Einsatz mit einem Jetcopter wäre zu gefährlich, denn diese wurden durch den Satelliten überwacht. Außerdem war es in der Vergangenheit zu Kontrollen durch Sicherheitspersonal der „ZM" gekommen. Das Risiko war zu groß, sie mussten unbemerkt an einem Servicepoint kommen und von dort ihre Mission starten. Der beste Weg war, einen Fehler an einem Servicepunkt in der Nähe zu provozieren, damit ein Techniker vor benötigt wurde. In diesem Fall würde das Crewmitglied Brandon sein, der mit einem Jetcopter dorthin bestellt werden könnte. Ron schaute zu Wilson, der machte sich an das von ihm manipulierte Terminal, welches mit einer unbekannten ID versehen war und gab nach knapp drei Minuten bekannt:

„Ausfall Elektronik Turnover-Point 44, Trasse City Zwölf Richtung City 32, Trassenseite B, übermorgen um 10:00 Uhr. Techniker via Jetcopter erforderlich. Uuund ENTER!"

Stolz schaute Wilson in die Runde und Ron schüttelte nur den Kopf:

„Wilson, du bist unglaublich!"

Damit stand die Planung für die Mission zum Besuch der Koordinaten der unbekannten *City 35*. Man würde zirka 20 Minuten in Richtung der Koordinaten laufen, auskundschaften, wie sich die Lage dort ergibt und dann schleunigst zur Bahn zurückeilen.

Es wurde wieder Zeit den sicheren Bunker zu verlassen, die „ZM" überwachte die ID´s der Bewohner kontinuierlich und wenn eine ID mehrfach nicht erkannt werden konnte, konnte man sich sicher sein, dass Sicherheitsmitarbeiter auf die Suche gehen würden. Das galt es zu vermeiden und so machten sich Sam und Sue gemeinsam wieder an die Oberfläche, da die beiden noch ihre originalen ID´s besaßen während die anderen Crewmitglieder umprogrammierte Chips in ihren Unterarmen besaßen, die der „ZM" unbekannt waren und deshalb nicht abgefragt wurden.

Die beiden gingen durch die geheime Tür am Einkaufscenter und gingen Richtung Strandpromenade. Überall waren noch Aufräumarbeiten im vollen Gange und das *Sunset* war noch geschlossen. Tische und Bänke waren weit verstreut und teilweise durch den Sturm zerstört worden. Sam nahm Sue an die

Hand und die beiden gingen eine gute Stunde der Promenade entlang. Erst dann konnten sie sich sicher sein, dass die „ZM" ihre ID´s gecheckt hatte. Sam deutete auf eine einsame Bank und Sue nickte unauffällig. Beide setzten sich und legten die von der Antarfari-Crew entwickelten Armbänder, die wie modische Accessoires wirkten an. Dieses recht fein gravierte Schmuckstück aus einer speziellen Edelstahllegierung, verhinderte das die beiden abgehört werden konnten. Allerdings wurde hierbei auch ihre ID unterdrückt, deshalb durfte man die Armbänder nicht länger als eine Stunde verwenden.

Aus Sue sprudelte es nur so heraus:

„Wie konntest du diesem Einsatz einfach so zustimmen? Nicht ein Wort haben wir vorher darüber gesprochen! Du warst doch erst auf einem gefährlichen Einsatz! Ich bin stinksauer auf dich!"

Zornig schaute sie Sam in die Augen und dieser schluckte. Das war mal eine Ansage. Er erinnerte sich an seinen Einsatz, bei dem er einen Fluchttunnel inspiziert hatte, um für mehrere, die nun die integrierten Crewmitglieder Brandon, Mastif, Wilson und Leeroy, die Flucht aus einem Wüstengefängnis zu ermöglichen. Er wurde kurz darauf von Doug Beaufort in Begleitung von seinem damaligen Kumpel Steven Gatzo an einem Turnover-Point aufgesucht und zu dem Fluchttunnel befragt. Hier konnte er überzeugend den Unwissenden spielen, ob das immer so gut klappt, ist ungewiss. Steven hatte sich als Verräter entpuppt und war, weil er einen Mord an einer Prostituierten begangen hatte, durch die „ZM" eliminiert worden.

Nun sah Sam in das Gesicht seiner aufgebrachten
Lebensgefährtin und versuchte seinerseits ruhig zu bleiben, um
eine drohende Eskalation zu vermeiden. Dies gelang nur bedingt,
denn bevor er überhaupt etwas sagen konnte, redete Sue weiter
auf ihn ein.

„Der Beaufort hat dich eh schon im Visier, du wirst der nächste
sein, den die „ZM" aufmischen wird, da bin ich mir ganz sicher!"

„Sue, beruhige dich. Es ist doch praktisch nur eine kleine
Wanderung in der Wüste, um zu sehen, ob die *City 35* existiert.
Wir werden noch nicht einmal bis an die Stadtgrenze
herankommen."

Sue Gesichtsausdruck blieb unverändert und wortlos nahm sie ihr
Armband ab, was so viel bedeutete, dass das Gespräch damit
beendet war. Auch Sam nahm sein Armband ab und beide gingen
wortlos zu ihrem Apartment, welches Doug Beaufort ihnen für
die von Sam geleisteten Dienste vermittelt hatte. Sie fühlten sich
beide sehr wohl dort, hatten sie doch einen riesigen Balkon mit
einer tollen Aussicht auf die Stadt, auf dem sie schon viele
schöne Abende mit ihrem Freund Civer verbracht hatten. Heute
würde zu Hause Funkstille herrschen, dessen war Sam sich sicher.
Daher bog er unterwegs wortlos in Richtung Einkaufscenter ab
und kaufte sich noch etwas Fingerfood und eine Flasche Wein. Er
würde es sich heute Abend allein auf dem Balkon gemütlich
machen. Leider hatte er den Sturm vergessen, denn er benötigte
zu Hause angekommen, erst einmal eine Weile, um die
Loungemöbel vom Wüstensand zu befreien. Sue hatte sich zu
einer Freundin verzogen und so blieb Sam den Abend über allein.

In Ruhe konnte er seine Lage analysieren und kam zu dem
Entschluss, dass er der Sache dienen musste. Es war wichtiger,
die Menschheit über die „ZM" aufzuklären, als händchenhaltend
mit Sue über die vermeintlich friedliche Promenade zu wandern.
Nachdem er das aufgewärmte Fingerfood und die halbe Flasche
Wein verdrückt hatte, schlief er direkt auf der Lounge ein und
wachte erst gegen Morgen wieder auf. Sue hatte ihn nicht
geweckt, sondern einfach liegen lassen. Zu groß war ihr Groll,
über die nicht mit ihr abgestimmte Mission.

Steven

Noch immer benommen registrierte Steven, dass der Jetcopter gelandet war und er in einen kühlen, grauen Raum geschoben wurde.

Der Mann, der Steven während des Fluges begrüßt hatte, erschien und drückte ihm eine Injektionspistole an den Hals. Steven vernahm ein leises metallisches Klicken und dann schoss eine wärmende Flüssigkeit in seine Halsschlagader. Steven registrierte, wie sich sein Herzschlag steigerte und er sich wesentlich besser fühlte als kurz zuvor.

Seine Erinnerungen kamen zurück; Erinnerungen an die Männer des Sicherheitsdienstes, welche sein Apartment gestürmt hatten und ihn sofort eliminiert hatten, vermeintlich, denn er lebt ja noch. Auch erinnerte er sich an Jeanette, die Escort-Dame die er sich mittels Drogencocktails gefügig gemacht hatte und die sich bei einem unglücklichen Sturz auf seinem Wohnzimmertisch das Genick gebrochen hatte, was der eigentliche Grund für seine Eliminierung war.

Der Mann, der ganz in weiß gekleidet war, legte die Injektionspistole auf einen Tisch an der Seite und öffnete den schwarz gummierten Leichensack von Steven nun ganz. Monoton sprach er:

„Sie dürfen jetzt aufstehen Steven Gatzo. Ziehen sie die zur Verfügung gestellte Kleidung an und warten sie, bis sie abgeholt werden."

Ohne Steven eines weiteren Blickes zu würdigen, wandte sich der Mann um und ging durch eine sich automatisch öffnende Tür aus dem Raum. Steven richtete sich vorsichtig auf, aber der Kreislauf des durchtrainierten Mannes war wieder intakt, so dass er vom metallenen Rolltisch stieg um sich die bereitgelegte, schwarze Kleidung anzuziehen, die etwas an die Anzüge der Sicherheitsmänner der „ZM" ähnelte. An der Wand stand ein Tisch, auf dem ein Teller mit Vitaminriegeln und etwas Obst stand. Steven setzte sich auf den davorstehenden Stuhl und aß zuerst einen der Riegel, der ihm aber nur mäßig schmeckte. Daher nahm er sich etwas Obst und wartete auf die Dinge, die nun noch kommen würden. Er war gespannt, was ihn noch erwarten würde. Er stand auf und ging ein wenig in dem nüchternen Raum auf und ab, um wieder gelenkig zu werden. Auch versuchte er sich der Automatiktür zu nähern, die sich aber nicht öffnete. Einen Griff oder einen Knopf zum Öffnen der Tür suchte er vergeblich. So blieb ihm nichts anderes übrig, als zu warten. Es dauerte eine gefühlte Ewigkeit, bis sich die Tür mit einem leisen Surren öffnete und zwei Männer des Staatsschutzes den Raum betraten. Beide waren maskiert und hatten die gleiche, kräftige Statur. Während der eine durch Steven hindurch zu schauen schien, sprach ihm der andere in einem barschen Ton an:

„Steven Gatzo, folgen Sie uns!"

Der eine Sicherheitsmann ging zur Tür, der andere gab Steven das Signal hinterherzugehen und nahm Steven anschließend in die Mitte.

Steven wurde durch diverse Gänge geführt, auf denen verschiedenfarbige Leuchtstreifen in den Boden eingelassen waren. Anscheinend folgten die Männer einem violetten Pfad, denn alle anderen Farben waren irgendwann in andere Richtungen verlaufen. Letztendlich endete der Leuchtstreifen vor einer gut drei Meter hohen, grauen Metalltür. Die beiden Männer deuteten Steven an vorzutreten. Dieser trat einen Schritt vor, die Tür fuhr leise, aber schnell zur Seite und offenbarte eine Art Schleuse. Die Männer nickten Steven noch einmal zu und er ging angespannt weiter vorwärts, auch hier war der violette Lightguide vorhanden, welcher zur gegenüberliegenden Tür in gut 4 Meter Entfernung verlief. Die Tür hinter Steven schloss sich genauso schnell und leise, wie sie sich geöffnet hatte. Steven wirbelte in voller Anspannung herum, war er gefangen? Aber warum sollten die Unbekannten das tun, sie hatten ihn ja eigentlich wieder zum Leben erweckt. Der Lightguide erlosch und Steven stand kurz in vollkommener Dunkelheit, als sich die zweite Tür öffnete. Er sah eine Art schwach beleuchteten Versammlungssaal vor sich, der seine beste Zeit wohl schon lange hinter sich hatte. Der Saal maß gut 50 Meter in der Breite, 80 Meter in der Länge; er war terrassenförmig aufgebaut und war wie ein früheres Kino aufgebaut, nur gab es keine Leinwand, sondern nur ein rundes, weißes Podest von knapp vier Metern Durchmesser. Sollte dies etwa eine Kampfarena sein? Steven fröstelte es bei dem Gedanken, er war beileibe kein Angsthase und war gut durchtrainiert, aber das kam ihm nun doch unheimlich vor. Mutig ging er weiter vor und betrachtete den Saal, welcher voller Rollstühle stand, die aber wohl schon sehr lange nicht mehr benutzt worden waren. Überall war eine dicke

Staubschicht sichtbar, kleine Risse in den Polsterungen zeugten vom Alter der Rollstühle. Vorne am Podest machte er die Entdeckung, dass hier neuere, moderne Rollstühle oder besser gesagt, vollelektronische Sessel standen. Ein violettes Licht aus der in der Dunkelheit nicht sichtbaren Decke erzeugte einen Punkt auf einem dieser neuen Sessel und Steven wurde klar, dass er sich dort setzen sollte. Er nahm Platz und sofort wurde Steven automatisch fixiert. An den Beinen, Armen, am Oberkörper und auch um den Hals hatten sich blitzschnell Schlaufen gelegt und hielten Steven in der sitzenden Position, ohne jedoch zu viel Druck auf seinen Körper auszuüben. Sein Sessel drehte sich leicht in Richtung Podest und neigte sich dann etwas vor, so dass Steven genau auf die Mitte des runden Podests schauen musste. Stevens Herz fing unweigerlich an zu pochen, was würde nun kommen? Das hohe Gericht für seine Missetaten?

Die schummerige Beleuchtung des Saals erlosch komplett und eine dreidimensionale Projektion eines Militärkommandeurs erschien auf dem Podest. Dieser schaute Steven streng in die Augen und sprach ihn mit harscher Stimme an:

„Steven Gatzo. Sie wurden aufgrund ihrer Straftaten zum Tode verurteilt. Wir haben die Eliminierung aufgehoben, weil sie der „ZM" noch von Nutzen sein könnten. Die „ZM" bietet ihnen folgendes an:

Sie werden in einen anderen Bewohner transformiert, ihr Wissen und ihre Erinnerungen werden angepasst und für unsere Zwecke optimiert. Auch ihre sexuellen Vorlieben werden auf ein normales Niveau reduziert. Sie werden eine völlig andere intelligente Ressource ohne Erinnerung an ihr bisheriges, kümmerliches Leben. Ihr Auftrag wird in ihrem Hirn via Transmitter hinterlegt. Sie haben die Aufgabe, Doug Beaufort zu unterstützen und ihn selbst zu überwachen. Sollten Sie mit diesem Vorgehen nicht einverstanden sein, werden sie endgültig eliminiert. Sie haben nun die Möglichkeit, sich zu äußern."

In Stevens Kopf drehte es sich: Was hat das zu bedeuten? Klar, er wollte überleben, aber zu welchem Preis? Er sammelte sich kurz und formulierte seine Fragen:

„Was bedeutet es, in einen anderen Bewohner transformiert werden? Was passiert mit diesem Bewohner?"

 Nicht dass es ihn wirklich kümmerte, was mit dem anderen passierte, solange er leben würde. Aber Steven hatte Angst zu zweit in einem fremden Körper, beziehungsweise Hirn zu stecken.

„Die andere intelligente Ressource wird eliminiert. Diese wurde nur aufgrund der identischen Statue, der Fitness und Auffassungsgabe selektiert. Niemand wird diese Ressource vermissen und Sie, Steven Gatzo, werden seinen kompletten Körper übernehmen. Ihr Gedankengut wird angepasst und für die „ZM" optimiert.

„SIE WERDEN UNSER DIENER!"

Der letzte Satz schallte laut in dem immer noch dunklen Raum und ein leichtes Echo machte die Situation noch gespenstiger. Steven wollte weiterleben, aber würde er nach der Transformierung noch er selbst sein?

„Die Zentrale Macht erwartet jetzt Ihre Entscheidung, Steven Gatzo."

Der letzte Satz war wieder in einem normalen Ton gesprochen und der dreidimensionale Kommandeur schaute Steven mit hochgezogenen Augenbrauen an.

„JETZT!"

Der Tonfall wurde schärfer und oberhalb des Kommandeurs wurde ein Countdown sichtbar, welcher im Sekundentakt von zehn herunter zählte. Bei fünf schrie Steven angstvoll:

„Ich mach es! Ich werde euer Diener! Ich will nicht eliminiert werden!"

„Gut."

Der Kommandeur nickte und die gesamte Projektion verschwand.

Die Schlaufen um Stevens Körper wurden strammer, er spürte einen Stich in den Hals und fiel in eine traumlose Narkose. Steven Gatzo war ab jetzt Geschichte, er würde nie wieder der alte sein und sich auch nur noch an Bruchstücke seines Lebens erinnern können. Nur was der „ZM" wichtig war, würde weiter Bestand in seinem Hirn haben, alles andere wurde unwiederbringlich gelöscht. Sein Gehirn wurde wie eine alte Computerfestplatte formatiert und optimiert. Fragmente gelöscht oder umgeschrieben, bis die „ZM" befand, dass Steven der perfekte Diener geworden ist. Ohne dass Steven etwas davon mitbekam, wurde eine weitere intelligente Ressource in den Saal hereingefahren. Die Beleuchtung ging wieder an, und auch der violette Lightguide wurde wieder sichtbar. Dieser zweite Mann hatte exakt die gleiche Statur wie Steven und wurde völlig autonom neben Steven abgestellt.

Nach gut einer halben Stunde erwachte Steven; nein, es war nicht mehr Steven, sondern eine neu zusammengestellte, intelligente Ressource namens Reyko O´Hara war entstanden.

Reyko erwachte, er fühlte sich wie nach einem langen Schlaf erfrischt und bemerkte, wie sich die Schlaufen seines recht bequemen Sessels lösten. Er stand auf, reckte sich kurz und bemerkte einen leblosen Körper in dem Sessel neben sich. Der Typ hatte ungefähr den gleichen Körperbau wie er, sah aber irgendwie tot aus. Reyko war das egal, er wusste was er zu tun hatte und wollte sofort starten. Er folgte dem Lightguide und ging direkt zu dem ihm zugewiesenen Jetcopter. Er würde selbst fliegen, was kein Problem war – schließlich war er Reyko O´Hara!

Währenddessen wurde der leblose Körper von Steven auf eine große, rechteckig markierte Fläche gefahren, auf der schon hunderte andere Personen gehobenen Alters in Sesseln saßen, alle regungs- aber nicht leblos in identischen Rollstühlen. Nachdem ein kurzes akustisches Signal gegeben wurde, zischte und knisterte es kurz auf der Fläche und knapp zehn Sekunden später erinnerte nur etwas Asche an die ehemaligen intelligenten Ressourcen. Der von der KI gesteuerte Satellit erledigte seine Aufgabe so zuverlässig wie immer. Ganze Völker hatte er in der Vergangenheit schon mittels seiner zielgerichteten, absolut tödlichen Strahlung beseitigt und auch hier hatte dieser millimetergenau gearbeitet. Die Rollstühle fuhren unbeschädigt

und autonom durch eine Säuberungsanlage und verschwanden
wieder in einem der Nebengebäude des geheimen Stützpunktes
der „ZM".

Es war eine friedliche, heile Welt …

Ein neues Team

Doug war gegen Mittag zu Hause und betrachtete den Multimedia-Screen, auf dem das Nachrichtensymbol blinkte, und so er klickte darauf, um zu erfahren, wer ihm etwas mitzuteilen hatte.

Doug Beaufort
ID 825202776t
Aktueller Rang Master (Elite 10)
City Zwölf
Quadrant unter Geheimhaltung
Gebäude unter Geheimhaltung
Apartment unter Geheimhaltung

Aktuelles KTO-Gesamtguthaben 640.100,- Globar

Sie haben zwei Nachrichten:
1. Nachricht 03.09.2090, 12:31 Uhr

> Wir haben einen adäquaten Ersatz für Steven Gatzo gefunden. Eine intelligente Ressource namens „Reyko O´Hara" wird sich zeitnah bei ihnen melden. Weitere Daten folgen in separater Nachricht.
Nachricht Ende <

2. Nachricht 03.09.2090, 12:40 Uhr
Absender: „ZM"
> Information zu Reyko O´Hara
ID 998452776s
Aktueller Rang 7
City Zwölf
Quadrant unter Geheimhaltung
Gebäude unter Geheimhaltung
Apartment unter Geheimhaltung

Nachricht Ende <

Doug war etwas überrascht, aber ihm war klar, dass er nicht ewig allein operieren konnte. Dafür war diese Antarfari-Crew zu gefährlich geworden. Er war gespannt auf den Neuen und schaltete den Screen erstmal wieder ab. Er wollte bevor der neue vorbeikommt, mit Raptor auf die Promenade gehen. Dort angekommen wunderte sich Doug, wie schnell die Aufräumarbeiten vollzogen worden waren. Alles glänzte wieder wie zuvor und auch das *Sunset* war bereits wieder eröffnet worden. So beschloss er sich an einen der äußeren Tische zu setzen und bestellte sich ein kühles Bier, für Raptor wurde sofort etwas Futter und eine Wasserschale gebracht, die Temperaturen würden heute wieder die 38°C Marke erreichen. So lässt es sich leben dachte er, als ein ihm unbekannter Mann, Mitte 30 recht gut trainiert auf ihn zu kam und sich vorstellte:

„Doug Beaufort? Mein Name ist Reyko O´Hara, ihr neuer Partner. Darf ich mich zu Ihnen setzen?"

Doug war verwundert, wie konnte der Typ ihn so schnell ausfindig machen und woher wusste er, wie er aussah? Trotzdem nickte er ihm zu und deutete auf den freien Stuhl gegenüber. Raptor sprang auf und musterte den Mann kritisch, war aber anschließend innerhalb weniger Sekunden völlig desinteressiert und legte sich wieder in den Sand. Auch das fiel Doug kritisch auf: Wie konnte sich der Hund so schnell eine Einschätzung über eine Person bilden? Er würde später im Netz der „ZM" nachschauen, wie ein neuer Kontakt bei Hunden abläuft.

„Ich wurde von der „ZM" abkommandiert, um an Ihrer Seite zu operieren. Was sind Ihre nächsten geplanten Aktionen?"

„Na, der hat es aber eilig.", dachte Beaufort für sich und ergriff den Unterarm des Mannes und ließ sich die ID anzeigen. Sie stimmte mit der ID in der Nachricht überein. Trotzdem fühlte sich Doug nicht wohl bei dem Gedanken, diesen Reyko als neuen Partner an seiner Seite zu haben. Vom Typ her ähnelte er Steven, aber das Äußere war völlig unterschiedlich. Doug würde erstmal sachte mit dem Verteilen von Informationen umgehen und Reyko die ein oder andere Aufgabe zur Bewährung übertragen. Deshalb antwortete er gelassen:

„Als erstes kümmere ich mich um meinen neuen Partner, der mir gestern zugestellt worden ist. Raptor!"

Der Hund sprang beim Ruf seines Namens sofort auf und setzte sich neben sein Herrchen, das zufrieden das graue Kurzhaarfell auf dem Rücken streichelte. Reyko schaute Doug unbeirrt weiter an.

„Schön, aber ich denke, wir haben auch in Sachen Antarfari-Crew noch einiges zu erledigen. Haben Sie schon einen Verdacht, um wen es sich handeln könnte? Wie viele intelligente Ressourcen dürften das sein? Schon etwas über den Unterschlupf bekannt?"

Doug lief leicht rot an und wurde sauer. Was bildete sich dieser Fatzke eigentlich ein, ihm ein Verhör zu unterziehen!

„Solche Informationen werde ich ganz sicher nicht in einem Beachclub mit ihnen besprechen! Seien Sie morgen Punkt 11:00 Uhr an meinem Apartment, dann können wir weiterreden und jetzt gehen Sie und lassen mich in Ruhe!!

Reyko lächelte unberührt.

„Selbstverständlich Herr Beaufort, das ist eine gute Idee. Ich sehe sie dann morgen pünktlich um 11:00 Uhr. Die Adresse wurde mir bereits übermittelt. Auf wiedersehen!"

Doug schaute Reyko ernst ins Gesicht, er konnte keinerlei Feindseligkeit darin entdecken und somit nickte er Reyko zu.

„Bis morgen Reyko O´Hara."

Reyko stand auf und verließ das *Sunset* so unauffällig wie er gekommen war. Raptor schaute ihm kurz nach, konzentrierte sich dann aber wieder ganz auf Doug, der sich nachdenklich zurück in die Stuhllehne fallen ließ. Doug hatte sich das erste Zusammentreffen mit seinem neuen Partner anders vorgestellt, ganz anders. Er bestellte sich ein weiteres Bier und eine

Kleinigkeit zu essen und ließ den beginnenden Abend im *Sunset* ausklingen. Es würde nicht bei dem einen Bier bleiben, soviel stand fest.

Auf dem Rückweg orderte er sich eine Escort-Dame die knapp 30 Minuten später bereits vor dem Apartment auf Doug wartete. Sie stellte sich freundlich vor, aber auf Förmlichkeiten hatte Doug so gerade gar keine Lust. Rabiat stieß er die brünette Dame ausgestattet mit einer traumhaften Figur, in sein Apartment und goss sich und auch ihr einen Whiskey ein. Sie schaute kurz erschrocken, war aber Profi genug um zu wissen, was sie gleich erwarten würden. Von daher nahm sie den Whiskey dankend an und wunderte sich auch nicht mehr, über die erste kleine Ohrfeige die sie bekam und mit einem netten Lächeln quittierte. Doug musste Frust abbauen und das konnte er auf diesem Wege am besten. Brutal riss er ihr Kleid herunter und war zufrieden mit dem, was er sah. Er zerrte sie in den Schlafraum und zeigte ihr ihr was sie zu tun hatte, indem er sie wie eine Puppe in die richtige Position drückte. Zwei lange Stunden später entließ er die gepeinigte junge Frau, mit den Worten:

„Bis morgen!"

Die Escort-Dame tupfte sich noch etwas Schminke auf ihre leicht geschwollene Wange, nickte höflich und war einfach nur noch froh, es hinter sich zu haben. Ob sie den morgigen Auftrag bestätigen würde, wusste sie noch nicht, aber der Typ hatte sie sehr großzügig entlohnt. Ein neues Kleid würde sie zwar nun trotzdem noch kaufen müssen, aber gelohnt hatte es sich auf jeden Fall.

Doug lag mit einem Whiskey in der Hand auf dem Rücken im Bett und fühlte sich relaxed. Das hatte er gebraucht. Wie hieß die Schlampe eigentlich?

Mit diesen Gedanken schlief er ein und vergoss dabei seinen Whiskey auf dem Boden, bevor ihm das Glas langsam aus der Hand entglitt und neben der umgestoßenen Whiskeyflasche landete. Ein gut erzogener Hund namens Raptor, hatte sich während des Besuchs der Escort-Dame zurückgezogen, fand aber nun an dem vergossenem Whiskey Geschmack und hinterließ so einen sauberen Boden im Schlafraum, bevor er sich wieder auf die Couch lümmelte, die als sehr bequem betrachtete und für sich als Schlafplatz auserkoren hatte. Er schlief sofort ein und bekam wireless ein Update aufgespielt, nachdem die aktuellen Daten und Vorkommnisse ausgelesen worden waren.

Reyko O´Hara

Um Punkt 11:00 Uhr stand Reyko O´Hara vor dem Apartment von Doug Beaufort, welcher leicht mürrisch die Tür öffnete. Er musste gestern fast eine ganze Flasche Whiskey getrunken haben, verschüttet hatte er nichts und die Escort-Dame hatte nur zwei, drei getrunken da war er sich sicher. Er bat Reyko hinein und machte sich einen Kaffee am Automaten, Reyko verneinte die Frage ob er auch einen wolle und so setzte sich Doug mit dampfenden Kaffee auf die Couch, die Raptor etwas widerwillig räumte, um sich dann auf dem Boden breitzumachen. Irgendwie fiel Raptor heute die Koordination etwas schwer, aber Herrchen sollte davon nichts bemerken. Der neue Partner setzte sich ungefragt in den Sessel gegenüber, was Doug missfiel, aber er war zu schlecht drauf, um auf solch Kleinigkeiten einzugehen.

Reyko fing ungefragt an zu reden, was Doug wiederum missfiel, aber auch das war ihm grad egal.

„Nun Doug. Ich darf doch Doug sagen?"

Ohne eine Antwort abzuwarten fuhr er fort:

„Wir haben da noch die offenen Fragen von gestern!"

Reyko war anscheinend ausgeschlafen und fit für neue Aufgaben und rasselte seine Fragen nur so runter.

„Was sind ihre nächsten geplanten Aktionen? Haben Sie schon einen Verdacht, um wen es sich handeln könnte? Wie viele intelligente Ressourcen dürften das sein? Ist schon etwas über den Unterschlupf bekannt?"

Beaufort schaute Reyko an, als sei er von einem anderen
Planeten geschickt worden. Gab dann aber nach und nach
bereitwillig die passenden Antworten. Man wusste noch nicht,
wer diese Antarfari-Crew war, wo sie ihren Unterschlupf hatten
und was die nächsten Aktionen sein könnten. Im Moment
mussten sie einfach nur aufmerksam jede Abweichung vom
System betrachten und Nachforschungen anstellen. Doug
erzählte von Sam Docker und seiner Freundin Sue, die er
überwachte, aber bislang keine Hinweise für eine Mitgliedschaft
in der Antarfari-Crew finden konnte. Er zeigte Reyko
Aufzeichnungen von Sam und auch von Sue, auf die Reyko
begeistert reagierte:

„Das ist ne Nummer!"

„Identische Reaktion wie die von Steven", dachte Beaufort und
hoffte, dass er nicht wieder so einen Kandidaten bekommen
hatte, der, wenn er Frauen sah, alles vergaß. Klar, Sue sah gut aus
und hatte auch sonst die Attribute, die eine Frau besitzen sollte,
aber das konnte ja nicht alles sein, was man von einer Frau
erwartete. Nachdem Doug erzählt hatte, wie die Antarfari-Crew
sein Terminal gekapert hatte um einen abgeänderten Werbefilm
in das Netz der „ZM" zu schleusen, wurde Reyko nachdenklich. Er
hatte diese Informationen zwar schon abgespeichert, aber hier
kamen nun doch noch weitere Feinheiten zu Tage. Wie konnte
eine Terminal-ID gekapert werden, ohne zurückverfolgt werden
zu können? Dies galt es zu ermitteln und er bat Doug sich das
Terminal selbst anschauen zu dürfen.

Doug startete den Multimedia-Screen und Reyko ging über einen kleinen Umweg direkt in den Code des Terminals, um sich die vergangenen Abläufe anzusehen. Nach ein paar Minuten schnaufte er:

„Die sind wirklich gut, aber wir werden besser! Ich lerne aus ihren Prozessen und werde sie mir zu eigen machen. Wir werden sie mit ihren eigenen Waffen schlagen! Die arbeiten mit einer manipulierten ID, aber auch die hinterlässt Spuren, ganz sicher."

Nun war Doug doch von Reyko beindruckt. So etwas hätte Steven niemals analysiert, er war eher der "Hau drauf"- und "Nichts wie weg"-Typ. Vielleicht konnte man mit diesem neuen Springinsfeld doch etwas anfangen.

„Ok, Reyko, lass uns etwas Essen gehen. Mir ist etwas flau im Magen, der muss mit einem guten Essen beruhigt werden."

Reyko stimmte zu und auf dem Weg zum Buffalo East Restaurant kamen beide sich auch persönlich etwas näher. Immer dabei Raptor, der jedes noch so kleine Detail registrierte und für seine weitere, interne Verwendung abspeicherte, ohne dass die beiden neu zusammengestellten Partner etwas davon mitbekamen. Auf der Promenade registrierte Raptor eine ihm bekannte Person, diese Person hatte er auf einer Videosequenz bei seinem Herrchen Doug Beaufort gesehen, die intelligente Ressource wurde hierbei Sue genannt und war mit einem gewissem Sam Docker in einer Beziehung.

Er registrierte auch noch zwei weitere weibliche, intelligente Ressourcen und speicherte dessen ID´s sowie einige

Videosequenzen ebenfalls ab. Er würde über alle drei Personen weitere Daten aus dem Netz der „ZM" anfordern.

Im Restaurant angekommen, tauschte man sich weiter aus. Wie Steven war auch Reyko sportbegeistert und trainierte mindestens viermal in der Woche, zufälligerweise im gleichen Fitnesscenter wie Doug, obwohl Reyko noch nicht den Rang für diese Eliteeinrichtung hatte, war sie ihm auf Grund seiner sportlichen Leistung freigeschaltet worden. So zumindest stellte es Reyko selbst dar. Doug ging nicht weiter darauf ein, sondern widmete sich ganz dem bestellten Steak. Reyko erzählte von seiner Ausbildung bei der „ZM" und einer schnellen Beförderung wegen sehr guter Leistungen. Doug äußerte sich leicht verwundert, warum man sich vorher noch nie gesehen habe. Doch auch hier wusste Reyko mit der passenden Aussage zu punkten:

„Ich habe in City 22 meine Ausbildung für den Staatsschutz absolviert und wurde nun in die City Zwölf versetzt, um hier zu unterstützen."

Man tauschte sich noch eine Weile aus und trennte sich dann am frühen Nachmittag. Doug brauchte etwas Zeit für sich und lief mit Raptor ein wenig die Promenade auf und ab. Er beobachtete die anderen Passanten, konnte aber niemanden entdecken, der sich in einer Art und Weise auffällig verhielt. Gegen 17:00 Uhr entschied er sich nach Hause zu gehen, um erst ein wenig im Elite Fitnessclub zu trainieren und anschließend im Netz nach der Ausbildung der „ZM" Hunde zu suchen. Außerdem war er gespannt, ob sich die Escort-Dame vom Vorabend gemeldet hat, was zu seinem Bedauern leider nicht der Fall war. Somit wurde es für Doug und Raptor ein ruhiger Abend. Nachdem Doug seinen dritten Whiskey nicht mehr ganz geschafft hatte und eingeschlafen war, wurde der restliche Whiskey pflichtbewusst von Raptor beseitigt, so dass auch er müde auf die Couch kletterte und friedlich einschlief. Sein neues Leben gefiel ihm, zumindest bis jetzt. Selbst er selbst bemerkte nicht, wie ihm ein neues Update aufgespielt wurde …

Ein erster Konflikt

Mit leichten Rückenschmerzen war Sam am frühen Morgen auf der Lounge erwacht und bewegte sich leicht stöhnend an den Küchentresen, um sich einen Kaffee zuzubereiten. Die Tür zum Schlafraum war geschlossen, daher ging er davon aus, dass Sue wohl noch am Schlafen war.

Er setzte sich vor den riesigen Multimedia-Screen, den er sich damals gegönnt hatte, als er den ID Chip eines Jan Banf´s gefunden hatte. Auf diesem Chip waren Millionen von Globar, der einheitlichen Weltwährung, an Vermögen verfügbar. Leider war es damals eine clever gestellte Falle, in die Sam ziemlich naiv hineingetappt war. So wurde Sam von der „ZM" zu einem Spionageeinsatz verpflichtet, bei dem er den Techniker Salem Rinasto aushorchen sollte. Salem ist seitdem ebenfalls ein treues und bewährtes Mitglied der Antarfari-Crew.

Sam checkte seine Nachrichten, aber es gab aktuell keine Neuigkeiten. So schlürfte er seinen Kaffee aus, um anschließend duschen zu gehen. Sue kam in das Bad als Sam sich gerade abtrocknete, sie schaute ihn wortlos an und drehte sich auf der Stelle um und verließ das Bad.

„Ohje, nun müssen wir uns aber wirklich austauschen."

Sam beschloss Sue zur Rede zu stellen und das unmittelbar. Nur mit dem Handtuch um die Hüfte geschwungen, versuchte Sam freundlich zu lächeln, als er auf Sue zuging.

„Sue, du weißt, wie wichtig die Crew ist, wir müssen weiter zusammenhalten und gegen die Zentrale Macht kämpfen!"

Er schaute Sue tief in die Augen, in denen wiederum Zorn aufblitzte.

„Man bespricht eine solch schwerwiegende Angelegenheit vorher mit seinem Partner und stellt ihn nicht vor vollendete Tatsachen!“

„Sue, du hättest doch vor Ort ein Veto einlegen können und deine Meinung äußern!“

Nun wurde Sam es so langsam zu bunt.

„Du hast nur die Eingeschnappte gespielt, anstatt kurz zu sagen, dass dir diese Mission nicht passt. Ich kann absolut nicht verstehen, warum du jetzt so sauer bist. Wir werden uns die Koordinaten von weitem ansehen und mehr nicht. Was ist dein Problem damit?“

Die letzten Worte klangen etwas aggressiver, als es Sam eigentlich wollte, aber gesagt war gesagt und so wartete er auf die Reaktion. Die kam, allerdings anders als gedacht. Sue stand auf, nahm sich eine Jacke und verließ wortlos das Apartment. Zurück blieb ein bedrückter Sam, der die Welt nicht mehr verstand. Sue war seine große Liebe und dies war der erste große Konflikt, den die beiden nicht in den Griff oder ausdiskutiert bekamen. Etwas ratlos zog er sich an. Er würde zum Bunker der Crew gehen, um den morgigen Einsatz zu besprechen. Seine Gedanken kreisten aber immer um das seltsame Verhalten seiner Sue.

Diese traf sich unterdessen mit Amelie und Stella, die aktuell zwar noch nicht mit den Crew Member Brandon und Ron liiert waren, aber schon gemeinsame Abende mit den beiden verbracht hatten. Amelie war damals unter ihrem Alias „Lisa" als Escort-Dame unterwegs und wurde von Steven für eine Attacke gegen Sam missbraucht. Sie war mit einem Sonartransmitter manipuliert worden und hatte behauptet, Sam hätte sie vergewaltigt. Ein Video konnte damals die Unschuld von Sam beweisen und seitdem war man nach einer Aussprache miteinander befreundet. Sie gingen auf die Promenade um gegen Mittag im *Sunset* eine Kleinigkeit zu essen. Fröhlich quatschend wollten Sie gerade an einem Tisch Platz nehmen, als Amelie den Arm von Sue ergriff und leise tuschelte:

„Nicht hochschauen, da vorn ist Doug Beaufort in Begleitung eines anderen Typen und einem Hund!"

Sue erschrak heftig, obwohl Beaufort keinerlei Beweise gegen sie hatte, fühlte sie sich sofort unwohl. Sie schaute kurz hinüber und erblickte Doug Beaufort mit einem grauen Hund, der sie kurz musterte, dabei direkt in die Augen schaute und dann aber scheinbar unbekümmert weiterlief.

Sue kam das unheimlich vor, sie musste Sam unbedingt davon erzählen. Ach Sam, so langsam bereute sie, dass sie so aufgebracht gewesen war. Sie würde im Anschluss zur Crew-Basis 12 gehen und offen mit ihm reden. Aber erstmal bestellten die drei etwas zu essen, die Stimmung war allerdings nicht mehr so entspannt, wie bevor sie Beaufort gesehen hatten. Nach gut zwei Stunden trennte man sich und Sue machte sich auf dem Weg zum Einkaufscenter, nicht ohne dabei ein paar Umwege zu laufen und immer wieder hinter sich zu schauen. Als sie sich unbeobachtet fühlte nutzte sie den geheimen Fahrstuhl, der nur mit einer Kennung der Antarfari-Crew zu öffnen war und fuhr hinab in den abhörsicheren Bunker und gleichzeitig der sogenannten Crew-Basis-12.

Sam saß mit den anderen im Besprechungsraum am großen Tisch und sah Sue leicht angespannt an. Diese versuchte zu lächeln, gab Sam einen Kuss, was diesen völlig überraschte und setzte sich zu ihm. Ron und Brandon freuten sich über Sue´s Besuch und natürlich wurde erstmal eine Runde Bierchen an aller verteilt. Gerade als Brandon, der zusammen mit Salem an einem Whiteboard stand, weiter mit der Planung der morgigen Mission starten wollte, unterbrach Sue ihn.

„Ich muss etwas loswerden!"

Brandon schaute zu Sam, sollte nun das erwartete Veto für den Einsatz von Sam kommen? Auch Sam wurde unruhig, aber Sue sprach hastig weiter:

„Ich habe gemeinsam mit Amelie und Stella unseren geliebten Doug Beaufort auf der Promenade gesehen!

Nun, das war für die Anwesenden jetzt nichts Besonderes, es war klar, dass man den einen oder anderen schon mal sah. Man ging sich aus dem Weg, so gut es ging, aber manchmal ließen sich Begegnungen nicht vermeiden. Doch Sue erzählte weiter:

„Beaufort war in Begleitung von einem unbekannten Typen, der Ähnlichkeit mit Steven hatte und Beaufort hatte einen Hund dabei, der mir tief in die Augen gesehen hat und dann mit den beiden weitergelaufen ist. Mir ist bei dem Blick ganz anders geworden, als ob der Hund mich gezielt gemustert hat!“

Das war nun wirklich etwas Neues und Brandon dachte laut nach:

„Damit haben wir eine leicht veränderte Situation. Sobald Wilson aufgestanden ist, soll er mal etwas über Hunde herausfinden. So einen Fall hatte ich bislang auch noch nicht, aber der „ZM“ ist alles zuzutrauen.“

Wilson schlief in der Regel bis nachmittags, weil er sich die Nächte am Computer austobte. Er hatte schon viel für die Crew geleistet und jeder zollte dem etwas korpulenten, immer hungrigen Typen eine Menge Respekt. Allein mit der Integration eines manipulierten Werbefilmes für Retirement-Homes in das Netz der Zentralen Macht, hatte er vermutlich tausenden alten Menschen das Leben gerettet.

Ron holte sich noch ein Bier und äußerte sich nun ebenfalls:

„Ja, ich denke auch, dass Wilson der richtige Mann für diesen Job ist. Aber lasst uns mal zurück zu unserem morgigen Einsatz kommen.

Erstmal Sue, ist der Einsatz von Sam ok für dich? Es war nicht zu verkennen, dass du ein wenig sauer warst, weil Sam sofort seine Zusage zur Mission gegeben hatte.“

Sue sah etwas verlegen auf und nahm die Hand von Sam.

„Ja, das stimmt. Ich hätte gern vorher mit Sam gesprochen. Aber nach der Begegnung mit Doug Beaufort und diesem Hund, ist mir wieder bewusst geworden, wie wichtig es ist, weiterhin gemeinsam gegen die „ZM" zu kämpfen. Klar habe ich Angst um Sam, aber ihr seid zu dritt und da kann eigentlich nichts schiefgehen, oder?"

Ron runzelte ein wenig die Stirn:

„Niemand weiß was uns bei unseren Einsätzen passieren kann, deshalb Sue, die Angst kann dir hier keiner nehmen. Bislang ist immer noch alles gut gegangen, aber alles andere ist Glaskugelgucken."

Sue nickte und drückte die Hand von Sam etwas fester. Sam selbst war einfach froh, seine Sue wieder bei sich zu haben, gemeinsam waren sie stark. Ron lächelte das Pärchen kurz an und führte dann weiter aus:

„Wie von Wilson inszeniert, wird es einen Ausfall der Elektronik Turnover-Point 44 auf der Trasse City Zwölf in Richtung City 32, auf der Trassenseite B, morgen um 10:00Uhr geben. Da ein Techniker via Jetcopter erforderlich ist, wird Sam diesen Einsatz fliegen."

Ron las die Fakten vom Whiteboard ab und drehte sich dann wieder zu den anderen:

„Salem und meine Wenigkeit werden den Highspeedmonorail fahren. So sind wir alle drei vor Ort und werden wie besprochen in Richtung der Koordinaten der fünfunddreißigsten Stadt laufen. Die gesamte Aktion muss innerhalb von 60 Minuten gelaufen sein, ansonsten könnte ein Alarm durch die „ZM" ausgelöst werden."

Er schaute in die kleine Runde, die sonst um einige Crew Member reicher war, aber vor kurzem hatte die Crew beschlossen, sich auf eine zweite Stadt auszuweiten. So waren Mastif Omudda, Civer und Leeroy Chen in der City 22 in einem baugleichen Bunker untergetaucht. Sam vermisste seinen Freund Civer, aber der Kampf um die „ZM" ging vor. Außerdem konnte man sich trotzdem an den Wochenenden, wenn sie nicht für die Highspeedmonorail arbeiten mussten, regelmäßig treffen.

Da es keine weiteren Fragen oder Kommentare gab, wandte man sich noch dem einen oder anderen Getränk zu und als es im Hintergrund rumorte, wusste jeder Bescheid. Wilson steht auf...

In kurzer Short und einem zerknitterten T-Shirt stand er alsbald vor ihnen, murmelte kurz ein „Morg´n" vor sich hin, schnappte sich eine Orangenlimo aus dem Kühlschrank und wollte grad zurück in sein Zimmer gehen, als Brandon ihn zurückpfiff:

„Wilson! Stopp! Wir haben eine Aufgabe für dich!"

Der angesprochen stockte kurz und kommentierte nur kurz:

„Aha, so, ok. Ich geh jetzt erst dusch´n, dann kommt die Aufgabe dran."

Ohne auf eine Antwort von den anderen zu warten, schlurfte er zurück in sein Zimmer, um anschließend ins Bad rüber zu gehen.

Brandon und Ron grinsten um die Wette, das war genau die Reaktion, mit der sie gerechnet hatten. Sie gönnten Wilson die gewohnte Aufwachphase und prosteten sich noch einmal zu. Sam und Sue verabschiedeten sich, sie wollten zum kleinen Italiener essen gehen und noch einmal in Ruhe reden. Der Einsatzplan war klar, Sam wusste bereits jetzt, welcher Auftrag morgen früh in seiner Inbox sein würde.

Brandon und Ron erklärten Wilson dann später, dass sie mehr Infos über die Hunde der „ZM" benötigen würden und dieser machte sich nach einem reichhaltigen Frühstück, welches gewöhnlich gegen 18:00 Uhr von Wilson eingenommen wurde, direkt an seine Computerterminals.

Gegen 08:00 Uhr erreichte Sam am Bahnhof den Service-Point 23, seinem normalen Arbeitsplatz bei der Highspeedmonorailbahn und loggte sich im Warteraum für die Techniker mit Jetcopterlizens, in ein Terminal ein. Er drückte auf das blinkende Nachrichtensymbol und wie erwartet erschienen seine aktuellen Nachrichten.

Sam Docker

ID 05101966v

Aktueller Rang Sechs

City Zwölf

Quadrant G

Gebäude 4

Apartment K 51

Aktuelles KTO-Gesamtguthaben 2523,- Globar

Sie haben zwei Nachrichten:

1. Nachricht 06.09.2090, 07:00 Uhr

Absender: „ZM"

> Zuweisung Turnover-Point 44 auf der Trasse City Zwölf in Richtung City 32, auf der Trassenseite B

Jetcoptereinsatz: 10:00 Uhr Kalkulierte Einsatzdauer 120 Minuten. Ein Servicezug wurde zeitgleich angefordert und wird vor Ort sein.

„ZM" wünscht Ihnen einen guten Tag. Bleiben Sie weiterhin fleißig und untertänig.
Nachricht Ende <

2. Nachricht 06.09.2090 07:35 Uhr

Absender: Sue Walker ID 25101344j

> Bitte pass auf dich auf. Kuss Sue!

Nachricht Ende <

Sam freute sich über Sue´s Nachricht, sie hatten ihre Versöhnung letzte Nacht gebührend gefeiert, oder besser gesagt, gemeinsam im Bett verbracht …

Die kalkulierten 120 Minuten für den Einsatz waren inklusive des Anfluges mit dem Jetcopter, er würde knapp 25 Minuten für einen Flug benötigen und so machte er sich direkt auf, um seine ihm zugeordneten Jetcopter zu inspizieren und die Flugfreigabe einzuholen. Pünktlich um 09:30 Uhr, nachdem alle erforderlichen Überprüfungen des schnellen Fluggerätes und die Freigabe für den Flug durch die Leitstelle gegeben worden war, startete ein Jetcopter zu dem ihm zugewiesenen Auftragsort. Sam wurde nun doch selbst etwas nervös, aber der Flug mit dem Jetcopter beruhigte ihn immer mehr und schließlich sah er am Bestimmungsort Turnover-Point 44 auf der Trasse City Zwölf in Richtung City 32 bereits einen Servicezug stehen. Das werden Salem und Ron sein dachte sich Sam und landete den Jetcopter in gebührendem Abstand zu Zug, er wollte nicht zu viel Wüstenstaub in der Nähe des Zuges aufwirbeln. Durch die vier riesigen Propeller des Jetcopters wurden immer ganze Staub- und Sandwolken gebildet, was für Personen die sich in der Nähe aufhielten sogar zur Gefahr werden konnte. Sam stieg aus und ging rasch rüber zum Zug, wo Salem und Ron schon bereitstanden. Wortlos eilte Sam zum Elektronikschrank und öffnete diesen, um zu schauen wo sich der manipulierte Fehler befand. Dies war nur allzu einfach ersichtlich, er reparierte den Schaden noch nicht sondern nickte den beiden zu. Alle drei legten die Armbänder an und Ron schnaufte:

„Auf geht's!"

Im Laufschritt joggten die drei Crew Member in Richtung der Koordinaten, was im trockenen roten Wüstensand nicht ganz so einfach war. Aber alle drei waren gut trainiert und nach knapp 20 Minuten hob Ron die Hand und zeigte dann auf einen Hügel, der sich etwas weiter links befand. Die anderen beiden verstanden und änderten die Richtung entsprechend, um auf den Hügel zu gelangen. Gut fünf Minuten später waren sie, recht außer Atem, oben angekommen und schauten in die Richtung, wo sich die fünfunddreißigste Stadt befinden sollte.

Sie erblickten in der Ferne, knapp1,5 Kilometer entfernt, auf eine riesige weiße Wand die weder rechts noch links zu enden schien. Ron schätzte die Höhe der vermutlichen Mauer auf gut 5 Meter, Salem und Sam waren gleicher Meinung. Salem holte ein elektronisches Fernglas heraus und zeigte auf einem Display die Details, die nun gestochen scharf zu sehen waren. Die glatte, schier endlose Mauer war gut zu erkennen, dahinter schien es eine Art Palmengarten, oder man könnte es auch Oase nennen, zu geben. Die Palmen mussten gut 10 Meter hoch zu sein, man konnte sogar bunte hin und her fliegende Vögel zwischen dem ganzen Grün erkennen. Was nicht zu sehen war, waren Häuser oder Unterkünfte. Entweder gab es keine, oder aber, diese blieben hinter der Mauer verborgen, weil diese nicht so hoch wie die Mauer selbst waren. Drei schauten sich und Sam fasste sich zuerst:

„Unglaublich! Das ist eine riesige Oase! Wilson hat mal wieder recht!"

Ron lächelte die beiden an und aller klatschten sich kurz ab. Sie hatten den Beweis, dass es eine fünfunddreißigste Stadt auf dem Kontinenten Antarfari gab. Salem fotografierte alles so gut wie möglich und schon drängte die Zeit, sie mussten schnellstens zum Einsatzort zurück um nicht aufzufallen. Wieder fielen die drei in den Laufschritt und nach etwa 15 Minuten blieb Sam abrupt stehen und hielt die anderen zurück. Er zeigte auf dem

Monorailzug, der von weitem gut sichtbar war, allerdings stand dort nicht nur der Zug und etwas weiter entfernt der Jetcopter von Sam, sondern auch ein großer schwarzer Jetcopter. Solch Jetcopter flogen nur die Mitarbeiter des Staatsschutzes der „ZM" das wusste Sam, war er doch schon einmal von einem ähnlichen kontrolliert worden. Damals wurde seine Flugroute und seine Unterlagen kontrolliert, hier fehlte seine Unterschrift auf der Jetcopterlizenz. Erschrocken sahen sie sich an und Ron übernahm das Kommando:

„Wir müssen so tun, als ob wir etwas, am besten ein Tier in der Wüste gesehen hätten, was wir uns näher anschauen wollten. Aber es nicht noch einmal gesehen haben!"

Sam überlegte:

„Am besten ein hundeähnliches Wesen."

Die anderen beiden nickten. Salem wandte sich beiden zu:

„Wir müssen jetzt die Armbänder wieder ablegen und auch wenn es verboten ist, unterhalten wir uns mit knappen Worten über das Tier. Sobald die Armbänder ab sind, können die uns orten und abhören."

„Eventuell bekommen wir eine Verwarnung wegen Verlassen der Strecke und einer gemeinsamen Unterhaltung, aber besser eine Verwarnung, als eine Verhaftung durch den Staatsschutz."

Ron knurrte den Satz nur so raus und nahm sein Armband ab.

Sam und Salem taten es ihm nach, und man ging zügig, aber nicht im Dauerlauf Richtung Zug. Dabei unterhielten sie sich in kurzen Sätzen,

Ron spielte den naiven Typen:

„Aber du hast das Vieh doch auch gesehen, Salem!"

Es war gut, dass er Salems Namen erwähnt hatte, denn das Zugpersonal durfte sich untereinander unterhalten. Nur der Jetcopterpilot Sam durfte nicht mit dem Zugpersonal reden, das stand unter Strafe. Salem begriff Ron´s neue Strategie sofort:

„Ja sicher! Und der der Pilot doch auch, sonst wäre der nicht mitgegangen!"

Sie waren nun in Sichtweite der Männer des Staatsschutzes und Ron spielte den Ball nun weiter:

„Ach guck mal der Staatsschutz, den können wir sofort erzählen, was wie gesehen haben. Man ist ja gar nicht mehr sicher bei der Arbeit, wenn hier irgendwelche Viecher herumrennen und das Personal unter Umständen angreift!"

Salem nickte deutlich und Sam tat so, als ob er beiden nicht zuhören würde. Dann erreichten Sie zwei schwarz gekleidete Männer, die recht unfreundlich drein schauten. Ein weiterer saß im Cockpit des Jetcopters und hörte wohl via Kopfhörer mit.

„Staatsschutz!"

Der linke der beiden stämmigen Kerle bellte es den dreien förmlich entgegen.

„Pilot, folgen Sie mir. Das Zugpersonal bleibt bei meinem Kollegen!"

Sam tat wie geheißen und folgte dem grantigen Typen, während Ron und Salem weiter auf naiv machten und brav bei den anderen Kollegen des Staatsschutzes stehen blieben.

„Wieso habe sie die Strecke verlassen?"

Der unfreundliche, barsche Ton vom Mann des Staatsschutzes blieb unverändert.

„Ich habe dort hinten einen Hund oder so etwas gesehen und habe nachgeschaut, ob eine Gefahr für das Zugpersonal bestand."

Sam antwortete so ruhig und gelassen wie möglich. Aber in ihm brodelte es. Was, wenn die Typen ihre Spuren im Sand verfolgten und erkennen, wie weit sie gegangen waren?

„Haben Sie mit denen gesprochen?"

„Nein, das ist ja untersagt. Aber sie haben das Tier wohl auch gesehen und sind mitgegangen. Ich hoffe, dass ich deswegen nun keine Schwierigkeiten bekomme?"

„Das werden wir noch sehen! Fluglizenz und Einsatzunterlagen!"

Sam eilte schnell zu seinem Jetcopter und holte die einwandfreien Unterlagen.

„Hier bitte, schön. Darf ich, während sie die Unterlagen kontrollieren, schon mal die Reparatur durchführen? Ansonsten kann ich meinen Zeitplan nicht einhalten!"

Der Wachmann nickte und ging wortlos zum schwarzen, bedrohlich wirkenden Jetcopter, der mit einem dünnen roten Zierstreifen und der Aufschrift „ZM" versehen war.

Sam reparierte schnell den angeblichen Schaden und schloss dann recht umständlich die Tür vom Elektronikschank, wohlwissend, dass er weiterhin vom dritten Mann beobachtet wurde. Dann ging er in Richtung seines Jetcopters und wartete brav, gut sichtbar auf die Rückkehr des Staatsschutzes. Nach zehn Minuten stampfte dieser wieder mit ernstem Gesicht heran.

„Die Unterlagen sind in Ordnung. Trotzdem muss ich sie verwarnen. Sie dürfen die vorgegebene Route und den Einsatzort nicht verlassen. Ist Ihnen das klar?

Unterwürfig senkte Sam den Kopf und murmelte ein kleinlautes:

„Ja. Sie haben selbstverständlich recht."

„Die „ZM" wird ihnen 100 Globar wegen dieses Verstoßes von ihrem nächsten Gehalt abziehen. Sie können jetzt zur Basis zurückfliegen. Aber keine Umwege!"

Wieder bellte der Mann ihn an und ging grußlos zu den anderen, die gerade die gleichen Fragen beantwortet hatten. Auch Ron und Salem bekamen die drakonische Strafe von 100 Globar Abzug vom nächsten Gehalt. Wenn man bedenkt, dass das Gehalt des Zugpersonals gerade mal 600 Globar im Monat betrug, war das eine beträchtliche Summe. Beide taten entsetzt über einen solchen Abzug wegen eines so kleinen Vergehens, akzeptierten die Strafe aber natürlich reumütig. Auch sie durften wieder in den Zug steigen und konnten sehen, wie der schwarze Jetcopter in einer großen, roten Staubwolke zügig aufstieg und zu ihrem Glück in die entgegengesetzte Richtung zur fünfunddreißigsten Stadt davonflog.

Sam lief der Schweiß in Strömen den Rücken hinunter, das war knapp. Sie hatten tierisches Glück gehabt. Er startete seinen Jetcopter, schaute kurz zu den anderen im Zug hinüber, die mit einem Daumen nach oben „Alles klar!" signalisierten. Man würde später in der Crewbasis zusammenkommen und sich gemeinsam austauschen, das war allen klar.

Der weitere Arbeitstag verlief normal, Sam flog noch zwei weitere kurze Einsätze und auch Ron und Salem fuhren eine weitere Trasse Routinemäßig ab, bei der sie die Elektroniken an den Serviceturnover-Point vom Sand und Staub befreiten, wenn es denn überhaupt erforderlich war. Gegen 18:00 Uhr machte Sam als letzter der Crew Feierabend und durch einen Geheimgang, der sich in einem separaten Technikraum im Service-Point 23 hinter einem großen Schaltschrank befand, gelangte Sam in den Bunker. Dieser abhörsichere Bereich wurde immer von der Crew benutzt, um sich auszutauschen und angehende Missionen zu planen. Oder man machte es wie Wilson, der gleich im Bunker selbst lebte und sich dort sehr wohl fühlte.

Brandon, Salem und Ron saßen bereits gemeinsam mit Sue am Besprechungstisch und auch Wilson war bereits in einem ansprechbaren Zustand. Sue sprang auf, als Sam den Raum betrat und nahm ihn sofort in den Arm. Sie war so froh, dass alles noch einmal gut gegangen war. Sie war natürlich bereits von Salem und Ron über den Ablauf der Mission informiert worden.

Sam klatschte sich erstmal mit seinen Crew-Membern und zugleich Freunden freudig ab. Alles war noch einmal gut gegangen! Brandon war begeistert über den Erfolg der Mission und ärgerte sich, dass er nicht dabei sein konnte. Hatte man doch nun die Bestätigung, dass es wirklich eine unbekannte Stadt gab, in der man der „ZM" eventuell endlich auf die Schliche kommen konnte. Wie immer bei so einem Anlass…

Brandon holte eine Runde Bier aus der Kühlung und verteilte diese an die Crew. Nach dem gemeinsamen Zuprosten taten alle einen tiefen Schluck und danach erzählte auch Sam seine Version von der Begegnung mit dem Staatsschutz. Letztendlich erteilte Brandon dem ruhigsten Crew-Member das Wort:

„Also Wilson, konntest du etwas über die Hunde, die die „ZM" zur Verfügung stellt, herausfinden?"

„Ach ja, hust."

Wilson trank wie immer erst den üblichen Schluck von der Limo, bevor er soweit war.

„Die Hunde der „ZM" sind eine genmanipulierte Rasse. Aufs wesentliche optimiert. Also praktisch ne Art Kunsthund oder Robo-Dog, man programmiert ihnen ein Grundwissen, inklusive Gehorsamkeit und Konditionierung auf den jeweiligen Besitzer ins Gehirn ein. Da liegt die Vermutung nahe, dass die Viecher auch ferngesteuert oder für eine Überwachung eingesetzt werden könnten. Ich würd´s auf jeden Fall so machen. Kann auch sein, dass die nen Kameraauge haben und auch ID´s scannen oder so, darüber hab ich aber nix gefunden.“

„Damit war Wilson am Ende seines Berichtes und widmete sich nun ganz den frischen Crackern, die Salem auf den Tisch gestellt hatte.

Brandon runzelte die Stirn.

„Dann müssen wir ab jetzt noch viel vorsichtiger sein. Was ist, wenn uns das Vieh nun auch noch überwacht? Eventuell haben die auch den Geruchssinn optimiert. Aufpassen ist angesagt, aber sowas von!“

Daran hatten die anderen noch nicht gedacht. Für eine kurze Zeit herrschte Schweigen in der Crewbasis zwölf.

„Wilson, bitte versuche noch etwas mehr über die Viecher und deren Programmierung herauszufinden, eventuell hast du noch nicht alle Server gecheckt. Wir benötigen mehr Input!“

Der Angesprochene verschluckte sich fast, nickte dann aber und verzog sich, ohne ein Wort zu erwidern, aber mit erhobenem Zeigefinger und leicht grinsend in seine Stube. Er war froh, wieder in sein persönliches Reich zu kommen und wird vermutlich die ganze Nacht die Server der „ZM“ durchforsten.

Sam und Sue machten sich auf den Heimweg, nicht auf direktem Weg und auch nicht, ohne regelmäßig hinter sich zu schauen. Die allgemeine Lage hatte sich verschärft; leider zu ihren Ungunsten.

Teambuilding

Reyko O´Hara erwachte und bewegte sich geschmeidig um duschen zu gehen, danach fühlte er sich frisch und erholt wie schon lange nicht mehr. Er saß nun im Trainingsanzug auf der Fensterbank im achten Stock und plante seinen Tag. Reyko ging hier sehr strukturiert vor, minutiös organisierte er sich selbst. Zuerst würde er trainieren gehen, den Eliteclub besuchen und im Anschluss im Einkaufscenter nach dem Rechtem sehen. Er hatte schließlich einen Auftrag, obwohl er selbst nicht wusste, woher dieser kam und vor allem von wem. Er hinterfragte sich nicht selbst, es war einfach richtig seinen inneren Anweisungen zu folgen. Punkt 11:00 Uhr sprang er auf und fuhr mit dem Lift auf das Roof Top, wo sich neben dem Eliteclub, auch das Fitnesscenter befand. Exakt 90 Minuten später ging er nass geschwitzt unter die Dusche, um 15 Minuten später hinüber zum Eliteclub zu gehen. Er setzte sich rechts außen an einem freien Tisch auf einen der chromglänzenden Barhockern und bestellte bei der Bedienung sein übliches Getränk, ein stilles Wasser aus der Antarfari-Quelle. Alkohol trank er nur höchst selten und auch nur zu besonderen Anlässen. Die dunkelhaarige, sportliche Bedienung ließ ihn nicht lange warten und servierte Reyko das gewünschte Getränk. Dieser schaute die Bedienung an und tief in seinem Gehirn wurde irgendetwas ausgelöst, was er bislang noch nicht kannte:

Er mochte diese Person.

Die Bedienung bemerkte ebenfalls eine Veränderung, wenn auch eine ganz andere als bei Reyko. Diese intelligente Ressource gehörte zu ihrem Auftrag und so stellte sie sich freundlich lächelnd vor:

„Hallo, ich bin Delia, bin neu hier im Club. Wie darf ich dich nennen?"

Reyko musste schlucken, mit so etwas hatte er heute nicht gerechnet und so er stellte sich kurz, aber recht unbeholfen vor:

„Mein Name ist Reyko O´Hara, ich war gerade drüben trainieren und trinke jetzt gerade ein Wasser."

„Ach was? Hätte ich nicht gedacht!"

Delia lächelte etwas gequält und drehte sich um.

„Das kann ja was werden."

Murmelte sie vor sich hin und bediente erstmal ein paar andere Tische. Wieso bekam gerade *sie* immer solch blöde Aufträge?

Doug Beaufort war mit sich im Reinen, er hatte erfolgreich eine Agentin für einen geheimen Auftrag gewinnen können. Grundsätzlich ließ er seine Partner die ihm durch die „ZM" zur Seite gestellt wurden, umfangreich überprüfen und kontrollieren. Er wollte immer genau wissen, was vor sich ging und ob er seinem Partner vertrauen konnte. Loyalität war sein oberstes Gebot und so hatte er mit Delia Sonati genau die passende Person für diesen Job gefunden. Gutaussehend, sportlich, loyal und intelligent. Sein alter Partner Steven hätte sich vor dieser Frau wie ein aufgegeilter Pfau aufgeführt, nun war er gespannt auf die Reaktion von Reyko. Doug stand auf und Raptor sprang sofort neben ihm. Ok, also würde er erstmal einen ausgedehnten

Spaziergang mit seinem Hund machen, bevor Doug dann die hübsche Agentin Delia fragen würde, ob der gewünschte Kontakt erfolgt ist. Mit Delia könnte er auch mal etwas Spaß haben, hatte sie doch Ähnlichkeit mit der damals leider verstorbenen Kira. Verstorben hörte sich besser für Doug an, er wollte die Wahrheit ignorieren. Kira wurde nach einem missglückten Einsatz durch Steven von einer Glasbrücke in die Tiefe gestoßen.

Auf direktem Weg machte er sich auf, um auf der schönen, gut sechs Kilometer langen Promenade der City Zwölf spazieren zu gehen. Auf beiden Seiten mit Palmen dekoriert, verlief die mit vielen Restaurants versehende Promenade nah entlang am Meer. Der rote Sand des Strandes bildete einen schönen Kontrast zum blauen Himmel, an dem hin und wieder Drohnen und Jetcopter in verschiedenen Größen zu sehen waren. Raptor lief stets gehorsam, aber freudig neben Doug her. Er freute sich wirklich, wieder draußen zu sein, wenn auch aus anderen Gründen, als sich sein Herrchen vorstellen würde. Raptor bemerkte eine Veränderung seiner Denkweise, er bemerkte, wie er sämtliche Personen visuell erfasste und automatisch dessen ID hinterlegte. Er wusste nicht, warum er das tat. Es funktionierte wie das Atmen, unabhängig von seinen Gedanken. Er registrierte, dass Doug heute eine 0,5 Sekunden pro Meter, schnellere Laufgeschwindigkeit als gestern hatte und begründete das mit einem besseren Gemütszustand seines Herrchens. Dieses Mal waren die beiden nicht Richtung *Sunset,* sondern in die ruhigere Gegend Richtung „Buffalo East" unterwegs. Doug ging zum Strand, was Raptor missfiel, er wollte weiter intelligente Ressourcen scannen und nicht so tun, als ob er Spaß im Sand und

Wasser hätte. Kurzerhand setzte er sich hin und ließ sein Herrchen alleine weiter gehen. Das war ein unmissverständliches Signal an Doug. Dieser bemerkte erst kurz vor dem Erreichen des Wassers, dass sein Hund nicht gefolgt war. Überrascht drehte sich Doug zu Raptor um und rief nach ihm, was Raptor brav mit einem Schwanzwedeln quittierte. Nach dem dritten Rufen gab Doug auf und ging zurück zu seinem Hund, der begeistert aufsprang und freudig weiter die Promenade hinunterlief. Sein Herrchen musste wohl oder übel erkennen, dass jemand anderes das Kommando übernommen hatte.

Reyko hatte unterdessen sein Wasser getrunken und beobachtete ständig, aber unauffällig, diese langhaarige Delia. Sollte er es wagen und sie noch einmal ansprechen. Vorsichtig hob er die Hand, als sie zu Ihm herübersah. Normalerweise hätte er auch auf dem im Tisch eingelassenen Multimedia-Screen die Bestellung aufgeben können, aber nun hatte er sich getraut.

„Ähm, hallo Delia, könnte ich noch Wasser bekommen?"

„Aber sicher, Reyko!"

Delia lächelte charmant, während sie innerlich diebische Bestätigung fühlte. Natürlich hatte der Typ angebissen!

Sie wusste, wie der weitere Ablauf sein würde und bereitete sich darauf vor. Nachdem sie höflich das Wasser aus der Antarfari-Quelle servierte, kam wie erwartet die Frage.

„Hättest du Lust, heute Abend mit mir etwas essen zu gehen?"

Delia hatte keine Lust, auch wenn der Typ gut gebaut war und nicht schlecht aussah, war ihr nicht nach einem Date mit ihm. Trotzdem antwortete sie freudig:

„Sehr gerne Reyko! Wann und wo sollen wir uns denn treffen? Gegen 18:00 Uhr mache ich Feierabend."

Damit hatte Reyko wiederum nicht gerechnet. Er konnte sich überhaupt nicht daran erinnern, jemals ein Date gehabt zu haben. Was war falsch an ihm? Keine Erinnerung an andere Frauen, als ob er gerade erst auf die Welt gekommen wäre. Egal, er freute sich tierisch und auf die Bestätigung, die er durch Delia empfand, tat ihm gut. So erwiderte er hastig:

„Dann um 19:00 Uhr im *Sunset*? Ich reserviere das Restaurant!"

„Es reicht, wenn du einen Tisch im Restaurant reservierst, Reyko. Aber ja, ich bin um 19:00 Uhr da."

Delia lächelte noch etwas pflichtbewusst und ging dann zurück zum Tresen, um dort ihre Kollegen zu unterstützen.

Reyko bezahlte mit seiner ID am Multimedia-Screen und packte ein ordentliches Trinkgeld für Delia drauf. Sie würde das erst später bei der Abrechnung bemerken, das war Reyko ganz recht so. Er ging erst einmal wieder nach Hause. Sein gesamter, so minutiös geplanter Tagesablauf war durcheinandergeraten. Ins Einkaufscenter würde er heute nicht gehen, stattdessen schaute er auf seinen Multimedia-Screen, ob irgendwelche Nachrichten eingegangen waren. Das war leider nicht der Fall. Er kannte in City Zwölf bislang nur Doug, der ihm inzwischen etwas vertrauter war, und Delia. Er wählte Doug über das Terminal an und war überrascht, als dieser direkt dran ging.

„Ach Reyko, ich wollte dich auch schon kontaktieren. Gibt es etwas Neues? Hast du von der Antarfari-Crew irgendwas gehört?"

Doug lenkte das Gespräch in Richtung Auftrag, Reyko würde sowieso von Delia erzählen, wenn alles nach Plan gelaufen ist.

„Hallo Doug, nein, bislang nichts Neues von der Crew. Aber ich muss dir etwas erzählen!"

Doug grinste in sich hinein, ja jetzt habe ich ihn dort, wo ich ihn haben wollten.

„Erzähl! Du bist ja ganz aufgeregt!"

„Ich habe eine tolle Frau im Eliteclub kennengelernt, sie heißt Delia und sie geht heute Abend mit mir im *Sunset* essen!

„Hui, das hört sich gut an! Willkommen in der City Zwölf! Dann werde ich heute mal woanders essen gehen. Du kannst mir morgen berichten, was gelaufen ist!"

Man verabredete sich am nächsten Vormittag im Fitnesscenter und beide lehnten sich, nachdem das Gespräch beendet war, zufrieden zurück. Alles lief wie geplant. Es war eine friedliche, heile Welt.

Sam Docker

ID 05101966v

Aktueller Rang Sechs

City Zwölf

Quadrant G

Gebäude 4

Apartment K 51

Aktuelles KTO-Gesamtguthaben 2523,- Globar

Sie haben eine neue Nachricht:

1. Nachricht 08.09.2090, 16:32 Uhr

Absender: „ZM"

> Verwarnung! Sie haben gegen §17a der Gesetzgebung der „ZM" verstoßen. Entgegen klarer Anweisung der Monorail haben sie am Turnover-Point 44, auf der Trasse City Zwölf in Richtung City 32, Ihren Einsatzort verlassen. Ihnen werden 100,00 Globar von der nächsten Gehaltszahlung abgezogen. Bei einem weiteren Verstoß gegen die Gesetzgebung der „ZM" werden sie in einen niedrigeren Rang eingestuft. Dies würde gleichzeitig den Verlust ihrer Jetcopter-Fluglizenz beinhalten.

„ZM" wünscht Ihnen einen guten Tag. Bleiben Sie weiterhin fleißig und untertänig.
Nachricht Ende <

Stirnrunzelnd saß Sam zuhause vor dem Multimedia-Screen und las sich die Nachricht der „ZM" zum zweiten Mal durch. An die Jetcopter-Lizenz hatte er gar nicht gedacht, das würde ihn tief treffen. Sue schaute ihm über die Schulter und las mit. Auch sie musste zweimal lesen, bevor sie verstand, was dort stand.

„Sam, das würde dann auch noch bedeuten, dass wir unser Apartment verlieren!"

Erschrocken sahen sie sich an, das neue Apartment mit dem riesigen Eckbalkon, den Aufstieg in Rang 6 und die damit verbundene Jetcopter-Fluglizenz hatte ihnen Doug Beaufort ermöglicht. Das wurde beiden jetzt siedend heiß bewusst.

Sie mussten aufpassen, dass sie ihren erst so kürzlich erstandenen Status nicht verlieren würden. Beide kamen überein, dass sich Sam mit Einsätzen gegen die „ZM" in Zukunft zurückhalten musste. Sue ging hinaus auf den Balkon und schaute in den frühen Abendhimmel, Sam ging seiner Lebenspartnerin nach und legte einen Arm um sie.

„Lass uns zum *Sunset* gehen, einen Happen essen und die Aussicht genießen."

Leise hatte Sam geflüstert und Sue nickte kurz.

„Ich ziehe mich nur kurz um, dann können wir los." Beide gingen vom Balkon und während sich Sue umzog, meldete sich Sam vom Multimedia-Screen ab. Nicht ohne nochmals auf die Nachricht zu schauen, die er letztendlich bestätigte, weil dies seitens der „ZM" gefordert war. Gegen 18:00 Uhr gingen dann beide, Hand in Hand zur Promenade und fanden noch ausreichend freie Tische vor. Unbewusst setzten sie sich an den Tisch, an dem sich die beiden kennengelernt hatten. Sie mussten beide schmunzeln, hatten sie doch den gleichen Gedanken gehabt. Sam gab ihr einen Kuss, als eine Bedienung an ihren Tisch kam und betont freundlich, aber recht monoton sprechend, nach ihrer Bestellung fragte. Sam schaute die Bedienung an, sie war ein Robot, aber kaum noch von einem echten Menschen zu unterscheiden. Immer öfter sah man diese Robots in diversen Positionen arbeiten, was Sam wirklich missfiel. Auch Sue hatte es registriert: „Irgendwann werden wir normale Menschen keine Arbeit mehr bekommen."

Entsetzt schaute Sam in Sue´s Augen und legte seinen Zeigefinger auf die Lippen. Sue begriff sofort. Hier konnten sie abgehört werden und jedes falsche Wort wäre fatal. Sie bemühte sich den Schaden so gering wie möglich zu halten und schob schnell noch einen Satz nach:

„Aber umso besser für uns, dann haben wir halt mehr Freizeit! Die „ZM" weiß was sie tut, uns geht es gut!"

Die Getränke wurden serviert und man schaute gemeinsam auf das Terminal, um sich die passenden Tapas dazu zu bestellen.

Inzwischen war es knapp 19:00 Uhr und der sonst so souveräne Reyko O´Hara ging nervös vor dem Restaurant *Sunset* auf und ab. Dann sah er sie, schon von weitem konnte er ihre wallenden Haare im Wind erkennen. Sie trug ein weißes Minikleid mit tiefem Ausschnitt, das ihr fantastisch stand. Reyko schluckte, jetzt kam es darauf an, alles richtig zu machen!

Delia ging direkt auf ihren Klienten zu und grinste ihn frech an:

„Kannst den Mund wieder zumachen! Los, ich habe Durst!"
Leicht eingeschüchtert erwiderte der sonst so eloquente Reyko;
„Schön, dich wiederzusehen! Ich, ich, ähm, wir haben den Tisch
ganzen hinten rechts, hinter dem Pärchen was dort bereits sitzt."
Er hob den linken Arm leicht an und deutete Delia an,
vorzugehen, was sie auch mit einem Schmunzeln tat.
Schnurstracks ging sie zum reservierten Tisch und setzte sich auf
den besten Stuhl, von dem sie den schönsten Blick aufs offene
Meer hatte. Höflich nahm Reyko gegenüber von Delia Platz und
konnte so den gesamten Restaurantbereich überblicken.
„Warum habe ich keinen vierer Tisch reserviert, dann hätte ich
mich neben ihr setzen können!"
Diese Gedanken rasten durch Reyko´s Kopf, als er nach vorn sah
und direkt in zwei himmelblaue Augen einer hübschen Blondine
schaute. Reyko erkannte die junge Frau mit den langen, lockigen
Haaren sofort wieder. Sue Walker und Sam Docker saßen direkt
vor ihm! Nun war er froh, genau diesen Tisch gewählt zu haben.
Sue schaute kurz verdutzt und war verwundert über den direkten
Blickkontakt und drehte sich schnell zur Seite, sie hatte diesen
Typen doch schon mal gesehen!
Sam bemerkte den anderen Gesichtsausdruck von Sue:
„Was ist los, hast du einen Geist gesehen?"
Sue deutete unauffällig in ihrer Armbeuge mit dem Finger auf
Reyko und flüsterte ganz leise:
„Begleiter von Doug …"
Nun veränderte sich auch kurzzeitig Sam´s Gesichtsausdruck.
Nachdem er sich wieder gefasst hatte, drehte er den Kopf so, als
ob er auf das Meer schauen wollte und beobachtete aus den

Augenwinkeln den Unbekannten. Der Typ hatte große Ähnlichkeit mit Steven, das registrierte Sam sofort. Sehr viel Ähnlichkeit, aber trotzdem irgendwie anders. Sam vermisste seinen ehemaligen Freund Steven nicht, hatte er sich doch als einen falschen Kumpel erwiesen, der im Hintergrund für die „ZM" arbeitete. Der Typ saß mit einer attraktiven Frau in einem kurzen, weißen Kleid zusammen, die auch Steven sicher gefallen hätte. Da sie selbst dem Meer zugewandt war, konnte Sam sie aber nur von hinten sehen.

Das kann ja noch ein lustiger Abend werden, Sam schaute Sue in die Augen und beide wussten sofort was zu tun ist. Sie spielten ein verliebtes Pärchen, welches sie ja im Grunde ja auch waren. Sie unterhielten sich angeregt und hin und wieder schaute Sam unauffällig in Reyko´s Richtung. So konnte er auch dessen Begleitung einmal genau von vorne sehen. Es war eine durchaus hübsche Frau, die sicher keine Probleme hatte, jemanden kennenzulernen. Sue und Sam aßen dann diverse Tapas, tranken ein paar Bierchen und verließen das *Sunset* erst nach gut zwei Stunden bewusst gut gelaunt, um noch ein wenig auf der Promenade spazieren zu gehen. Niemand hätte etwas anderes gedacht, als ein verliebtes Pärchen beim Abendessen gesehen zu haben. Doch Reyko kam sofort ein Verdacht auf, das war ihm alles zu perfekt inszeniert. Er würde ab sofort ein Auge auf die beiden haben. Dadurch, dass er Sam und Sue beobachten konnte, war er wesentlich entspannter, was seine Begleitung Delia betraf. Diese registrierte Reyko´s plötzliche Veränderung aber sofort.

„Du wirkst heute so viel cooler als gestern!"

„Ich gebe mir absolute Mühe, dir nicht zu zeigen, dass du die
hübscheste Frau im Umkreis von 100 Kilometern bist!"
Delia reagierte ausnahmsweise mit einem echten Lächeln auf das
ausgesprochene Kompliment. Was äußerst selten vorkam.
„Das war jetzt wirklich sehr nett von dir!"

Die beiden unterhielten sich noch fast zwei Stunden über ganz
alltägliche Dinge, bis Delia den Abend unvermittelt beendete:

„So, mein lieber Reyko, die Delia sagt jetzt >Nachti<, ich muss
morgen verdammt früh raus!"

Reyko nickte wohlwollend, er hatte heute eh keinen Kopf mehr
für Delia, er würde die Server nach Sam und Sue durchsuchen,
das war völlig klar für ihn. Beide verabschiedeten sich freundlich,
aber doch noch etwas distanziert voneinander. Delia fand den
Herrn O´Hara jetzt gar nicht mehr sooo schlecht, aber mal
abwarten.
Beide trennten sich auf der inzwischen abgedunkelten
Promenade, die vielen kleinen, schwarzen Drohnen, die um die
Häuser schwirrten und Biowerte erfassten, bemerkten die zwei
nicht. Solche Ereignisse zu ignorieren, war schon von Anfang an
in den Gehirnen der Menschen auf Antarfari implementiert
worden.
Die „ZM" weiß, was sie tut …

Konfrontation

Die Nacht war in ihr schwarzes Gewand gehüllt, graue Wolken bedeckten den Himmel. Kein einziger Stern war draußen von der Promenade aus zu erkennen. Ihren Blick auf das weite, offene Meer gerichtet, erstarrte sie plötzlich erschrocken über das, was sie zu erkennen glaubte. Sie sah direkt in die rotglühenden Augen eines grauen Monsters. Voller Panik sah sie sich um, aber sie war völlig auf sich allein gestellt. Nicht ein anderer Mensch verweilte um diese Zeit noch auf der Promenade. Sie erkannte die gefährlichen, weiß blitzenden Zähne langsam auf sie zukommen. Langsam wich sie zurück, um ihr herum herrschte weiterhin eine totale Dunkelheit, die ihr noch mehr Angst einflößte.

Sie stolperte, konnte aber einen Sturz vermeiden. Ein tiefes, dumpfes Grollen kam aus der Kehle dieses hässlichen Ungeheuers, welches ihr nun langsam, Schritt für Schritt weiter folgte. Die roten Augen wurden heller, fast wie Laserstrahlen, die jeden Quadratzentimeter ihres Körpers abscannten. Was wollte dieses wilde Vieh bloß von ihr? Ihr Herzschlag raste, sie spürte den unglaublichen Druck bis zu ihrer Halsschlagader. Laut konnte sie voller Angst ihren Puls in den eigenen Ohren pochen hören. Sie war allein, aber warum war sie in der Dunkelheit allein unterwegs? Gedankenfetzen rasten durch ihren Kopf, als sich hinter der Bestie ein Mensch zu erkennen gab. Sie hatte diesen Mann schon einmal gesehen…

Dieser grinste sie dämonisch, mit wild drehenden, jetzt gelblich schimmernden Augen an und schrie laut:

„Na, da haben wir dich, kleine Schlampe!"

Sie verstand nicht, sie wollte schreien. Nun erkannte sie diesen unheimlichen Typen, das war der neue Zögling von Doug Beaufort. Neben ihm erschien eine Frau, die den gleichen Gesichtsausdruck zeigte und nun der Bestie zubrüllte:

„Schnapp sie dir, lass nichts von ihr über!"

Die Bestie kam näher und setzte zum Sprung an. Sie schrie laut auf,

„Nein!"

 Aus Leibeskräften schrie sie in die Nacht hinaus:

„Sam!!! Hilf mir!!! Sam!!!"

Klitschnass geschwitzt erwachte Sue endlich aus ihrem Alptraum, nachdem Sam sie rabiat wachgerüttelt hatte. Sie musste weinen und Sam nahm sie in den Arm. „Alles wird gut …"

Sam tat sein Bestes, um seine Lebenspartnerin wieder zur Besinnung zu verhelfen. Aber wird wirklich alles wieder gut?

Es war eine friedliche, heile Welt …

Gegen drei Uhr nachts, legten sich Sam und Sue nach einer langen Diskussion wieder ins Bett und versuchten für die restliche Nacht, eng umschlungen, doch noch etwas Frieden und Schlaf zu finden.

Die zwei hatten sich und konnten sich aufeinander verlassen. Dies waren die Gedanken von Doug Beaufort, der in diesem Moment amüsiert den Multimedia-Screen abschaltete, von dem er die ganze Szene online mitverfolgt hatte. Er konnte sich auf jedes beliebige Terminal aufschalten, wenn ihm die ID bekannt war. Ihm standen, als ranghoher „ZM"-Bediensteter alle Mittel

des gewaltigen Militär-Apparates zur Verfügung. Die zwei
verbargen etwas, da war sich Doug sicher, er würde nun auch
den Neuen, Mr. Reyko O´Hara einweihen und diesen bei seinen
Fortschritten begleiten. Und natürlich bei Zeiten unter vier Augen
kritisch befragen. Ein Beaufort ließ sich nicht belügen, von
niemanden.

Reyko verbrachte die halbe Nacht vor dem Multimedia-Screen
und suchte nach Anhaltspunkten zu Sam Docker. Irgendetwas
musste doch zu finden sein. Sein Gehirn arbeitete fast digital, er
hatte Delia völlig ausgeblendet. Er fand diverse Informationen
über Sam. Das dieser zum Jetcopterpiloten aufgestiegen war,
nachdem er wegen einer vorgeworfenen Vergewaltigung
unrechtmäßig verhaftet worden war. Bei einem Jetcopterabsturz
hatte er die Loyalität der „ZM" gegenüber bewiesen, denn er war
auf diesem Gefangenentransport nicht geflüchtet, sondern hatte
Hilfe per Funk angefordert. All das konnte Reyko in der zentralen
Datenbank der „ZM" finden. Dann stieß er auf einen neuen
Eintrag, eine Verwarnung der „ZM" mit einer Strafe von 100.00
Globar wegen Verlassens der vorgeschriebenen Route im Auftrag
der Monorail! Das würde Beaufort interessieren, da war sich
O´Hara absolut sicher. Nach dieser erfolgreichen Suche begab
sich auch Reyko nun ins Bett und war mit sich und der Welt
zufrieden. Nicht einen Augenblick hatte er an diese Delia, für die
er sich gestern noch so brennend interessiert hatte,
verschwendet. Er funktionierte genauso, wie es die „ZM"
vorgesehen hatte.

Crew-Meeting

Salem, Ron, Brandon und Sam trafen sich wie gewohnt in der Crew-Basis 12 und tauschten sich aus. Auch Salem und Ron hatten die Nachricht der „ZM" erhalten und schauten auch leicht zerknirscht, nicht wegen der 100.00 Globar Strafe, sondern wegen der Androhung des Rangverlustes. Trotzdem waren alle begeistert, dass sie einen Beweis für die von Wilson aufgestellte Theorie, dass es eine fünfunddreißigste Stadt gab, gefunden hatten. Sie mussten nun weitermachen, koste es was es wolle und herausfinden, was sich dort verbarg. Brandon ergriff das Wort:

„Ich denke, dass allen bewusst ist, dass wir weitermachen und in diese fünfunddreißigste Stadt rein müssen. Sam schließe ich dafür erstmal aus, er besitzt immer noch seine originale ID, die er weiterhin nutzen sollte, um weiterhin unauffällig zu sein. Ron und meine Wenigkeit haben ja eine angepasste ID, aber vermutlich wird es sowieso besser sein, unsere Armbänder zu tragen und die ID´s zu verbergen."

Ron nickte bedächtig und äußerte sich mit ernster Stimme: „Machen wir uns nichts vor, das Ganze könnte zu einem Himmelfahrtskommando werden. Wir werden von dort keinerlei Möglichkeit haben, mit der Crew zu kommunizieren. Auch wissen wir noch gar nicht, wie wir dort hineinkommen, geschweige denn über die gewaltige Mauer."

Im Hintergrund rumorte es, was bedeutete, dass Wilson im Begriff war, sich aus seinem Bett zu erheben. Kurz darauf erschien sein Wuschelkopf und er schien merkwürdigerweise an diesem Nachmittag gut drauf zu sein.

„Macht euch schon anne Planung für *City 35*? Ich hab da nämlich ne Idee, wenn ihr se hörn wollt…“

Sam und Brandon grinsten wie immer, aber Ron nahm den Hinweis von Wilson sofort ernst und hakte nach:

„Ok, Wilson, erzähl uns deine Idee!“

Statt zu antworten, werkelte der Angesprochene erstmal an dem im Tisch integrierten Projektor herum, bis nach langen fünf Minuten endlich ein scheinbar neues Luftbild an der Wand zu sehen war.

Wilson schnaufte zufrieden und holte sich erstmal eine Flasche Limo, nicht ohne die anderen Crew-Member mit einem Bierchen zu versorgen. Danach saßen alle zusammen und schauten auf das Luftbild der *City 35*. Wilson nahm noch schnell einen Schluck aus der Flasche und begann mit seinen Erklärungen.

„So, wie ihr erkennen könnt, ist das ne bessere Aufnahme der City. Ich konnte mit nem Bearbeitungsprogramm und ein paar Filtern die originale Datei der alten Aufnahme wiederherstellen. Jetzt kann man sogar die Mauer erkennen.“

Wilson zeigte mit dem Finger auf eine weiße Linie, die um die Stadt herum zu laufen schien und an beiden Enden bis an die Küste zum offenen Ozean Antarfari's heranreichte.

„Am besten fahrt ihr mit nem Servicezug bis zum Turnover-Point 44, Trasse City Zwölf wie beim letzten Mal, nur diesmal inkognito.

Ich könnte am nächsten Wochenende einen kleinen Ausfall simulieren, damit ein Servicetechniker erforderlich wird. Dann steigt ihr aus und geht zu Fuß bis zur Küste und versucht von der Wasserseite aus in die Stadt zu kommen."

Brandon stand auf, um sich das Luftbild näher anschauen zu können.

„Die Mauer scheint nicht bis ins Wasser zu gehen, aber vermutlich gibt es da andere Hindernisse, die auf dieser Aufnahme nicht zu erkennen sind. Sind euch diese merkwürdigen runden Gebäude in der Mitte aufgefallen?"

Deutlich waren verschiedene runde Gebäude in der Mitte der City zu sehen, darum herum standen normale, rechteckige Gebäude, wie sie auch in der City zwölf zu finden waren. Ein Tor, eine Öffnung oder etwas Ähnliches war in der Mauer nicht zu erkennen.

Sam stand nun ebenfalls auf, er wirkte etwas geknickt, zu gern wäre er bei der Erkundung der City dabei gewesen. Aber ihm war klar, dass das Risiko für ihn einfach zu hoch war.

„Insgesamt sieht die City anders aus. Es scheint keine Promenade am Meer zu geben, auch keine Grünflächen. Eventuell lebt dort gar keiner!"

„Aber es gibt Verbindungswege zwischen den Häuserblöcken hin zu den runden Gebäuden."

Brandon zeigte auf die grauen Wege, die neben dem rötlichen Wüstenstaub schwach zu erkennen waren. Er schaute zu Ron.

„Wir sollten uns Verpflegung für eine Woche mitnehmen, wir wissen nicht, was uns dort erwartet.“

Ron war also schon in die Detailplanung gegangen. Brandon gab Wilson ein stummes Signal und dieser wusste sofort, was zu tun war. Er hantierte auf dem manipulierten Terminal herum und grinste vor sich hin. Wie immer war er gut gelaunt, wenn er gebraucht wurde und irgendetwas in der Software de „ZM“ hacken konnte.

„Da isset. Ausfall Turnover-Point 44, Trasse City Zwölf, Samstag um 08:00 Uhr am Morgen. Servicezug erforderlich.“

Zufrieden lehnte sich Wilson wieder zurück und nahm sich leicht verstohlen zwei, drei Kekse aus der Schale, die sich wie immer rein zufällig in seiner Nähe befand.

„Um nicht aufzufallen, sollte ein regulärer Techniker den Einsatz machen. Wäre eine blöde Sache, wenn die gleichen Techniker den Einsatz machen würden.“

Sam hatte seine Gedanken laut ausgesprochen.

„Wilson, wie weit ist der Servicepoint von der City 22 entfernt?“

Der angesprochene, der gerade wieder seine Hand aus der Schale nahm, lief leicht rot an, machte sich aber sofort ans Terminal.

„Ähm, liegt recht mittig zwischen der 12 und der City 22. Soll ich den Auftrag an City 22 vergeben?“

„Sam hat recht, wir lassen Civer den Auftrag machen, um so unauffälliger sind wir unterwegs!“

Brandon schaute zufrieden in die Gesichter der Crew und man ging weiter in die Detailplanung. Man benötigte einen Notfallplan, für den Fall, dass Brandon und Ron nicht zurückkehren würden. Um die restliche Crew nicht zu gefährden, wurde vereinbart, dass niemand den beiden folgen sollte. Stattdessen würde Wilson in unregelmäßigen Abständen einen Servicefall am Turnover-Point generieren, immer zu unterschiedlichen Zeiten, die von Brandon und Ron in ihren manipulierten ID Chips gespeichert wurden. So wussten die beiden immer genau, wann jemand vorbeikommen würde, um sie nach ihrer Exkursion aufzunehmen.

Proviant Rucksäcke waren schnell gepackt und auch das restliche Equipment wurde bereitgelegt. Man kam auf gut 15 kg pro Mann. Das würde bei dem fünf Kilometer Marsch durch den Wüstensand noch zu schaffen sein. Alles wurde zudem wasserdicht verpackt, falls die beiden wirklich in den Ozean mussten, um in die Stadt zu kommen. Sam verabschiedete sich, es war mal wieder Zeit seine ID der Überwachung der „ZM" zu präsentieren. Dieses Problem hatten die anderen nicht, dafür lebten sie mit den gefälschten ID´s wesentlich gefährlicher in der City. Jederzeit konnte auffallen, dass ihre Chips kein Signal aussenden und bei einer möglichen Kontrolle durch den Staatsschutz, eine gefälschte ID übermittelten. Bislang war noch immer alles gut gegangen, aber niemand konnte sagen, wie lange das noch so sein würde. Die Crew wusste, dass einmal pro Stunde die ID der in den Unterarmen eingesetzten Chips abgefragt wurden. Brandon und Ron hockten noch eine Weile zusammen und kontaktierten Civer, um ihn über die geplanten Einsätze zu informieren. Dieser war begeistert, seine alte Crew wiederzusehen und bestätigte seine Einsätze sofort. Es wurden noch ein paar Bierchen zusammen getrunken und dann ging man müde ins Bett. Außer Wilson natürlich, er liebte es, sich nachts in den Netzen der „ZM" umzusehen, um beim nächsten Meeting gefundene Neuigkeiten zu präsentieren.

Reyko und Raptor

Der durch feinem Wüstensand rot gefärbte Nebel lichtete sich nach und nach, um der brennenden Sonne an diesem Freitagmorgen wieder Durchlass zu gewähren. Es würde wieder ein heißer Tag in der City Zwölf auf dem Kontinent Antarfari werden. Doug Beaufort hatte die morgendlichen Stunden genutzt, um mit Raptor eine Runde durch die noch menschenleere City zu gehen. In der Regel kamen die meisten Bewohner erst gegen Abend aus den Gebäuden, die Hitze und auch die Strahlung der Sonne war zu hoch und gleichzeitig gefährlich.

An einem Spiegel in einer Nische des Einkaufscenters wurde Raptor etwas unruhig und Doug schob ihn letztendlich mit den Händen weiter, er wollte sich nicht im Spiegel betrachten, was hatte der Hund jetzt schon wieder?

Raptor selbst hatte die Spur zweier seiner kürzlich gespeicherten ID´s entdeckt. Sam Docker und Sue Walker haben vor nicht allzu langer Zeit vor diesem Spiegel gestanden. Und etwas anderes registrierte der Hund, an diesem Spiegel zirkulierte eine seltsame Luftmischung. Er speicherte die Koordinaten und die hier festgestellten ID´s ab und würde die Daten bei der nächtlichen Übertragung der „ZM" zur Verfügung stellen. Danach spielte er wieder das ganz brav und gut erzogene Haustier, zur Freude seines Herrchens. Hier und da waren nun doch einzelne Personen unterwegs und Raptor schnaufte einmal kurz, als er eine andere, noch gut 20 Meter entfernte, ihm bekannte ID wahrnahm. Er hatte bei seinem letzten Update genauere Angaben erhalten. Die

Dame mit den brünetten Haaren hatte die ID 226534g, wohnte im Komplex 3 und hieß Celeste Damur, benutzte aber den falschen Namen Celine, wenn sie anderen Männer zu Diensten stand. Es war die Escort-Dame, die Doug beim letzten Mal geordert hatte. Schließlich erkannte auch Doug, wer ihm da entgegenkam und grinste sie frech an. Celeste erschrak kurz, es war sehr selten, dass man einen Kunden auf der Straße wieder traf. Dann lächelte sie freundlich, obwohl sie sich noch an den Schlag ins Gesicht erinnern konnte. Ohne zu zögern sprach Doug sie an und verabredete sich mit ihr für den morgigen Samstagabend, das würde ein Abend nach seinem Geschmack werden, da war er sich sicher. Celeste war sich klar, dass es ein harter Abend für sie werden würde, aber der Typ hatte ihr die doppelte Bezahlung angeboten, wenn sie ein wenig mehr einstecken würde. Gegen 20:00 Uhr würde sie sich, wie gewünscht, unterwürfig in das Apartment von Doug Beaufort begeben und ihren Job machen. Sie hoffte, dass genug Whisky bereitstand, um den Abend einigermaßen zu überstehen.

Zwei Stunden später erreichte Doug den Eliteclub auf dem Dach seines Gebäudekomplexes, um sich mit Reyko auszutauschen, welcher sich bereits zweimal bei ihm gemeldet hatte. Nach einer kurzen Begrüßung teilte Reyko seinem neuen Boss mit, was er im Netz der „ZM" entdeckt hatte. Das Verlassen der vorgeschriebenen Route am Turnover-Point 44, Trasse City Zwölf war kein Kavaliersdelikt, aber auch keine Straftat die zu einer Rangreduzierung führte. Hin und wieder kam so etwas vor, erklärte Doug, trotzdem wolle er der Sache nachgehen.

So ganz zufrieden war Reyko mit dem Verlauf des Gespräches nicht, er hatte sich eine völlig andere Reaktion von Doug vorgestellt. Er beschloss, zukünftig mehr für sich selbst zu arbeiten und Beaufort nur dann einzuweihen, wenn es unabdingbar war. Die ganze Zeit spürte er, dass dieser Hund namens Raptor ihn beobachtete, was ihn ein wenig nervös machte. Und noch etwas machte ihn nervös, er konnte Delia weiter hinten arbeiten sehen. Sollte er es wagen und sie noch einmal ansprechen? Das erste Date war ja eigentlich nicht schlecht gelaufen, auch wenn ihn Sam und Sue aus dem Konzept gebracht hatten.

Doug bemerkte Reyko´s Blicke natürlich und er war zufrieden, dass er mit Delia die richtige Wahl zur Überwachung seines neuen Zöglings getroffen hatte. Doug verabschiedete sich und ließ Reyko einfach am Tisch sitzen, Reyko würde schon allein klarkommen. Doug verließ den Eliteclub und Raptor folgte ihm unauffällig, nicht ohne alle Personen im Umkreis zu identifizieren und online in einer Datenbank abzugleichen. Seit seinem letzten nächtlichen Update, war Raptor in der Lage, direkt in den Datenbanken der „ZM" nach Personen zu suchen. Er registrierte, dass sämtliche Anwesende im Eliteclub in irgendeinem Zusammenhang mit der „ZM" standen, was ihn aber nicht sonderlich wunderte. Von den Angestellten mal abgesehen, konnten nur Mitarbeiter der „ZM" in den Rang gelangen, den Eliteclub zu besuchen.

Reyko indes fasste seinen ganzen Mut zusammen und ging auf Delia zu. Diese war bereits im Vorfeld von Doug Beaufort informiert worden, tat aber dennoch überrascht, als Reyko vor ihr stand.

„Hi Reyko, möchtest du wieder ein Wasser der Antarfari-Quelle?"

Delia bemühte sich, nicht allzu höhnisch rüber zu kommen, musste aber innerlich doch schmunzeln, als sie bemerkte, wie Reyko kurz nach den richtigen Worten suchen musste.

„Äh ja, hallo Delia. Ja doch, ich nehme gern noch so ein Wasser, aber danach gehe ich trainieren."

„Puh!" Delia murmelte es nur so vor sich hin und der Ausspruch blieb von Reyko unbemerkt. Daher ging sie ein wenig mehr auf Reyko ein, und dieser entspannte sich wieder merklich.

Nach einem kurzen Gespräch kamen beide überein, am Samstag noch einmal in das *Sunset* zu gehen, um sich weiter kennenzulernen. Zufrieden ging Doug im Anschluss in den Elite-Fitnessclub und trainierte, um wieder einen klaren Kopf zu bekommen. Er würde im Anschluss auch mal nach Delia im Netz der „ZM" suchen. Man konnte ja nie wissen …

Aufbruch

Pünktlich um 08:00 Uhr startete am Samstagmorgen ein Servicezug der Monorail in Richtung Turnover-Point 44. Mit an Bord, Brandon und Ron, die bereits am frühen Morgen zur City 22 gereist waren, um dann unauffällig in den Servicezug zu steigen, den Civer kurz zuvor verlassen hatte, um seine angeblich vergessenen Unterlagen aus dem Technikraum zu holen. So konnte Civer bei einer möglichen Entdeckung der beiden anderen Crew-Member immer noch behaupten, von nichts gewusst zu haben. Brandon und natürlich auch Ron, hatten die Sendefunktion ihrer Chips deaktiviert und zusätzlich mit dem Schutzarmband überdeckt, sicher ist sicher.

Knapp 40 Minuten später verabschiedeten sich die beiden von Civer, der kurz die angeblich defekte Elektronik sichtete und dann plangemäß wieder zurück zur City 22 fahren musste. Er würde erst in zwei Tagen den nächsten, vermeintlichen Einsatz hierhin fahren, um nachzusehen, ob die beiden von ihrer Mission „*City 35*" zurück waren.

Bepackt mit ihren Rucksäcken entfernten sich die beiden zügig von der Monorailstrecke, ein Jetcopter der „ZM" könnte jederzeit in der Nähe auftauchen, was ihren Plan zunichtemachen würde.

Ron stöhnte nach gut zwei Kilometern Marsch durch den roten Wüstensand:

„Ich glaube, mein Rucksack ist schwerer als deiner!"

Brandon, der stets gut durchtrainiert war musste grinsen und schlug vor, die Rucksäcke zu tauschen, was Ron natürlich ablehnte. Ein lautes Surren in der Luft ließ die beiden aufhorchen und schnell knieten sich beide eng an einem der rotgrauen Felsen. Sie schauten nach oben und konnten eine unbemannte Drohne erkennen, die anscheinend einen großen Bogen um die Stadt flog, die man, fern in der heißen Wüstenumgebung, flimmernd erkennen konnte. Die Drohne von gut fünf Metern Länge nahm keinerlei Notiz von den beiden und verschwand wieder so schnell, wie sie aufgetaucht war. Brandon und Ron beschlossen nicht mehr zu reden, um weitere Drohnen früher hören zu können, um rechtzeitig eine Deckung zu suchen. Sie hatten jetzt nach gut einer Stunde, die Hälfte der Strecke geschafft. Die Temperatur stieg mittlerweile auf knapp 40°C und machte beiden nun zu schaffen. Bis zur Küste war es etwas weiter als bis zur Mauer, dafür würde es dort aber auch merklich kühler sein und Ron freute sich schon fast darauf schwimmen zu gehen. Sie liefen weiter und konnten die weiße Mauer nun schon klar erkennen. Mehr als fünf Meter hoch ragte sie wie ein Monument empor, nirgendwo konnten Sie einen Durchgang oder ein Tor ausmachen. Nach weiteren 30 Minuten hörten sie erneut das Surren der Drohne und schnell suchten sie wieder Deckung an einem der kargen Felsen, die immer mal wieder hoch aus dem Wüstensand ragten. Wieder flog die Drohne über sie hinweg und schien nichts von den beiden zu registrieren. Brandon kontrollierte den richtigen Sitz seines Armbandes und Ron tat es ihm nach. Sicherheit ging vor. Sie gönnten sich eine kleine Pause und tranken wortlos etwas Wasser, bevor sie wieder aufstanden und weiter, die Mauer immer im Blick, zur Küste marschierten. Der Weg schien länger als gedacht, aber irgendwann konnten sie endlich den Ozean erkennen, was ihnen wieder neuen Antrieb gab. Schließlich erreichten sie in knapp 500 Metern Abstand zur Mauer den blauen Ozean, der mit dem roten Sandstrand eine schöne Kulisse bot. Hier gab es weniger Felsen, an denen sie Schutz finden konnten, deshalb liefen sie in Richtung der Mauer, wo sie noch einige große Felsen ausmachen konnten, die nicht nur Schutz vor den Drohnen, sondern auch Schatten spendeten.

Völlig aus der Puste ließen sich Brandon und Ron im Schatten einer kleinen Felsgruppierung nieder. Nach einem Schluck aus der Wasserflasche machte Brandon einen Vorschlag:

„Wir sollten hier ein kleines Lager errichten und die nähere Umgebung erstmal ohne Gepäck erkunden.“

Damit war Ron sofort einverstanden und so liefen beide, immer schutzsuchend an den Felsen entlang, nur mit einer Wasserflasche und diversen Kraftriegeln ausgestattet, näher an den Ozean und zugleich auch noch näher an die riesige Mauer heran. Brandon blieb plötzlich abrupt stehen und deutete mit dem Zeigefinger Richtung Küste auf das Ende der Mauer.

Deutlich war zu erkennen, dass so manche Sturmflut ganze Arbeit geleistet hatte. Die Mauer war teilweise in sich zusammengebrochen, riesige Steinblöcke lagen in einem Umkreis von knapp 20 Metern verteilt herum. Stellenweise war die Mauer bis zum Boden zerstört, so dass man einfach so in die *City 35* hinein gehen konnte. Das veränderte die aktuelle Lage ins Positive, blieb den beiden doch ein Bad in voller Montur und mit Gepäck erspart. Wieder war die herannahende Drohne zu hören und die beiden gingen inzwischen etwas gelassener in Deckung.

Wieder flog die Drohne vorbei und verschwand in der Ferne, ohne von den Crew-Membern Notiz zu nehmen.

Ron schaute über einen kleineren Felsen hinweg in Richtung Mauer. Jetzt aus der Nähe betrachtet, sah die Mauer gar nicht mehr so bedrohlich aus, eher war zu erkennen, dass diese kurz vor dem Zerfall war, hier wurde nichts Instand gesetzt, wie es sonst in den anderen Städten üblich war.

„Meinst du, dass da noch irgendjemand lebt?"

Ron schaute zurück zu Brandon, der sich nun ebenfalls erhob und sich zu seinem Partner gesellte.

„Irgendwie sieht alles doch recht verlassen aus. Was meinst, sollen wir es wagen und mal hinter die Mauer schauen?"

„Dafür sind wir hier!" Selbstsicher antwortete Ron und deutete mit dem Kopf Richtung Mauer.

„Auf geht's, umso schneller sind wir wieder daheim."

Sie deckten ihre Rucksäcke mit einer rotgrauen Plane ab, warfen etwas Wüstensand darauf und marschierten dann vorsichtig näher an die große Lücke der Mauer heran. Schließlich gingen sie über einigen Bruchstücken der Mauer hinweg, in die unbekannte Stadt hinein.

Ein gemeinsames Wochenende

Sue und Sam hatten Besuch von ihrem alten Kumpel Civer bekommen und die drei hatten es sich am frühen Samstagabend auf dem Balkon gemütlich gemacht. Civer war für das Wochenende zur City Zwölf gekommen und hatte auf dem Weg direkt Fingerfood besorgt, über das sich die drei nun mit Genuss hermachten. Themen wie die Antarfari-Crew oder der „ZM" wurden bewusst vermieden, die Gefahr, abgehört zu werden, bestand immer und so beließ man es bei privaten Themen.

Civer hatte sich in der City 22 gut eingelebt und hatte auch dort ein Apartment zugehörig seines Ranges Fünf sogar mit einem kleinen Balkon durch die „ZM" erhalten. Er arbeitete von dort aus, wie Sam früher auch, bei der Monorail in den Servicezügen, die täglich bestimmte Trassen abfahren mussten, um diese vom Wüstenstaub zu befreien.

Sam ging kurz in den Wohnraum hinein, hatte er doch einen Signalton vernommen, was bedeutete, dass er eine Nachricht erhalten hatte. Er schaltete den Multimedia-Screen ein und klickte auf das blinkende Nachrichtensymbol.

Sam Docker

ID 05101966v

Aktueller Rang Sechs

City Zwölf

Quadrant G

Gebäude 4

Apartment K 51

Aktuelles KTO-Gesamtguthaben 2344,- Globar

Sie haben eine neue Nachricht:

1. Nachricht 29.09.2090, 17:24 Uhr

Absender: „ZM"

> Befragung zu Vorfall Abweichung der vorgegebenen
Einsatzroute.

Montag 01.10.2090 werden Sie um 07:30 Uhr durch Herrn Doug
Beaufort zum Vorfall erneut befragt. Erscheinen Sie pünktlich im
Besprechungsraum B244 der Monorail Station City Zwölf.

„ZM" wünscht Ihnen einen guten Tag. Bleiben Sie weiterhin
fleißig und untertänig.
Nachricht Ende <

Geschockt las Sam die Nachricht noch einmal durch und holte
Sue und Civer vom Balkon um ihnen die Nachricht zu zeigen. Sue
hielt sich die Hand vor dem Mund und schaute Sam mit großen
Augen an; alle wussten, das war nicht gut.

Im gleichen Augenblick ertönte wieder das Signal für eine neue
Nachricht und Sam klickte darauf.

Sam Docker

ID 05101966v

Aktueller Rang Sechs

City Zwölf

Quadrant G

Gebäude 4

Apartment K 51

Aktuelles KTO-Gesamtguthaben 2344,- Globar

Sie haben eine neue Nachricht:

1. Nachricht 29.09.2090, 17:32 Uhr

Absender: Doug Beaufort

> Befragung zu Vorfall Abweichung der vorgegebenen Einsatzroute.

Hallo Sam, was machst du denn für Sachen? Wir werden das zum vorgegebenen Termin mal im Detail besprechen. Versuche nicht, mir irgendwelche Geschichten aufzutischen, nur damit das klar ist.

Montag 01.10.2090, 07:30 Uhr

Besprechungsraum B244 Monorail Station City Zwölf.

Doug Beaufort

Nachricht Ende <

Die nächste schlechte Nachricht. Sam kannte den stämmigen, furchteinflößenden, ranghohen Offizier der „ZM", Doug Beaufort, inzwischen ganz gut. Er mochte ihn nicht, auch wenn er damals Wort gehalten und für seine Beförderung zum Jetcopter-Piloten gesorgt hatte. Er hoffte inständig, nicht wieder einen Auftrag in den Diensten der „ZM" aufs Auge gedrückt zu bekommen. Aber passieren konnte alles, wenn Beaufort im Spiel war. Civer und auch Sue schauten bedrückt rein, der Abend war jetzt irgendwie gelaufen, das war allen klar. Man setzte sich zurück auf den Balkon, aber niemand hatte mehr Appetit auf das Fingerfood, welches Sue letztendlich abräumte. Stattdessen trank man diverse Bierchen und ein paar Gläser Wein. Sam hatte auf einen kleinen Zettel aufgeschrieben:

Morgen 12 Uhr Crewbasis 12.

So wussten alle Anwesenden Bescheid, man würde sich morgen im abhörsicheren Bunker mit den anderen Mitgliedern der Crew austauschen und beraten. Vermutlich haben die anderen auch eine Einladung zum Verhör bekommen. Man ging früh ins Bett, die gute Stimmung, die vor der Nachricht bestanden hatte, wollte nicht zurückkehren.

Reyko hatte unterdessen dieses Mal einen vierer Tisch im *Sunset* reserviert und war gut eine halbe Stunde vor Delia im Restaurant. Er setzte sich bewusst so, dass er dieses Mal auf den Ozean schauen konnte, er wollte den Fokus heute Abend auf Delia richten und nicht abgelenkt werden. Zuvor hatte er im Netz der

„ZM" nach Delia gesucht, aber keinen Anhaltspunkt gefunden, als ob sie gar nicht existieren würde. War sie wirklich ein so unbeschriebenes Blatt auf Antarfari? Reyko war sich nicht sicher, deshalb wollte er heute ein wenig mehr von Delia erfahren.

Nachdem Delia auch zehn Minuten nach der verabredeten Zeit um 21:00 Uhr nicht erschienen war, bestellte er sich bei der Bedienung, die vermutlich ein Robot war, ein Glas Bier und versuchte sich zu entspannen, was ihm nicht so recht gelang. Gegen 21:30 Uhr erschien Delia dann und grinste ihn frech und wohlgelaunt an.

„Na Herr O´Hara, heute ein Bierchen und kein Wasser?"

Reyko musste schlucken, eigentlich hatte er eine Entschuldigung erwartet, aber er schob diesen Gedanken rasch beiseite, als er bemerkte, wie aufreizend sich Delia heute wieder gestylte hatte.

„Am Wochenende, darf ich mir auch mal ein, zwei Bierchen gönnen!"

Freundlich parierte er Delia´s kessen Spruch, nur um den Nächsten zu bekommen.

„Na, dann! Wollen wir mal schauen, wer von uns zweien mehr verträgt!"

Damit hatte Reyko nicht gerechnet, er hatte eigentlich keine Erfahrung was Alkohol anging und so sah er sich schon von Beginn des Abends an als Verlierer in diesem Segment.

Fünf Bier später bestätigte sich das dann auch, denn während Delia ihn ziemlich ausgefragt hatte, bekam Reyko kaum noch ein

Wort über die Lippen. Was wollte er sie eigentlich noch Fragen? Er wusste es nicht mehr und irgendwann kippte der gut durchtrainierte Reyko O´Hara nach hinten und schlief auf der Stelle ein. Delia nutzte die Gelegenheit und verließ das *Sunset* und informierte Doug Beaufort über ihre Erkenntnisse. Reyko war sauber, da war sie sich sicher und als Doug diese Erkenntnis bestätigte, war ihr Auftrag damit erledigt. Zumindest dieser Auftrag, denn sie hatte Spaß an dieser Rolle gewonnen und hatte sich Doug für weitere Dienste angeboten.

Reyko erwachte und bemerkte, dass er der letzte Gast im *Sunset* war. Von Delia war keine Spur mehr zu sehen, eine Bedienung stand mit geschlossenen Augen direkt vor seinem Tisch. Er räusperte sich und sofort erwachte die Robot-Bedienung aus ihrem Sleep Modus.

„Möchte Herr O´Hara noch etwas trinken oder möchten sie bezahlen?"

Reyko bezahlte mit seinem Chip im Unterarm direkt auf dem im Tisch eingelassenem Terminal und ging leicht schwankend heim. Er schwor sich nie wieder Bier zu trinken….

Doug Beaufort hatte seinen Abend anders geplant. Pünktlich um 20:00 Uhr erschien Celeste in einem knappen roten Minikleid vor seinem Apartment und wurde mit einem kurzen inspizierenden Blick von Raptor begrüßt. Raptor erkannte Celeste´s ID und Geruch innerhalb einer zehntel Sekunde und wusste, dass er aktuell nicht benötigt wurde. Er legte sich in eine Ecke des großen Wohnraums, von der er notfalls schnell eingreifen konnte und würde warten wie sich die Dinge entwickeln.

Doug hatte bereits den dritten Whisky getrunken und reichte Celeste, nachdem sie eingetreten war, ein mit stimulierenden Drogen versehenes Whiskyglas, welches sie dankbar entgegennahm und in einem Zug leerte. Darüber war Doug sehr erfreut, das würde den Abend etwas beschleunigen und er reichte ihr direkt das nächste, präparierte Glas und goss sich selbst auch noch einen Whisky ein. Celeste wunderte sich, wie schnell der Alkohol wirkte, normalerweise vertrug sie Alkohol ganz gut. Aber irgendwie fühlte sie sich total entspannt, als Doug sie aggressiv auf den Tisch legte, um ihr die Kleidung vom Leib zu reißen. Mehrfach benutzte er Celeste, wie es ihm in den Sinn kam und diese fühlte sich bei den brutalen Attacken trotzdem völlig entspannt. Nach gut zwei Stunden lag Celeste mit dem Kopf in seinem Schoß auf der Couch und tat wie Trance das, was ihr Doug befahl. Irgendwann schlug er ihr ins Gesicht und warf sie einfach zu Boden, er hatte genug Spaß für heute gehabt und wankte sichtlich betrunken ins Bett. Sein volles Whiskyglas blieb hierbei, neben vielen anderen, umgekippten Gläsern auf dem Tisch zurück. Celeste schlief völlig nackt auf dem Boden ein, ihr Körper übersäht von blauen Flecken und roten Striemen, die ihr Doug mit einem Gürtel zugefügt hatte.

Raptor bediente sich an Dougs vollem Whiskyglas und ignorierte das Glas von Celeste, nachdem er festgestellt hatte, dass hier eine chemische Substanz zugefügt war. Danach analysierte er Celeste´s Biowerte und legte sich neben ihr um sie zu wärmen, da sich ihre Körpertemperatur im stark klimatisierten Raum an der unteren Toleranzgrenze befand. Celeste erwachte erst Stunden später, in ihrem Kopf dröhnte es und ihr war schlecht.

Schmerzerfüllt lief sie langsam ins Bad um sich zu waschen. Feine getrocknete Blutrinnsale auf den Oberschenkeln zeugten von roher Gewalt und als sie sich im Spiegel ansah wusste sie, in den kommenden Wochen würde sie keinen anderen Kunden mehr bedienen können. Aber Doug hatte im Vorfeld, wie besprochen bezahlt und damit war ihr geplantes Monatspensum nun gelaufen.

Es war eine friedliche, heile Welt …

City 35 (Part 1)

Langsam, immer um sich schauend, liefen Brandon und Ron zum nächstgelegenen Gebäudekomplex innerhalb der Mauer. Überall war der rote Wüstensand präsent und keine Grünflächen zu erkennen. Auf den Verbindungsstrassen war nur die Mitte, in einer Breite von knapp zwei Metern vom Sand befreit. Auch das zeugte davon, dass hier irgendetwas im Argen war. Roter Wüstensand war an allen Gebäuden bis gut einem Meter Höhe angeweht und nie beseitigt worden. Die Fenster und Türen der Gebäude, vor denen auch der Wüstensand aufgetürmt war, waren verschlossen. Man spürte einen stetigen Wind in der Stadt, vermutlich entstand eine Art Kamin- oder Saugeffekt durch die hohe Mauer, die die *City 35* umgab. Ron zeigte auf eine gegenüberliegende Straße, auf der gut sichtbar mittig ein Säuberungsroboter fuhr. Er kam immer näher, bog vor den beiden ab und fuhr, ohne Notiz von den beiden zu nehmen, unbeirrt weiter. Sie waren erst am äußeren Rand der City; ihr Ziel waren die runden Gebäude im Zentrum. So gingen die beiden Crew-Member weiter leise und vorsichtig voran. Vieles erinnerte an ihre Heimat, der City Zwölf, aber hier schien alles wie ausgestorben. Zwei Gebäudekomplexe weiter hielt Brandon seinen Freund Ron zurück. Knapp 50 Meter vor ihnen liefen zwei Personen in der Mitte der Verbindungsstrasse. War die Stadt *doch* bewohnt? Vorsicht war nun geboten und immer suchend nach einer Deckung tasteten sich die beiden vor. Ron nahm einen tiefen Schluck aus der Wasserflasche, auch wenn der leichte Wind etwas Kühlung brachte, so war es mindestens 38°C. Brandon nahm ebenfalls einen Schluck und nun sahen sie die zwei Personen direkt auf sich zukommen.

„Mist! Schnell!"

Brandon zischte die Worte leise und beide glitten in eine kleine
Nische des Gebäudekomplexes. Die zwei Personen kamen
wortlos immer näher und Ron machte sich so klein wie möglich.
Nur nicht auffallen hieß seine Devise. Beide trauten sich noch
kaum zu atmen, als die beiden Unbekannten auf gleicher Höhe
bei Ihnen stehen blieben und die Köpfe in ihre Richtung drehten.
Entsetzt schauten Brandon und Ron in die vermeintlichen
Gesichter der beiden und erschraken zutiefst. Während der
gesamte Körper menschlich wirkte, sah man im Gesicht nur zwei
Kameraobjektive, die aber anscheinend nicht mehr
funktionierten. Man sah, wie die beiden Robots versuchten, die
Kameras zu kontrollieren, welche aber vermutlich vom ständigen
Wind gemischt mit Wüstensand erblindet waren und ihnen somit
eine visuelle Kontrolle nicht mehr ermöglichten. Brandon nahm
lautlos einen seiner Kraftriegel und warf diesen gut acht Meter
hinter den beiden Robots. Sofort drehten sich diese in die
Richtung, aus der der Aufprall des Kraftriegels erschall und liefen
zu diesem Punkt hinüber. Nachdem die Robots knapp 30
Sekunden verharrten, liefen sie ohne weitere Kontrollen einfach
weiter. Somit war klar, dass zumindest diese Robots nichts mehr
optisch wahrnehmen konnten und nur noch auf akustische
Signale reagierten. Auch schienen beide keinerlei Bewaffnung mit
sich zu führen, was Ron etwas beruhigte. Beide bewegten sich
nun leise weiter in Richtung des Zentrums, dieser gut drei
Kilometer durchmessenden Stadt. Ron zeigte auf diverse
Eingänge, vielfach durch Sand zugeweht. Nur selten waren
Fußspuren zu erkennen und die beiden vermuteten, dass es sich

hierbei um Spuren von Robots handeln musste, da die Schrittlänge immer identisch war.

Sie kamen nur sehr langsam voran und da sie weitere Konfrontationen mit anderen Robots vermeiden wollten, mussten sie leise sein. Nicht alle würden blind und unbewaffnet sein, das waren sich beide bewusst. Schließlich zeigte Ron auf eine offene Tür eines Gebäudekomplexes und beide gingen leise hinein. Dies musste früher ein Apartmentkomplex gewesen sein, diverse Kennzeichnungen an den Türen waren identisch mit denen, die sie aus ihrer Heimatstadt kannten. Brandon sah am Ende des Flurs eine weitere offene Tür und ging ohne einen weiteren Kommentar direkt darauf zu. Ron folgte ihm und beide sahen in den spartanisch eingerichteten Raum, der einen Wohn-Schlafraum mit vier Einzelbetten mit einer Miniküche beinhaltete. Gegenüber fand sich noch ein kleines Bad. Elektrizität gab es nicht, aber zumindest kam etwas Wasser aus den Anschlüssen.

„Wir sollten unsere Rucksäcke holen und uns hier vorübergehend einquartieren, was meinst du?"

Brandon war mit Ron´s Vorschlag einverstanden. Hier hatte man ein Dach über dem Kopf, war gegen Wind und Sonne geschützt und so gab das Apartment Schutz vor der Entdeckung der umherlaufenden Robots.

Ron checkte kurz die Zeit und beide wussten, dass sie sie beeilen mussten, wenn sie vor der Dunkelheit wieder hier sein wollten. Also liefen sie ohne weiter zu warten zurück, um ihre Rucksäcke zu holen. Nachdem sie die zerstörte Mauer überwunden hatten, liefen sie direkt zu der Felsformation, an der sie die Rucksäcke unter der Plane versteckt hatten. Brandon sah die Plane, aber irgendetwas war verändert. Die Plane war zur Seite geschoben worden und ihre Rucksäcke waren verschwunden!

„Wir sind geliefert! So ein Mist, wie dämlich wir waren!"

Brandon war außer sich, während Ron die nähere Umgebung erkundete. Er zeigte schließlich auf die andere Seite des Felsens.

„Wir sind nicht allein!"

Schemenhaft waren Fußspuren zu erkennen, obwohl diese vom Wind schon fast verweht waren. Brandon rannte hinüber und konnte erkennen, dass die Spuren ebenfalls in Richtung *City 35* verliefen, aber immer unkenntlicher wurden.

Brandon mahnte sich selbst zur Vernunft.

„Wir können übermorgen immer noch zur Monorail zurückgehen und uns neu ausstatten."

Ron stimmte zu.

„Ja, aber heute sollten wir besser Schutz in dem Apartment suchen. Wer weiß wer sich hier so rumtreibt."

Brandon hob die Plane vom Boden auf und wickelte diese auf, eventuell konnte man diese später noch gebrauchen. Anschließend liefen die beiden bei einsetzender Dämmerung zurück und besetzten das spartanische Apartment, welches zu den untersten Rängen gehören musste. Brandon schlug vor, den

Gebäudekomplex, so lange es die Lichtverhältnisse noch zuließ, weiter zu untersuchen.

„Eventuell finden wir irgendwo etwas Besseres oder sogar etwas Brauchbares zum Essen.“

So gingen sie von Apartment zu Apartment in den unteren Geschossen, die aber allesamt verschlossen waren. In der vierten Etage fanden sie zwei offene Apartments, die besser ausgestattet waren, hier gab es teilweise sogar Licht, aber leider nichts zu essen. Sie beschlossen sich zeitnah schlafen zu legen, tranken einen Schluck vom letzten Wasser aus den Flaschen und aßen einen ihrer Kraftriegel. Brandon ärgerte sich das er einen seiner Kraftriegel hinter die Robots geworfen hatte, nun hatte er einen weniger zum Essen. Sie legten sich auf die am bestaussehenden Betten und versuchten einzuschlafen. Morgen würde es, aller Voraussicht nach, wieder ein spannender Tag werden. Brandon drehte sich hin und her und hatte Schwierigkeiten einzuschlafen, zu ereignisreich war der letzte Tag gewesen.

Er hörte Ron bereits leise schnarchen, als ein gellender Schrei durch die ansonsten stille Nacht erschall. Sofort war auch Ron wieder wach und beide lauschten, aber kein weiterer Laut war zu hören. Brandon war sich nicht sicher, ob es ein Angstschrei oder eine Art Kampfschrei war, denn auch er war kurz vor dem Einschlafen gewesen. Dadurch, dass sie sich in der vierten Etage des Komplexes befanden, konnte der Schrei von überall hergekommen sein, zumindest war sich Brandon sicher, dass der Schrei außerhalb des Gebäudes seinen Ursprung hatte.

Wie verabredet traf sich die Antarfari-Crew gegen Mittag in der Crewbasis 12 und beratschlagten sich. Gemeinsam gingen sie die gesamte Story immer und immer durch und stellten sich gegenseitig alle erdenklichen Fragen dazu. Jedoch hatte nur Sam eine Einladung zum Verhör bekommen, bis jetzt. Daher war die Mission *City 35* wie geplant gestartet worden. Man saß noch lange zusammen und Sam beruhigte sich ein wenig. Er war gut mit den anderen abgestimmt und zukünftig würde er sich erstmal auf keine weitere Mission gegen die „ZM" einlassen. Man schaute sich noch einmal die Luftbilder der *City 35* an, die Wilson, der natürlich noch nicht aufgestanden war, zur Verfügung gestellt hatte.

Leider konnte niemand etwas Neues entdecken und schließlich musste sich Civer verabschieden. Er wollte noch am Abend zur City 22 zurückkehren, um am Montagmorgen fit für die Monorail zu sein. Man versprach im Kontakt zu bleiben und auch Sam und Sue wollten nach Hause, morgen würde das Verhör durch Doug Beaufort stattfinden und das wird sicher kein Zuckerschlecken. So wurde es zumindest für einen Teil der Crew, ein ruhiger Abend.

Das Verhör

Doug Beaufort startete das Protokoll des Verhörs von Sam auf dem Terminal:

01.10.2090

 07:30 Uhr

Besprechungsraum B244

Monorail Station City Zwölf.

Anwesende:

„ZM" Beauftragter: Beaufort, Doug ID 825202776t
Klient: Docker, Sam ID 05101966v

Grund der Befragung:

Verstoß gegen §17a der Gesetzgebung der „ZM".

Verlassen des Einsatzortes entgegen Anweisung der Monorail am Turnover-Point 44, der Trasse City Zwölf in Richtung City 32.

Bereits erlassene Strafe: 100.00 Globar.

Sam rutschte ein wenig unruhig, mit schweißnassen Händen auf seinem Stuhl vor dem Schreibtisch von Doug Beaufort hin und her. Dieser verzog keine Miene und tat betont freundschaftlich.

„Sam, mein Bester! Schön, dass du es einrichten konntest!"

Beaufort duzte Sam von Anfang an, während Sam lieber beim etwas unpersönlichen *Sie* blieb. Er grinste höflich, welche anderen Möglichkeiten hätte er denn schon gehabt? Keine, außer den Termin zuzusagen.

„Wie geht es dir denn so, was macht die Fliegerei und überhaupt, erzähl mir erstmal von deiner Sue!"

Auch dieses Vorgehen war von Doug, da war sich Sam absolut sicher, bereits im Vorfeld geplant.

„Nun, Herr Beaufort, mit Sue läuft alles bestens und den Jetcopter beherrsche ich, so glaube ich, ganz gut."

Sam wollte in keine Falle treten, deshalb ließ er sich jede Antwort, bevor er sie aussprach, noch einmal durch den Kopf gehen.

Im Hintergrund ging eine Tür auf und wieder zu. Sam traute sich nicht, sich umzuschauen. Doug schaute kurz hoch, nickte und zeigte auf einen weiteren Stuhl an der Seite seines Schreibtisches. Reyko O´Hara setzte sich ohne ein Wort zu sagen zu ihnen und schaute Sam fast hypnotisierend an.

„Sam, darf ich kurzvorstellen, das ist Reyko O´Hara, ein neuer Mitarbeiter von mir, der mich in diversen kleinen Fällen ein wenig unterstützen wird. Ich hoffe, du hast kein Problem damit?"

Sam musterte diesen Reyko nun genauer, er hatte ihn letztens im *Sunset* ja nur aus den Augenwinkeln beobachten können und eine verblüffende Ähnlichkeit zu seinem alten Freund Steven war nicht zu leugnen. Aber auch hier war sich Sam bewusst, dass er eh keinerlei Wahl hatte und nickte wortlos.

„Dann erzähl uns doch mal, wie dieser etwas komische Einsatz am Turnover-Point 44, der Trasse City Zwölf abgelaufen ist."

Doug Beaufort vervollständigte sein Protokoll, indem er Reyko bei den Anwesenden Personen namentlich ergänzte.

Sam holte kurz Luft und wollte gerade anfangen, seine eingeübte Story herunter zu leiern, als er hinter dem Schreibtisch eine Bewegung wahrnahm. Ein großer, grauer Hund hatte sich erhoben und musterte Sam genauso, wie es dieser Reyko vorher getan hatte. Sam bekam beim Anblick des Hundes eine kräftige Gänsehaut und musste kurz laut schlucken, was Doug Beaufort schmunzelnd registrierte.

„Keine Sorge, das ist Raptor, mein neuer Begleiter."

Doug tat die Anwesenheit dieses unheimlichen Tieres ab, als ob es nichts Besonderes wäre.

Raptor hatte Sam schon beim Betreten des Raumes identifiziert und sich alle Einträge über einen Download intern abgespeichert. Er war nun bestens über Sam informiert und kannte dessen komplette, bei der „ZM" gespeicherte, Historie.

Sam räusperte sich und versuchte neu zu starten. Er erzählte vom Einsatz mit seinem Jetcopter, während parallel ein Servicezug vor Ort gewesen sei. Eine Elektronik war defekt und musste ausgetauscht werden. Er war gerade auf dem Weg zum Schaltkasten der Monorail, als er ein hundeähnliches Tier auf einer Anhöhe entdeckt hatte. Er sei dort hinüber gelaufen, um nachzusehen, worum es sich gehandelt hatte. Parallel wäre das Personal des Servicezuges mit dort hingegangen. Es hätte aber keinen Austausch mit diesen gegeben. Nachdem er nichts mehr von dem Tier entdecken konnte, sei er gemeinsam mit den anderen Personen zurückgegangen und dort von Beamten des Staatsschutzes die mit einem Jetcopter der „ZM" gelandet waren, in Empfang genommen worden.

Das war Doug nicht genau genug. Er fragte nach einer genaueren Beschreibung des angeblichen Tieres und Sam beschrieb ihm das Aussehen eines Tieres, welches Raptor ähnelte, den er gerade vor sich sah, mit der Abweichung, dass der andere doch etwas kleiner gewesen sei. Nach einem etwas längeren Hin- und Her, bei dem Sam immer wieder die gleichen Aussagen tätigte, durfte Sam letztendlich gehen und seine Arbeit bei der Monorail aufnehmen.

Doug Beaufort blieb mit seinem Hund Raptor und Reyko O´Hara im Besprechungsraum und dort beratschlagten sie sich weiter.

„Ich glaube ihm nicht. Da steckt mehr dahinter!"

Reyko, schaute Doug konzentriert und ruhig in die Augen.

„Ja, aber was? Was steckt noch mehr dahinter?"

Doug schaltete den im Tisch installierten Monitor ein und ließ sich den Turnover-Point 44 und die nähere Umgebung anzeigen. Selbst in 15 Kilometern, gab es nichts außer Wüste. Die beiden hatten nur die Standartkarte zur Verfügung, eine Karte, in der die Position der *City 35* nicht vermerkt war. Weitere Meldungen über angeblich wilde Hunde waren weder bei der Monorail noch direkt bei der „ZM" eingegangen.

„Du behältst alle im Auge, die hier beteiligt waren. Sobald du weitere Informationen hast, meldest du dich unverzüglich bei mir."

Damit war für Doug Beaufort das Meeting beendet und stand auf. Reyko war natürlich damit einverstanden und versprach eine ausgiebige Recherche.

Raptor hatte sich derweil alle verfügbaren Daten der beteiligten Personen besorgt und war bereits in einer tieferen Analyse, als Reyko hätte jemals durchführen können. Aber auch ihm wurde die Karte mit der eingezeichneten *City 35* nicht angezeigt und da er nichts von der Existenz einer anderen Karte wusste, hatte er auch nicht explizit danach gesucht.

Obwohl Ron und Brandon doch noch einigermaßen gut geschlafen hatten, waren beide mit einem mulmigen Gefühl aufgewacht. Wer hatte mitten in der Nacht so laut geschrien und warum? Sie mussten dieser Sache auf den Grund gehen, das waren sich beide bewusst. Sie beschlossen, sich in dem Quadranten, in dem sie sich gerade befanden, einmal umzusehen. Eventuell konnten sie ja noch Spuren im roten Wüstensand ausmachen, die ihnen weiterhelfen könnten. Beide suchten nun Gebäude für Gebäude, erstmal nur von außen, nach sichtbaren Spuren ab. Hin und wieder fanden sie Spuren, die aufgrund der immer gleichbleibenden Schrittlänge aber eindeutig von Robots stammen mussten. Diverse Säuberungsroboter fuhren wie bereits am Vortag an den beiden vorbei, ohne jedoch Notiz von ihnen zu nehmen. So ignorierten sie diese und versuchten, vor ihnen herzulaufen, bevor wertvolle Spuren beseitigt wurden. Nachdem sie ihren Komplex fast einmal umrundet hatten, wurden sie fündig. In gut zwanzig Metern vor ihnen lag eine Person im Sand, die Gliedmaßen merkwürdig verrenkt und augenscheinlich ohne Bewusstsein. Was war hier geschehen? Sie beeilten sich näher zu kommen und erkannten recht schnell, dass hier ein Robot auf dem Boden lag. Ähnlich denen, die sie bereits gestern kennenlernen durften. Dieser männliche Robot schien aber bewaffnet gewesen zu sein, Magazintaschen und ein leerer Holster für einen E-Taser an einem Gurt des schwarzen Kampfanzuges waren gut zu erkennen. Auch hatte dieser Robot ein männliches Gesicht, welches aber keinerlei Reaktionen zeigte. Der Grund hierfür erklärte sich bei näherer Betrachtung von selbst:

Eine eiserne Stange ragte aus seinem Oberkörper und legte einen kleinen Bereich der integrierten Elektronik und Mechanik frei. Insgesamt schien dieser Robot defekt zu sein, die Stange hatte wohl die wichtigsten Steuerungselemente getroffen und einen Totalausfall verursacht. Brandon zeigte auf die Spuren im Sand:

„Hier wurde wohl gekämpft!"

„Ja, und dieses eiserne Kampfkerlchen hat wohl den Kürzeren gezogen, oder die längere Stange abbekommen!"

Ron war komischerweise gut gelaunt, was auch Brandon wunderte. Nachdem er Ron irritiert angesehen hatte, sprach dieser erklärend weiter:

„Wir können hier auf jeden Fall schon mal klar erkennen, dass es einen weiteren Mitstreiter gegen die „ZM" gibt! Den Kandidaten müssen wir nur noch finden, der kann uns mit Sicherheit weitere Informationen über diese Stadt geben."

Das war einleuchtend und Brandon war nun der gleichen Meinung. Bevor der Säuberungsrobot nun sie selbst erreichte, folgten sie einer von einem Menschen verursachten Spur. An einer Ecke des Gebäudes verschwand diese Spur leider, da hier bereits ein Robot fleißig seine Arbeit verrichtet hatte. Ron schaute zurück und sah, dass der Säuberungsrobot einfach um den am Boden liegende Human-Robot herumfuhr und stur weiter seinen Dienst verrichtete.

„Ron, schau mal hier!"

Brandon war ein Stück weitergelaufen und zeigte auf einen getrockneten, roten Klecks, welcher vermutlich Blut war.

„Nun, da scheint sich unser Mitstreiter wohl ein bisschen verletzt zu haben! Lass uns schauen, ob wir weitere Spuren in der Nähe finden können."

Sie gingen weiter Richtung Norden, konnten aber nichts weiter finden. So gingen sie zum ersten Fundort zurück und liefen nun in Richtung Westen, jeweils gut 300 Meter weit. Auch dort konnten sie nichts finden und wieder machten sie kehrt, um in Richtung Osten zu laufen. Dort machten sie in etwa 100 Metern einen weiteren Blutfleck aus und so gingen die beiden vorsichtig weiter in Richtung Osten. Wohlwissend, dass der unbekannte Mitstreiter jederzeit irgendwo abgebogen sein konnte.

„Weißt du überhaupt noch, wie wir zurückkommen?"

Ron stöhnte in der steigenden Hitze der trockenen Innenstadt.

Alles sah gleich aus, egal in welche Richtung man schaute, so dass auch Brandon erst kurz überlegen musste. Schließlich meinte er:

„Ich denke schon. Wir haben noch gut vier Stunden Zeit, dann sollten wir wieder zurück sein, oder eine andere Bleibe gefunden haben."

Nachdem die beiden Crew-Member keinen weiteren Hinweis auf den Mitstreiter finden konnten, gingen sie wieder zurück zum letzten Blutfleck und wendeten sich dann in Richtung Norden.

Nach knapp 200 Metern wurden sie fündig. Allerdings fanden sie keinen weiteren Blutfleck, stattdessen die Verpackung eines ihrer Kraftriegel.

„Entweder war mein Kraftriegel, den ich hinter die Robots geworfen habe, oder der Unbekannte hat unsere Rucksäcke!"

Brandon wirkte ein wenig sauer. Sie hatten sich so gut im Vorfeld vorbereitet und standen aktuell ziemlich dumm, ohne jegliches Equipment da. Sie liefen weiter in Richtung Norden, konnten aber keine weiteren Spuren finden. Hin und wieder untersuchten sie die Eingänge der Gebäude und fanden schließlich wieder eine offene Tür und durchsuchten auch hier diverse Etagen. Sie konnten weiter oben ein großes Wohnapartment entdecken und da es über Strom und Wasser verfügte, beschlossen sie, dieses Apartment als ihr nächstes Quartier zu verwenden. Nachdem sie weitere Etagen im Gebäude genauer untersucht hatten, wurde ihnen bewusst, dass sie auch heute nur einen Kraftriegel und Wasser als Nahrung zur Verfügung hatten. Ron hatte noch die Idee, oben in den Elite-Club zu gelangen, wenn es denn auch hier so etwas gab. Aber alle Zugänge nach oben waren verriegelt und ohne spezielles Werkzeug würden sie hier keine Tür aufbekommen. So verging auch der zweite Tag in der *City 35*, ohne neue Erkenntnisse und man legte sich, heute deutlich mehr geschwächt als gestern, in die Betten, um zu schlafen.

Die Nacht verlief ohne Zwischenfälle und beide füllten, als die Morgensonne aufging, die Wasserflaschen auf. Das Wasser war nicht besonders frisch, aber ohne Wasser würden sie hier schnell zugrunde gehen, das waren sich beide bewusst. Danach machten sie sich wieder auf den Weg nach draußen und als Brandon die Außentür öffnete, stieß er einen leisen Pfiff aus.

„Schau an, man weiß wo wir nächtigen!"

Brandon zeigte auf einen kleinen Stoffbeutel, der außen am Griff der Tür hing.

Darin fanden sie eine ihrer Taschenlampen, zwei weitere Kraftriegel und zwei Wasserflaschen.

„Ok, er will uns anscheinend nichts Böses. Trotzdem sollten wir aufpassen und Vorsicht walten lassen."

Ron stimmte Brandon zu und beide beschlossen, anstatt weiter nach dem Unbekannten zu suchen, wieder ihr eigentliches Ziel ins Visier zu nehmen:

Die kreisrunden Gebäude in der Mitte der *City 35*.

Bis dahin würden sie mindestens einen ganzen Tag benötigen, aber da sie sowieso kein Gepäck mehr hatten, wollten sie versuchen, in einem durch zu marschieren. Nach gut zwei Stunden machten sie eine kleine Pause in einem der Gebäudeeingänge. Zuvor waren sie diversen Human- und Säuberungs-Robots ausgewichen. Einen schwarz gekleideten, bewaffneten Robot, hatten sie bislang noch nicht wiederentdecken können, trotzdem waren sie weiter auf der Hut. Brandon kontrollierte die Eingangstür des Gebäudes, welches etwas ungewöhnlich und nicht nach einem Wohnkomplex aussah. Völlig überrascht, beobachtete er, wie sich die graue, metallische Tür automatisiert zur Seite bewegte.

Er schaute Ron verwundert und gleichzeitig fragend an.

„Wir haben nichts zu verlieren, lass uns schauen, was sich da drinnen befindet!"

Ron war völlig selbstsicher aufgestanden und ging als erster durch die Tür in das unbekannte Gebäude. Brandon folgte ihm in kurzer Distanz und hinter ihnen schloss sich die Tür mit einem leisem Rastgeräusch wieder automatisch. Er drehte sich kurz um, aber die Tür blieb geschlossen, einen Schalter, Griff oder Ähnliches konnte er nicht entdecken.

„Na super, gleich die nächste Katastrophe!"

Brandon war mehr verärgert und verwundert als erschrocken.

Ron schaltete die Taschenlampe in dem jetzt verdunkelten Raum ein und leuchtete Wände und die Decke ab. Der Raum war völlig leer, aber in gut zehn Meter Entfernung war eine weitere metallische Tür zu erkennen und beide gingen wortlos darauf zu.

„Könnte eine Art Schleuse sein."

Brandon wollte zuversichtlich wirken, dennoch wurden beide nun etwas nervös. An der zweiten Tür angekommen, passierte nichts. Die Metalltür blieb verschlossen, ein Griff oder ein Schloss waren nicht erkennbar. Ron rannte mit der Taschenlampe wieder zur gegenüberliegenden Tür, doch auch hier tat sich rein gar nichts.

Sie waren gefangen!

Ron trat neben Brandon, der inzwischen Schweißperlen auf der Stirn hatte und redete in einem etwas gereiztem Ton auf ihn ein:

„Die Taschenlampe hält maximal eine Nacht durch, dann sitzen wir im Dunkeln. Wir sollten jeden Quadratzentimeter in diesem Verlies kontrollieren. Irgendetwas muss es doch hier geben, um diese verdammten Türen aufzubekommen! Leuchte als erstes Mal den Boden ab, eventuell gibt es einen Trittschalter oder sowas!“

Sorgfältig suchten sie ergebnislos den Boden ab und widmeten sich dann der gut drei Meter hohen Decke. Hier entdeckten sie ein kleines, silbernes Quadrat in der Mitte des Raumes. Sie leuchteten von unten direkt darauf, aber außer einer Spiegelung ihres Lichtstrahls, passierte nichts. Ron leuchtete nun die Wände ab, hier und da waren merkwürdige Kratzspuren zu sehen. Bei genauerer Betrachtung könnten das Spuren von Fingernägeln sein. Entsetzt legte Brandon eine Hand über die Spuren und stellte klar fest:

„Hier haben Menschen gekratzt, um wieder rauszukommen!“

Sie suchten alle Wände des knapp zwei Meter breiten Raumes ab, die aus einem weicheren Material zu bestehen schienen, als die Türen. Hier und da waren weitere Kratzspuren ersichtlich, aber auch hier konnten sie keine Möglichkeit entdecken, die Türen zu öffnen. Brandon legte erst ein Ohr an die Außentür, konnte aber nicht einmal den Wind hören. Anschließend ging er mit dem Auge in die Nähe des Rahmens, in dem sich die Tür seitlich verschoben hatte. Einen Luftzug konnte er an beiden Seiten der Tür nicht ausmachen. Gleiches tat er dann an der gegenüberliegenden Tür, das Ergebnis war das gleiche.

„Morgen geht uns hier das Licht aus, und wahrscheinlich werden wir in drei, vier Tagen erstickt sein."

Ron sprach das aus, als würde er einen Projektplan durchgehen. Brandon nahm Ron die Taschenlampe aus der Hand und hastete einmal um den gesamten Raum herum. Rechts und links neben den Türen versuchte er an verschiedenen Stellen zu drücken und zu klopfen. Erfolglos und sichtlich angespannt setzte er sich neben Ron, der sich vor die Eingangstür hingesetzt hatte. Dann hatte Ron eine Idee:

„Mach mal die Taschenlampe aus, eventuell können wir etwas erkennen, wenn sich unsere Augen an die Dunkelheit gewöhnt haben."

Brandon tat wie geheißen und schaltete die Taschenlampe aus. Auch nach geschätzten fünf Minuten, nachdem sich normalerweise Augen an die Dunkelheit gewöhnt haben müssten, konnten beide nicht erkennen. In diesem Raum gab es kein einziges Licht, es war wie in einer schwarzen Nacht ohne Sterne. Brandon schaltete die kleine Lampe wieder ein und ging zur Raummitte. Dort stellte er die Lampe direkt unter das silbrig schimmernde Quadrat, welches bis jetzt neben den Kratzspuren, der einzige Anhaltspunkt in diesem Raum war. Die Reflexion des Lichtes ließ den ganzen Raum etwas heller erscheinen, trotzdem war diese geschlossene Schleuse wie ein graues Verließ. Verzweiflung machte sich bei den Crewmitgliedern breit; was, wenn sie unentdeckt blieben und bis zu ihrem Tode hier drinnen stecken mussten?

Ron stand auf und lief nun die Wände erneut langsam ab. Die Kratzspuren mussten eindeutig von Menschen sein, das bedeutete, dass sie nicht die ersten in diesem Verließ waren.

„Sag mal, kommt dir das auch so warm hier drin vor? Ich meine hier ist die Temperatur sogar höher als draußen!"

Brandon nickte.

„Ja, das meine ich auch. Wir sind wohl in einer Art Backofen oder sowas! So langsam reicht es mir mit schlechten Fakten!"

Ron holte einen der Kraftriegel heraus, brach ihn durch und reichte ihn Brandon. Beide kauten wortlos vor sich hin und überlegten, wie sie aus dieser Misere herauskommen konnten.

Stunden vergingen und die totale Stille in Verbindung mit der hohen Temperatur ließen die beiden langsam müde werden. So machten sie die Taschenlampe aus und lehnten sich gegen die Außentür, um ein wenig zu schlafen. Sie konnten in der aktuellen Lage sowieso nichts tun, außer auf ein Wunder zu hoffen. Irgendwann wurden beide wieder wach. Ron suchte den gesamten Raum vergeblich nach Veränderungen ab und gab resigniert auf. Alles war wie gehabt, es fühlte sich nur noch wärmer an. Brandon stand auf und hämmerte gegen die Tür, die einen dumpfen Ton erzeugte. Ron stand auf und rief laut:

„Hallo „ZM"! Wir haben uns verlaufen und sind hier gefangen!"

Brandon nickte und nahm zusätzlich das signalabsorbierende Armband ab. Eventuell konnten sie dadurch gefunden werden? Ron tat es ihm nach, lieber eine hohe Strafe als hier jämmerlich zu verrecken, war sein Gedanke. Ron lief zur anderen Tür und hämmerte auch auf diese mit den Fäusten ein. Beide riefen und trommelten gegen die Türen, bis sie sich irgendwann kraftlos zu Boden sinken ließen. Brandon ging in der Mitte des Raumes zu einer Wand an der linken Seite und verrichtete dort seine Notdurft. Irgendwann musste es ja mal sein und auch Ron tat es ihm nach. Sie tranken etwas aus ihren Wasserflaschen und teilten sich den letzten Kraftriegel. Lange würden sie so nicht mehr überleben, da waren sie sich einig…

Crewbasis 12

Salem saß am frühen Abend mit Wilson im Besprechungsraum als Sam, gemeinsam mit Sue hereinkam.

„Irgendetwas Neues von den beiden?"

Sam sah erst Salem und dann Wilson an, aber beide schüttelten den Kopf.

Salem erklärte, dass Civer wie abgesprochen die Termine mit dem Servicezug am festgelegten Ort eingehalten hatte, aber bislang sei niemand aufgetaucht. Wilson schaute nachdenklich vor sich hin und nahm sich dann das manipulierte Terminal und durchsuchte das Netz der „ZM" nach ungewöhnlichen Vorfällen. Aber auch er konnte nichts finden.

„Das muss ja nichts Schlechtes bedeuten."

Salem schaute in die kleine Runde.

„Wenn man Brandon und Ron entdeckt hätte, würde man sicher etwas im Netz finden, oder?"

Sam war sich nicht sicher und auch Sue war der Meinung, dass irgendetwas nicht stimmte. Ihr Gefühl sagte ihr so etwas. Wilson wippte mit dem Stuhl vor und zurück und nickte schließlich.

„Ich guck mal nach ihren ID´s. Eventuell wurden sie ja enttarnt, dann müsste ich sie finden."

Er hämmerte wieder auf dem Terminal herum und meinte nur trocken:

„Nö, da is nix. Kann keine der beiden ID´s lokalisieren. Also sind se noch im Tarnmodus. Müssen wir wohl weiter abwarten.“

Er nahm sich seine Limoflasche und lehnte sich wieder zurück.

Sue stand aufgeregt auf:

„Da stimmt irgendetwas nicht, ich habe ein ganz schlechtes Gefühl!“

Sam versuchte wieder ein wenig Ruhe in die Crew zu bringen.

„Morgen fährt Civer wieder zum Treffpunkt, wenn wir dann immer noch nichts haben, müssen wir handeln. Dann sind die beiden den vierten Tag unterwegs; gut, dass die beiden genügend Vorräte mitgenommen haben.“

Damit waren auch die anderen einverstanden. Brandon und Ron hatten für sieben Tage Proviant mitgenommen, spätestens am fünften Tag würde die Crew Maßnahmen ergreifen, um ihre Freunde zu finden. Salem verteilte eine Runde Bier und nach einem kurzen Gedankenaustausch, wie man eine Suchaktion gestalten könnte, trennte man sich am späten Abend in der Hoffnung, dass am kommenden Tag alles gut sein wird.

Sue und Sam gingen gemächlich, stillschweigend nach Hause. Beide dachten über den kommenden Tag und mögliche Lösungen nach. Sie bemerkten nicht den schwarzen Schatten, welcher ihnen in gehörigem Abstand folgte.

Reyko hatte die beiden zufällig am Einkaufscenter entdeckt:

„Wo waren die auf einmal so spät am Abend hergekommen und wo gehen sie hin?"

Tief in Gedanken versunken und fast wie in Trance folgte Reyko den beiden so unauffällig wie möglich. Enttäuscht stellte er fest, dass sie direkt nach Hause gingen und als Reyko das Licht im Apartment angehen sah, brach er seine Verfolgung für heute ab. Morgen werde er sich die Gegend vom Einkaufscenter genauer anschauen, so sein Plan. Kurz überlegte er, noch in den Eliteclub zu gehen, eventuell war Delia ja auch da. Aber dann verwarf er den Gedanken und ging auch selbst nach Hause, um den heutigen Tag zu beenden.

Er konnte nicht ahnen, dass in diesem Moment Doug Beaufort mit Delia zusammensaß, um ihr einen weiteren Auftrag zu geben.

Doug erklärte Delia im Detail, wie er sich die Erfüllung seines Auftrages vorgestellt hatte. Sie solle sich, wie damals Kira, in den Freundeskreis von Sam und Sue begeben und ihr Vertrauen gewinnen. Hier sollte sie geschickter als Kira agieren und jede erdenklich kleine Neuigkeit direkt an Doug berichten. Doug stellte noch einmal klar, dass Reyko diese Informationen nicht zu interessieren hatte und sie selbst nur ihm unterstellt sei. Delia akzeptierte die neue Aufgabe und versprach ihr, ihr Bestes zu geben. Doug erwiderte nur trocken:

„Das Beste ist gerade das Minimum, was ich von dir erwarte. Liefere mir eindeutige und brauchbare Fakten, dann wirst du reichlich entlohnt. Ansonsten wirst du für mich als Escort-Dame hart arbeiten, dessen sei dir bewusst!"

Delia schluckte, das war nicht das, was sie sich erhofft hatte. Doch der gebotene Lohn ließ alle Zweifel im Keim ersticken. Nach diesem Job könnte sie ein ganzes Jahr auf der faulen Haut liegen.

Also willigte sie ein:

„Ok, Doug. Aufgabe ist verstanden und ich werde einen guten Job machen, versprochen!"

Doug lächelte und schaute sie diabolisch an:

„Das wirst du ganz sicher, so oder so."

Danach stand der großgewachsene und durchtrainierte Mann auf und ließ die nun etwas eingeschüchterte Delia im Elite-Club allein am Tresen sitzen.

„Hoffentlich habe ich jetzt nicht etwas Falsches zugesagt."

Sie sprach zu sich selbst und genehmigte sich dann einen hochprozentigen Cocktail, um sich wieder etwas zu beruhigen.

Doug war unterdessen bereits mit Raptor auf einen Abendspaziergang. Wieder einmal war er zufrieden mit sich selbst. Er hatte einen guten Köder ausgeworfen und wenn der Feind nicht anbiss, würde er sich selbst über den Köder hermachen. Kurz darauf überlegte er noch, Celeste zu kontaktieren, entschied sich dann aber doch für einen entspannten Abend zu Haus. In der City Zwölf war alles ruhig und nachdem er kontrolliert hatte, dass Reyko in seinem Apartment war, beendete auch Doug zufrieden den Tag.

Kurz darauf flogen lautlos unzählige schwarze Jetcopter durch die Häuserschluchten und landeten auf diversen Dächern der Wohnkomplexe. Mit schwarzen Kampfanzügen bekleidete, vermeintliche Männer des Staatsschutzes, gingen ganz gezielt ihren Aufträgen nach. Leise drangen sie mit E-Tasern bewaffnet in diverse Apartments ein und eliminierten die für sie nutzlosen intelligenten Ressourcen, die mindestens das siebzigste Lebensjahr abgeschlossen hatten. Lautlos wurden die Senioren, die meistens im Schlaf überrascht und getötet wurden, in schwarze Säcke verpackt und in die Jetcopter verladen. Alles geschah in Sekundenschnelle und schon am nächsten Tag, würde das Apartment den nächsten glücklichen Bewohner Antarfari's begrüßen dürfen. Seit die Antarfari-Crew den Fake der Retirement-Homes aufgedeckt und die Werbefilme manipuliert hatte, war die „ZM" zu dieser einfachen, aber sehr effektiven Vorgehensweise gewechselt. Man reduzierte die Menschheit, wie es von Anfang an geplant und befohlen wurde, nur halt auf einem anderen Weg.

Es war eine schöne, heile Welt ...

***City 35* (Part 3)**

Brandon und Ron standen verzweifelt mit freiem Oberkörper vor der Außentür und fingen an zu resignieren. Beide schwitzten und tranken nun die letzten Schlucke aus der Wasserflasche. Die Kraftriegel waren bereits verbraucht, sie wussten nicht, wie lange sie schon in diesem dunklen Verließ ausharren mussten. Beide waren inzwischen in eine Art leichten Dämmerungszustand übergegangen, die Luft wurde schlechter, der Sauerstoff immer weniger. Es stank nach Schweiß, Urin und Fäkalien, doch beide nahmen diese schlimmen Umstände nicht mehr wahr. Sie starrten auf das Licht der einzigen Lampe, die sie besaßen, welches langsam immer dunkler wurde. Bald würde sie nur noch eine tiefschwarze Dunkelheit umgeben.

„Es war schön, mit dir auf dieses Abenteuer zu gehen."

Ron murmelte es in Richtung Brandon und dieser nickte langsam.

„Ja, Brandon. Wir zwei haben für eine gute Sache gekämpft, aber wie es aussieht, haben wir leider verloren."

„Ja und das alles nur, weil wir uns zu blöd angestellt haben!"

Beide waren sich im Klaren darüber, dass es keine gute Idee war, die Rucksäcke unbewacht zu lassen und schon gar nicht in irgendeinen Raum zu gehen, aus dem es kein Entkommen gab.

Trotzdem klatschten sich die beiden geschwächten Crew-Member wie echte Männer ab und nahmen sich kurz gegenseitig in den Arm.

„Auf die Antarfari-Crew."

Das war der letzte Satz, der fiel, als sich die Tür plötzlich öffnete und zischend frische Luft in Verbindung mit grellem Licht in die Schleuse eindrang. Beide stürzten hinaus, waren aber wie blind und benötigten fast 15 Minuten, bis sie endlich wieder klar sehen konnten. Gierig atmeten sie die frische Luft ein und aus und blieben im roten Wüstensand vor der Automatiktür auf dem Rücken liegen. Irgendwann schaffte es Ron sich aufzusetzen und einen Blick in die nähere Umgebung zu werfen. Ein kleiner Stoffbeutel fiel ihm neben der Tür auf und mühsam kroch er darauf zu. Darin fand er eine Wasserflasche, die er sofort öffnete und gierig einen Schluck daraus nahm, bevor er sie an seinen Freund weiterreichte. Brandon nahm das Wasser dankbar entgegen und Ron reichte ihm einen der zwei Kraftriegel, die er ebenfalls aus dem Beutel fischte. Beide aßen den Kraftriegel sofort, zu lange waren sie bereits ohne Nahrung gewesen. So langsam kehrte Leben in die beiden erbärmlich aussehenden Gestalten und Ron schaute noch einmal in den Beutel, in dem er einen kleinen Kohlestift und ein zerknittertes Stück Papier fand. Er strich das Blatt glatt und las vor, was er erkennen konnte:

„NICHT GEHEN IN HAUS VON ROBOTMANN"

Brandon nahm ihm den Zettel aus der Hand:

„Das gibt's doch nicht! Das muss vom unbekannten Mitstreiter sein! Er scheint einen schlechten Bildungsgrad zu haben. Ich habe noch nie gesehen, dass jemand so schreibt! Aber er hat uns ganz klar das Leben gerettet."

Ron gab ihm recht. Sie verdankten diesem Unbekannten ihr Leben.

„Eigentlich, haben doch alle Menschen den gleichen Bildungsstand, oder?"

Brandon nickte:

„Hier muss etwas gewaltig schiefgelaufen sein! Aber ich denke, wir sollten erst einmal wieder heim und Kräfte sammeln. So können wir nicht weitermachen!"

Ron stimmte zu und nahm Brandon den Zettel wieder ab. Er nahm den kleinen Kohlestift und schrieb auf die Rückseite:

„Wir sind Freunde! Wir kommen wieder und werden dir helfen!"

Zufrieden legte Ron den Zettel wieder in den Stoffbeutel und legte diesen in die Türnische der Automatiktür.

„Los, wir werden mehr als einen halben Tag bis zum Servicepoint der Monorail brauchen."

Beide liefen mit Bedacht wieder zurück in Richtung Stadtmauer. Der Weg dorthin schien unverändert; roter Sand, wohin man schaute und nur die freigeräumten Gassen in der Mitte der Verbindungswege zwischen den Gebäudekomplexen.

An einer Kreuzung passierte es dann. Sie liefen einem schwarz gekleideten Human-Robot direkt in die Arme, welcher sofort reagierte:

„Bleiben Sie stehen! Widersetzen sie sich nicht dem Staatsschutz bei der Durchsetzung des Rechts der Zentralen Macht!"

Brandon schaute Ron erschrocken an.

„Scheiße!“

War das einzige, was er sagen konnte. Ron war indes einen Schritt zur Seite gegangen. Er betrachtete den Robot, der sicher auch schon bessere Zeiten gesehen hatte. Er wirkte insgesamt so, als ob er seit Jahren keine Wartung mehr bekommen hätte. Die Bewegungen des knapp 1,80m großen Robot waren recht hakelig und nicht so flüssig, wie sie es von den Human-Robots in der Heimatstadt kannten. Ron gab Brandon ein Zeichen und dieser verstand sofort.

„Guten Tag. Wir sind nur auf der Durchreise und wollen gerade die Stadt wieder verlassen.“

Brandon sprach betont langsam und mit ruhiger Stimme, um auf den Robot nicht bedrohlich zu wirken und die Aufmerksamkeit auf sich zu lenken. Dieser wirkte unbeholfen und versuchte immer wieder, nach seinem E-Taser zu greifen, der aber nicht mehr im Holster steckte. Hinter dem Robot konnte Brandon sehen, wie sich Ron anschickte, den menschlich aussehenden Gesetzeshüter von hinten anzugreifen.

„Widersetzen sie sich nicht dem Staatsschutz bei der Durchsetzung des Rechts der Zentralen Macht!“

Der Robot spulte seinen Text erneut herunter, als Ron ihm mit voller Wucht in den Rücken rammte. Beide fielen zu Boden und Brandon stürzte sich auf die herum fuchtelnden Arme des Robots. Mit aller Gewalt riss er diese nach hinten, mit Erfolg wie er letztendlich feststellte. Die Arme fielen schlapp herab, vermutlich waren wichtige Verbindungen zur Motorik zerstört worden. Ron nahm sich ein Bein und Brandon das andere und rissen auch diese weg vom Körper des Robots.

„Wi… wi… widersetzen Sie sich nicht… nicht dem Staatsschutz bei der Durchsetzung des Rechts …Rechts …Rechts der Zentralen Macht… t… t… t!"

Noch einmal versuchte der schwarzgekleidete Koloss seinen Befehl zu wiederholen, bis Ron sich den Kopf vornahm und diesen mit Gewalt auf dem kurzen Hals herumdrehte. Der Robot zuckte noch einmal kurz und blieb dann merkwürdig verrenkt, regungslos liegen. Schwitzend saßen Brandon und Ron nun im Sand.

„Das ist noch einmal gut gegangen. Komm, lass uns weiter gehen, bevor noch weitere Blechköpfe in schwarz hier auftauchen!"

Ron hatte seinen Humor wiedergefunden und half Brandon auf die Füße.

„Blechköpfe in Schwarz, der ist gut!"

Brandon grinste und beide liefen nun mit erhöhter Vorsicht in Richtung Mauer, die bereits gut zu erkennen war. Die beiden Crew-Member kamen trotz aller Vorsicht gut voran und erreichten alsbald die Mauer. Nun noch gut zwei Stunden zurück zur Monorail-Schienentrasse. Diese erreichten sie ohne weitere Probleme und setzten sie sich am verabredeten Servicepoint in den Sand. Nun hieß es warten, bis Civer mit dem Servicezug vorbeikam. Das war nach knapp drei Stunden in der Abenddämmerung der Fall und glücklich in den Armen liegend, fuhren sie heim zur City Zwölf, in die Crewbasis. Civer hatte bereits eine Meldung abgesetzt, so dass die Crew schon im Bunker versammelt, auf die Ankunft ihrer Helden wartete.

Durch den geheimen Gang am Stromverteilerkasten im Bahnhof der City Zwölf, gelangten die drei direkt in den Bunker der Antarfari-Crew und alle klatschten sich erstmal, mit Tränen in den Augen, ab. Sue hatte bereits reichlich Bier und Fingerfood auf den Tisch gestellt und alle gönnten den beiden erstmal ein paar Minuten Auszeit, bevor sie ihren Bericht starteten.

„… und dann hat Ron den Kopf gepackt und kräftig gedreht, bis der Blechkopf in Schwarz keinen Mucks mehr von sich gegeben hat!"

Brandon hatte die ganze Story sehr schnell heruntergerasselt und die gesamte Crew musste den servierten Input erst einmal verarbeiten. Sam war zutiefst beeindruckt aber auch ein wenig enttäuscht, weil er bei diesem Abenteuertrip nicht dabei gewesen war. Er verteilte kurzerhand noch eine Runde Bier und setzte sich neben Sue. Während Wilson sich eine neue Limo holte stand Salem auf:

„Das war, so glaube ich, einer der härtesten Einsätze, den die Antarfari-Crew bislang gemeistert hat! Respekt!"

„Gut, die Befreiung aus dem Gefängnis war sicher nicht minder riskant."

Ron konterte Salem, weil er nicht gern im Rampenlicht stehen wollte.

„Den nächsten Einsatz sollten wir aber mehr im Detail besprechen und besser vorbereiten.“

Salem nickte.

„Ich schlage vor, die restlichen Crewmitglieder für das Wochenende einzuladen und mit allen zusammen den nächsten Einsatz zu besprechen.“

Civer war, um nicht aufzufallen mit dem Servicezug wieder direkt zurück in die City 22 gefahren, wo auch die anderen Crew-Member Mastif und Leeroy stationiert waren.

Wilson schaute kurz auf:

„Termin von Freitag bis Sonntag?“

Die anderen waren damit einverstanden und alle freuten sich darauf, die gesamte Antarfari-Crew wieder an einem Ort erleben zu können.

Ron schaute in die Runde,

„Seid mir nicht böse, aber ich gehe jetzt duschen und dann hau ich mich hin. Für heute reicht es!"

Brandon stimmte ihm zu und so löste man das Abendliche Meeting auf, um allen ein wenig Ruhe zu gönnen. Am Wochenende würde es schon noch etwas zu feiern geben, da waren sich alle sicher.

Spurensuche

Winzige Auffälligkeiten, Gerüche und Spuren die von diversen Personen hinterlassen wurden, erregten das Interesse des wolfsähnlichen, grauen Hundes. Doug war mit Raptor zur Einkaufspassage gelaufen. Eigentlich brauchte Doug nichts, denn alles was er für sein Leben benötigte, wurde bis in sein Apartment geliefert. Ja, sogar die Escort-Damen kamen auf Bestellung, was wollte man mehr. Trotzdem ging er gern hierher, um sich ein wenig umzuschauen. Er beobachtete Raptor, welcher interessiert an irgendwelchen Ecken des Zentrums herumschnüffelte. Gabe es noch andere Hunde in dem Viertel? Doug hatte nie bewusst darauf geachtet, würde es aber in Zukunft tun.

Raptor analysierte unterdessen Spuren der ihm bekannten ID´s von Sam und Sue, an der gleichen Stelle vom letzten Mal. Er stellte fest, dass an diesen beiden ID´s weitere Merkmale anderer humaner Ressourcen haftete. In Sekundenschnelle analysierte er, dass es mindestens zwei verschiedene Signaturen waren. Er fragte parallel die Onlinedatenbanken ab und stellte fest, dass es diese beiden Signaturen nicht im System gab. Automatisch vergab er diesen beiden unbekannten Signaturen eine Pseudo-ID, um sie später bei möglichen erneuten Funden, wieder zuordnen zu können. Wieso gab es Ressourcen ohne ID? Raptor bekam auf diese telepathisch gestellte Frage an die „ZM" keine Antwort. Darauf speicherte er diese Auffälligkeit in seinem lokalen Datenträger ab und würde dieser Sache weiter nachgehen. Er registrierte das auch Reyko O´Hara hier in der Nähe gewesen sein musste. Selbst hierbei fiel ihm die Signatur von Delia auf, die an

Reyko´s ID haftete. Raptor schaute zu Doug, der sich die Auslagen in den Schaufenstern ansah. Raptor war sich bewusst, dass Doug inzwischen nur noch Mittel zum Zweck war. Raptor selbst würde die Führung übernehmen und Doug dorthin lenken, wo es vonnöten war. Doug war inzwischen nur noch eine Marionette der „ZM", während Raptor immer im direkten Kontakt zu der befehlenden Gewalt war. Für heute war sein Job erledigt und der Hund würde von nun an den folgsamen Begleiter von Doug spielen, bis er andere Befehle bekam.

Reyko stemmte erneut die Einhandhantel Richtung Himmel und beendete dann sein Training, an diesem Freitagmorgen. Nach einer ausgiebigen Dusche im Fitnessclub ging er hinaus an die Bar, die nur der Elite von Antarfari vorbehalten war. Er sah Delia, wie sie gewohnt locker und lässig die Kunden abfertigte. Auch sah er die bewundernden Blicke vereinzelter Männer, was ihn ein wenig eifersüchtig werden ließ. Er setzte sich direkt an den Tresen, der von Delia bedient wurde, und grinste diese freundlich an.

„Na Mr. O´Hara, ein exklusives Wässerchen der Antarfari-Quelle oder heute mal etwas anderes?"

Fast schon etwas spöttisch kam diese Frage bei Reyko an, was ihm deutlich missfiel. Warum war Delia auf einmal so anders? Lag es am letzten Stelldichein, was die beiden hatten, als Reyko das Pärchen Sam und Sue entdeckt hatte? Er wusste es nicht.

„Nein danke, Delia"

Reyko sprach betont ruhig und lässig.

„Ich hätte heute gern den Drink des Tages."

Triumphierend schaute er Delia an und sie nickte wortlos.

Nach knapp 10 Minuten servierte Delia den Drink des Tages.

„Einen Kirsch-Bananensaft für den Herrn."

Reyko schaute verdutzt auf, er hätte wohl besser auf die aktuelle Tageskarte schauen sollen, stellte er verärgert fest. Trotzdem gab er sich gelassen.

„Vielen Dank Delia. Hättest du später Zeit für ein Abendessen?"

Reyko wunderte sich selbst über seine Lockerheit und gab sich selbstsicher. Bis er die passende Antwort bekam ...

„Ne. Lass mal. Ich habe andere Pläne. Kannst dich allein ins *Sunset* setzen und Leute beobachten."

Delia antwortete schnippisch, drehte sich um und gab sich beschäftigt, so dass Reyko seinen bestellten Drink des Tages in einem Zug leerte und den Elite-Club wortlos verließ.

Gemeinsam gegen die „ZM"

Freitagabend in der Crewbasis der City Zwölf, alle waren gekommen und die Stimmung war selten so gut wie heute. Ron Martines, Salem Rinasto, Civer, Sam Docker mit Sue Walker, Leeroy Chen und Brandon Copper saßen mit Mastif Omudda am großen Tisch und tauschten sich begeistert nach langer Zeit aus. Nur einer fehlte noch. Wilson quälte sich gerade langsam aus seinem Schlafgemach und realisierte nur langsam, dass die gesamte Antarfari-Crew versammelt war.

„Isch geh kurz mich fit machen …"

Wilson murmelte es regelrecht vor sich hin und verschwand.

Sue tischte wie immer Fingerfood auf und Brandon versorgte alle mit einem kühlen Bier, schöner konnte eine Zusammenkunft nicht sein.

Brandon und Ron erzählten noch einmal im Detail von ihren Abenteuern in der *City 35* und die anderen Crew-Member runzelten dann doch ab und zu die Stirn. Diese Mission hätte auch ziemlich daneben gehen können.

„Wir müssen uns definitiv besser organisieren, bei der Mission hätten zwei unserer Member sterben können. Sowas darf nicht nochmal passieren!"

Sam war ein wenig aufgebracht, als er seine Aussage laut in den Raum rief. Civer erschrak, so hatte er Sam noch nicht erlebt.

„Wir werden unsere Lehren daraus ziehen, da sei dir sicher!"

Grimmig erklärte Brandon seine Meinung und Ron pflichtete ihm bei:

„Wir haben einige dumme Fehler gemacht, aber ich denke wir haben dazu gelernt und letztendlich sitzen wir jetzt wohlbehalten hier."

Sam beruhigte sich wieder etwas, er war nicht sauer, sondern einfach nur besorgt um seine Freunde, die er sehr zu schätzen wusste.

„Lass uns nochmal über diesen Unbekannten nachdenken. Ihr sagtet, er hätte euch eine schriftliche Nachricht hinterlassen?"

Ron nickte:

„Seine Schreibweise war etwas gewöhnungsbedürftig."

Er stand auf und schrieb die Nachricht wortgetreu auf ein Whiteboard.

>NICHT GEHEN IN HAUS VON ROBOTMANN<

Die Crew schaute sich den Text nachdenklich an. Die Formulierung war schon etwas auffällig.

„Kann es sein, dass es jemand von außerhalb Antarfari ist?"

Civer meldete sich zu Wort und schaute in die Runde.

Brandon schüttelte den Kopf.

„Woher soll dieser Unbekannte denn herkommen? Ich kenne niemanden, egal welcher Abstammung, der nicht die normale Schreibweise beherrscht."

„Aber, egal welche Leute wir mit unterschiedlichen Abstammungen wir kennen …“, Civer verfestigte seine Ansicht.

„Ob afrikanischer oder asiatische Abstammung …“

Er schaute dabei zu Mastif und Leeroy, die erkannten, worauf er hinauswollte.

„Ich kenne niemanden, der das normale Vokabular nicht beherrscht.

Leeroy stand nun ebenfalls auf und stellte sich neben Ron.

„Vergesst nicht, wir alle wurden programmiert und manipuliert. Wir alle haben mehr oder weniger den gleichen Background ins Hirn eingepflanzt bekommen, niemand von uns würde in einem solchen Stil schreiben. Dieser Unbekannte ist anders, das steht für mich fest.“

Brandon nickte.

„Das ganze Verhalten des Unbekannten spricht dafür, dass er anders ist. Erst klaute er unsere Sachen, beobachtete uns anschließend und gab uns, wenn wir in Not waren, einen Teil des gestohlenen Proviants zurück.“

Denkt auch an den einen zerstörten Robot und den Schrei, den wir in der Nacht hörten. Aber egal, wie wir jetzt darüber noch Sinnieren, wir müssen der Sache auf den Grund gehen und zwar schnell. Lasst uns die nächste Mission im Detail planen!“

Ron versuchte, überzeugend seine Meinung darzustellen und ein Blick in die Gesichter der Crew gab ihm Recht. Sie mussten nach vorne schauen und schnellstmöglich wieder in die *City 35* gehen.

„Ich will das nächste Mal dabei sein!"

Sam rief es spontan und etwas zu laut in den Raum und sah, als er bemerkte, dass er zu etwas laut gedacht hatte, dann verlegen zu Sue.

Diese runzelte die Stirn und erwiderte dann ruhig und sachlich:

„Wir sollten im Team abstimmen, wer bei der kommenden Mission teilnehmen wird. Brandon und Ron, das ist jetzt meine persönliche Meinung, sollten auf jeden Fall die Mission anführen."

Für einen kurzen Moment herrschte Ruhe in der Crew-Basis und nachdem sich Ron und Leeroy gesetzt hatten, übernahm Salem Rinasto, einer der Gründer der Antarfari-Crew den Lead.

„Fest steht, die Mission sollte schnellstmöglich starten. Brandon und Ron sind als Teilnehmer gesetzt, wenn sie sich denn dieser Gefahr noch einmal aussetzen wollen. Sam würde gern teilnehmen, wie wir gerade vernehmen durften und ich selbst würde mich auch bereit erklären, teilzunehmen."

Er bemerkte, dass Sue begann sich leise mit Sam auszutauschen und wartete, bis die beiden fertig waren. Aus dem entspannten Gesicht von Sam erkannte er, dass Sam seine Sue hat überzeugen können. Sue wirkte zwar nicht sehr glücklich darüber, aber Sam nickte mit einem leichten Grinsen im Gesicht in Richtung Salem.

„Ok, somit haben wir vorerst Brandon, Ron, Sam und meine Wenigkeit als Teilnehmer geplant. Irgendwelche Meinungen oder Änderungswünsche?"

Wilson schaute leicht verlegen zu Boden.

„Denke, das ist eine gute Mannschaft. Ich bleib hier und koordiniere alles im Hintergrund."

Salem klopfte Wilson auf die Schulter.

„Das ist eine gute Strategie, Wilson, wir brauchen dich hier."

Wilson atmete erleichtert aus, er hatte gehofft nicht mit auf die Mission gehen zu müssen.

Salem ließ seinen Blick über die versammelte Crew kreisen, keiner wünschte Änderungen und doch waren die Teilnehmer für die nächste Mission zur *City 35* noch nicht gesetzt. Das musste Salem nun den anderen mitteilen:

„Sam, du weißt, dass du immer noch deine Original ID auf deinem Speicherchip hast und Doug Beaufort kennt dich persönlich. Es ist für eine solch lange Mission von Nöten, mit einer unauffälligen ID zu reisen, du würdest sofort auffallen!"

Erschrocken sah Sam auf und blickte in die Runde.

„Mist! Gibt es keine Möglichkeit, mich mit einer gefakten ID mitzunehmen?"

Brandon sprach nun laut aus, was die meisten der Crewmitglieder inzwischen erkannt hatten.

„Nein Sam, du würdest sofort als vermisst gelten, wenn deine ID länger als drei Stunden nicht gescannt werden konnte. Wenn wir jemanden anderen mit deiner ID ausstatten könnten, würde es gehen, aber du bist leider zu bekannt in Bezug auf Beaufort und nun auch Reyko O´Hara. Tut mir echt leid …“

Er ließ die Worte langsam ausklingen und auch Sam begriff nun, dass er sich nicht auf diese langwierige Mission einlassen konnte. Sue atmete erleichtert aus und versuchte Sam aufzuheitern:

„Sam, wir werden die Mission anderweitig unterstützen.“

Sam strahlte eine gewisse Traurigkeit aus, aber ihm war klar, dass die anderen Recht hatten. Er wollte sich nun auch nicht hängen lassen und übernahm das Wort.

„Wer springt für mich ein? So wie ich das sehe, kann nur Leeroy, Salem oder Mastif mitgehen.“

Leeroy richtete sich, wie um ein Zeichen zu setzen, gerade auf und schaute seine angesprochenen Partner mit auffordernden Augen an. Diese klatschten ihn kurz ab und damit war für alle besiegelt, dass Leeroy der dritte im Bunde war. Leeroy übernahm das Wort:

„Ok, ein paar Fragen an Brandon und Ron: Was hat euch gefehlt? Was würdet ihr bei der nächsten Mission zusätzlich mitnehmen? Auf was würdet ihr, nachdem ihr ja bereits vor Ort wart, verzichten können?“

Brandon stand auf und stellte sich hinter Ron.

„Mir hat ganz eindeutig Kommunikation gefehlt. Wir waren praktisch verschollen, nachdem wir die Mauer passiert hatten. Gibt es Möglichkeiten einen Funksender zu installieren, damit wir uns im Notfall bei der Crew melden können?

Sein Blick traf Mastif Omudda, der neben dem Softwarezauberer Wilson ein begnadeter Techniker war.

„Denke, das sollte hardwaremäßig machbar sein, wenn Wilson das Signal so verschlüsseln kann, dass uns niemand auf die Schliche kommt."

Wilson dachte kurz über die Aussage von Mastif nach und bestätigte sich durch ein leichtes Kopfnicken selbst.

„Das kriegen wa hin, wir könnten doch den nächstgelegenen Servicepoint als Sender, beziehungsweise als eine Art Relaisstation missbrauchen. Nur codieren müssen wa alles. Ich überleg mir wat."

Wilson stand auf und eilte in seine Stube und jeder im Raum wusste, Wilson würde erst wieder rauskommen, wenn er eine Lösung gefunden hatte.

Brandon war zufrieden, das war der richtige Ansatz.

„Auf ein Zelt können wir getrost verzichten, Schlafsäcke reichen. Taschenlampen, Wasser und reichlich Proviant sind weiterhin notwendig. Wie schaut es mit E-Tasern aus? Da können noch mehr von den Blechköpfen in Schwarz rumlaufen."

Ron grinste als er Brandons Worte hörte.

„Du bekommst deinen E-Taser …“

Nun musste auch Brandon lachen, er wusste, dass Ron in seiner Vergangenheit auf diversen Militärbasen tätig war und gute Kontakte hatte.

Die Crew diskutierte noch lebhaft bis in die Nacht, Sue und Sam waren bereits vorab gegangen. Ihre ID wurde ja weiterhin durch die „ZM“ überwacht und man wollte kein Risiko eingehen. Letztendlich stand ein grobes Gerüst für die nächste Mission und die Feinheiten sollten bis zum Sonntag geklärt werden.

Es war eine schöne, heile Welt …

Annäherungsversuche

Delia war, in der Hoffnung, Sam und Sue zu entdecken, den ganzen Abend allein im *Sunset* gewesen. Zum Glück war Reyko nicht aufgetaucht, aber leider auch die anderen nicht. Gegen Mitternacht machte sie sich auf den Heimweg über den Boulevard, als sie in einiger Entfernung Doug Beaufort in Begleitung seines Hundes erblickte. Kurzentschlossen, ging sie direkt auf ihn zu. Lieber direkte Konfrontation als Doug Beaufort im Rücken zu haben, dachte sie bei sich.

„Guten Abend Doug, bist du mal wieder unterwegs?"

„Du auch, wie ich sehe. Bist du schon einen Schritt weitergekommen?"

Doug sprach sehr leise, so dass Raptor etwas näher rückte und unauffällig lauschte.

Delia berichtete über ihren Abend ohne Vorkommnisse und so trennten sich beide wieder schnell und unauffällig. Doug wollte nicht mit Delia zusammen gesehen werden. Er musste sie für das nächste Treffen genauer instruieren. Zu Hause angekommen, schrieb Doug ihr über seinen Multimedia-Screen direkt eine Nachricht. Weitere Begegnungen sollten nur noch in seinem privaten Apartment stattfinden, um jede Gefahr einer Entdeckung zu vermeiden. Raptor scannte den schriftlichen Nachrichtenverkehr unauffällig direkt online und war zufrieden. Doug war doch zu etwas zu gebrauchen. Dieser genehmigte sich einen Whisky, was in Raptor die Hoffnung aufkeimen ließ, dass heute Abend eventuell auch noch ein kleiner Drink für ihn herausspringen könnte. Er versuchte etwas Neues, setzte sich neben Doug und schnüffelte auffällig, mit wedelndem Schwanz am Whisky, um Doug ein klares Zeichen zu geben. Dieser verstand erst nicht und schob den aufdringlichen Hund vom Glas weg, welcher aber seine Methode ein paarmal wiederholte, bis Doug ihm einen Schluck vom Whisky in seinen Napf füllte. Raptor schlabberte den angenehm brennenden Alkohol gierig auf und setzte sich wieder zu Doug, um den lieben Hund zu geben.

„Ein Hund, der meinen Whisky säuft, ich glaub's ja nicht!"

Er gab Raptor noch einen kleinen Schluck, verband dann seinen Multimedia-Screen kurz mit dem Terminal von Sam und Sue um die beiden online zu kontrollieren und danach auch mit dem von Reyko O´Hara. Alle drei waren zuhause und so legte sich auch Doug Beaufort zufrieden ins Bett. Um sein nicht ganz geleertes Whiskyglas kümmerte sich Raptor, nachdem Doug im Schlafraum verschwunden war.

„Geht doch!"

Raptor sinnierte still vor sich hin, er wurde mit dem wohlig warmen Gefühl im Magen nun auch müde und legte sich auf die Couch.

Delia las die Nachricht von Beaufort noch in der Nacht und verstand natürlich den Sinn dahinter, auch wenn ihr nicht ganz wohl dabei war, Doug nächstes Mal in seinem Apartment zu treffen. Aber gut, es ging um einen Job und um nichts anderes.

Am nächsten Morgen erreichte die City Zwölf einmal mehr einer der roten Sandstürme, die immer wieder vom aufgeheizten

Festland hereinbrachen. Die meisten Menschen blieben in den gut geschützten, sturmsicheren Gebäuden, die allesamt mit gläsernen Tunneln verbunden waren. So konnten die Bewohner trotz allem von einem Gebäude ins das nächste gelangen und ihren Tätigkeiten nachgehen. Drohnen und die Highspeed-Monorailzüge blieben jedoch in ihren Hangars, beziehungsweise Bahnhöfen stehen. Das war eine der Regelanweisungen der „ZM", der natürlich auch alle Folge leisteten.

Sue war an diesem Morgen spät aufgestanden und fand ihren Partner vor dem Multimedia-Screen sitzend im Wohnraum.

„Guten Morgen, bricht die Wüste wieder mal über uns herein?"

Sie küsste Sam kurz auf die Stirn und holte sich einen Kaffee aus dem Automaten. Sam schaute lächelnd in Sue´s Richtung und hob kurz die Hand. Sue verstand und machte daraufhin noch einen Kaffee für Sam. Dieser nahm den Becher anschließend dankend entgegen.

„Ja, sieht wieder wild aus, da draußen. Da werden die Säuberungsrobots wieder einiges zu tun haben. Hoffentlich dreht der Wind nicht wieder, wie beim letzten Mal."

Beim letzten Sturm hatte der Wind gedreht und reichlich Wasser aus dem Ozean in die City gedrückt, doch heute sah es erstmal nicht danach aus. Sam konnte heute keine Jetcopterflüge für die Monorail fliegen um Reparaturen an den Elektroniken durchzuführen, Sue hatte frei und so freuten sich die beiden über einen gemeinsamen Gammeltag zu Hause. Beide diskutierten noch einmal über die nächste *City 35* Mission und Sue war einfach nur froh, dass Sam eingesehen hatte, dass er nicht an der Mission teilnehmen konnte. Er war kein gesuchter Verbrecher und besaß wie auch Sue noch die originale ID, die ihnen ein Leben als rechtschaffene Bürger und treue Untergebene der Zentralen Macht ermöglichte. Auf dem Multimedia-Screen, auf dem gerade noch ein Musikvideo lief, erschien das Signal über eine neue Nachricht und Sam klickte darauf, um zu sehen, wer sich gemeldet hatte.

Sam Docker

ID 05101966v

Aktueller Rang Sechs

City Zwölf

Quadrant G

Gebäude 4

Apartment K 51

Aktuelles KTO-Gesamtguthaben 2165,- Globar

Sie haben eine neue Nachricht:

1. Nachricht 15.10.2090, 09:32 Uhr

Absender: „ZM"

> Aufgrund der aktuellen Wetterbedingungen sind sie für heute freigestellt. Wir teilen ihnen ihren nächsten Einsatz zeitnah mit.

„ZM“ wünscht Ihnen einen guten Tag. Bleiben Sie weiterhin fleißig und untertänig.
Nachricht Ende <

„Na, die sind aber spät dran heute. War doch klar, dass ich bei dem Wetter nicht fliegen kann.“

Sam drückte die Nachricht weg, kuschelte sich an Sue und beide genossen ihren Kaffee mit dem Wissen, dass es heute ein ruhiger Tag sein würde.

Reyko war bereits früh auf den Beinen und nutzte die aktuelle Wetterlage für ein ausgedehntes Training im Elite-Fitnessclub. Der außenliegende Barbereich war aufgrund des Sturmes natürlich geschlossen, daher konnte er Delia auch zu seinem Leidwesen nirgends entdecken. Nach exakt 120 Minuten beendete er sein Ausdauertraining und bemerkte, wie Doug ebenfalls im Studio erschien und mit seinem Training begann. Vermutlich hatte er bei dem Sturm die gleiche Idee wie Reyko gehabt. Dieser ging auch dann direkt zu ihm hinüber:

„Guten Morgen Doug, wie geht es? Irgendwelche Neuigkeiten in Bezug auf die Antarfari-Crew?“

Beaufort drehte sich kurz um, legte sich eine Unterlage auf das Trainingsgerät, schaute Reyko mit ernster Miene an und zischte mit zusammen gebissenen Zähnen:

„Du weißt schon, wo wir gerade sind? Wenn du etwas zu besprechen hast, mach einen Termin und komme persönlich zu mir!"

Doug, war recht zornig über diese unprofessionelle Art und Weise seines neuen Schützlings. Sein Vorgänger Steven war da anders gewesen.

Reyko erschrak über die direkte Ansprache, schluckte und entgegnete ganz kurz:

„Äh ja, alles klar. Habe ich verstanden. Ich melde mich."

Dann nahm er seine Sachen und ging duschen, um anschließend den Eliteclub wortlos ohne ein „Auf Wiedersehen" zu verlassen.

Er ärgerte sich selbst über sich. Einerseits wollte er einen guten Job machen und fühlte sich bei Doug warum auch immer, in sehr vertrauter Umgebung, andererseits würde er sich diesen Befehlston nicht weiter bieten lassen. Er war schließlich Reyko O´Hara und nicht irgendwer! Er war der „ZM" direkt unterstellt und sollte Doug Beaufort bei der Auffindung der Antarfari-Crew unterstützen. Aber Beaufort unternahm reichlich wenig, um weiter zu kommen, das passte Reyko nicht und das würde er Doug das nächste Mal deutlich spüren lassen. Er erreichte sein Apartment knapp nach 20 Minuten und setzte sich vor sein Terminal. Er hatte sich bereits einen direkten Zugang auf den Sourcecode der Software des Terminals durch die „ZM" geben lassen und suchte nun nach Lücken im System, die die Antarfari-Crew genutzt haben könnte. Bislang hatte er leider keine Spuren oder Hintertürchen finden können, aber er war ja auch erst am Anfang seiner eigenen Mission für die „ZM".

Die Sturmkatastrophe

Stark erhitze Luft aus der in der Mitte des Kontinents Antarfari liegenden Wüste, prallten durch eine bislang nie da gewesene Winddrehung auf die extrem kalten Luftmassen, die sich über dem westlichen Ozean gebildet hatten. Ein gefährliches Gewitterließ sämtliche Städte, darunter auch die City Zwölf erbeben. Am gerade erwachten Tag wurde es auf einmal so dunkel wie in der Nacht und hunderte, wild kreisende Tornados nahmen ihren zerstörerischen Weg vom Ozean aus, direkt in die westlichen Städte. Dann geschah etwas, was es auf dem Kontinent Antarfari schon lange nicht mehr gegeben hatte: Erdplatten vor der Küste verschoben sich und die Erde begann heftig zu beben. Die hohen Gebäude der City fingen an zu schwanken und trotz ihrer enormen Stabilität lösten sich erste Fassadenteile und stürzten in die Tiefe hinab.

Automatische generierte Warn-Emails waren bereits an alle intelligenten Ressourcen verschickt und Human-Robots per Funksignal direkt in sichere Bunker gelotst worden. Doch die KI der „ZM" war unerklärlicherweise dieses eine Mal, viel zu langsam mit der Einschätzung der Lage gewesen, die zudem in dieser Art noch nie vorgekommen war.

Die Städte an der Küste schienen menschenleer zu sein, als erste Tornados die Gebäude in vorderster Front erreichten. Sämtliche Einwohner waren in ihren bislang stets sicheren Apartments geblieben und vermieden jeden Gang nach draußen. Auch wenn die Gebäude immer mal wieder schwankten, fühlten sich die Bewohner noch einigermaßen sicher, so dass keine Panik ausbrach. Der Ozean sog nun, durch die Verschiebungen der Erdplatten und unterstützt durch die Tornados, gewaltige Wassermassen erst von der Küste fort, um dann jedoch mit sich aufbauenden Wellen von über zwanzig Metern Höhe zurückzukommen. Solch ein Phänomen hatte es bislang auf dem Kontinent noch nicht gegeben. Die bei der Antarfari-Crew beliebte *Sunset* Bar wurde in einem Bruchteil einer Sekunde weggerissen und die Wassermassen umspülten bereits die ersten Wohnkomplexe bis in einer Höhe der vierten und fünften Etage. Scheiben zerbarsten unter dem Druck, dem auch die ansonst sturmsicheren Gebäude nicht mehr stand halten konnten. Menschen des unteren Ranges, die auf den ersten Etagen ihre Apartments bewohnten, starben innerhalb weniger Minuten. Die elektrische Versorgung ganzer Städte brach zusammen. Die Städte 12, 13, 14 bis hin zu der viel höher gelegenen *City 35* wurden von der Außenwelt abgeschnitten. Gebäude in direkter Küstenlage stürzten nach und nach in sich zusammen, so dass auch Menschen der oberen Etagen keinerlei Chancen auf Überleben hatten. Gewaltige Tornados wirbelten riesige Stahlteile von Gebäuden wie winzige Äste in die Luft, die sich nun durch den Wüstensand in einen rot zirkulierenden Sturm verwandelte. Gebäude die nicht durch die Wassermassen zerstört waren, wurden nun Opfer der umherfliegenden Trümmerteile, die selbst über den Dächern hinweg flogen. Grelle Blitze schlugen immer wieder in diversen Gebäuden ein, fast gleichzeitig grollten nicht enden wollende Donner über den Küstenstädten. Scheiben zerbarsten nun auch in oberen Etagen und auch hier ließen Menschen ihr Leben. Irgendwann legte sich der Sturm und es begann auf dem gesamten westlichen Teil des

Kontinents wie aus Sturzbächen zu regnen. Gegen Mittag endlich, beruhigte sich die Wettersituation und der Ozean floss in sein altes Revier zurück, als ob nie irgendetwas anderes gewesen wäre. Zurück blieb Zerstörung, Tod und Entsetzen bei den völlig verstörten Überlebenden.

Nach und nach stellte sich die Stromversorgung automatisiert wieder her und die KI der „ZM" begann den Status der kompletten Westküste zu analysieren. Die automatisch generierten Datenmengen waren so enorm, dass die KI mehrere Stunden benötigte, um klar koordinierte Einsätze befehlen zu können. Hierbei wurden Menschen mit Human-Robots gleichgesetzt, für die KI waren beide Ressourcen gleichlebenswichtig. Hunderte Drohnen starteten, um die ID´s der intelligenten Ressourcen, die vom Satelliten nicht mehr erfasst wurden zu verifizieren und übermittelten empfangene Biowerte an die Zentrale. Die Drohnen lieferten hierbei präzise Luftbilder der einzelnen Gebäude und markierten automatisiert, wo sich noch intelligente Ressourcen, beziehungsweise Human-Robots befanden, die es sich zu retten lohnen könnte. Erste übertragende Schadensberichte zeigten das unglaubliche Ausmaß der Zerstörungen, welche die KI ohne jede erkennbare Gefühlsregung analysierte. Letztendlich errechnete die KI, dass 266 Stunden benötigt würden, um alle Toten zu beseitigen und parallel die Human-Robots wieder Instand zu setzen. Die Überreste der zusammengestürzten Gebäude würden nach und nach nur beseitigt werden, die KI war an einem Wiederaufbau nicht interessiert.

Es war aktuell nicht wirklich eine friedliche, heile Welt …

Nachdem das Tosen des Sturmes langsam abgeklungen war, kamen Sue und Sam vorsichtig aus ihrem fensterlosen Badezimmer, indem sie sich verzweifelt verschanzt hatten, wieder heraus. Wie durch ein Wunder war ihnen persönlich nichts passiert, im Apartment sah es ein wenig anders aus. Zwei bodentiefe Scheiben des Wohnraums waren zerstört, ein Eisenträger von knapp zwei Metern lag halb auf dem Balkon, halb im Raum. Eine Sandschicht von gut zehn Zentimetern hatte sich wie ein künstlich aufgeworfener Strand auf dem Balkon und im Wohnraum gebildet. Beide sahen sich geschockt an, Unwetter war man gewohnt aber so eine Katastrophe und ein Erdbeben dieser Art, hatte noch keiner der beiden erlebt. Sam nahm Sue an der Hand und beide lugten vorsichtig über den Balkon. Sie konnten die unglaubliche Zerstörung nicht fassen. Die Aussicht von ihrem Balkon hatte sich verändert, zwar konnten sie auch sonst einen Teil der Küste sehen, aber jetzt waren sämtliche Gebäude in Küstennähe verschwunden. Gewaltige rotgefärbte Geröllfelder vermischt mit Wüstensand wurden nach und nach durch den immer noch absinkenden Wüstenstaub sichtbar. Sue weinte und Sam nahm sie wie aus einem Reflex in den Arm, als er nach unten schaute und verstümmelte Leichen und auch abgerissene Gliedmaßen erkennen konnte. Er zog seine Lebensgefährtin zurück in das Apartment und flüsterte ihr zu:

„Wir leben, das ist das wichtigste. Alles andere wird wieder in Ordnung kommen!"

Bedächtig nickte Sue und fasste sich langsam wieder.

„Lass uns die anderen kontaktieren, hoffentlich ist niemandem etwas passiert!"

Sam eilte zurück auf den Balkon und schaute ins Landesinnere Richtung des gut 800 Meter entfernten Einkaufscenters, unter dem sich die geheime Crewbasis befand. Er konnte es nur schemenhaft erkennen, aber anscheinend war das Wasser nicht bis dorthin vorgedrungen, denn die Straßen waren zumindest frei von Geröll. Sue hatte unterdessen den Multimedia-Screen gestartet, alle eingehenden Nachrichten der „ZM" ignoriert und die Crew-Member über Ihre gefakten ID's angeschrieben. Kurz darauf war der Screen wieder schwarz, die Stromversorgung war erneut zusammengebrochen.

„Lass uns erstmal schauen, ob wir jemandem helfen können und Ordnung schaffen."

Sam sah seiner entgeisterten Sue kurz in die Augen. Es war besser, jetzt nicht untätig zu bleiben. Seine Lebensgefährtin nickte abwesend und beide zogen sich rasch an, um in der näheren Umgebung ihre Hilfe anzubieten. Sie eilten mit Taschenlampen in der Hand aus dem Apartment und klopften erstmal an alle anderen Wohneinheiten auf dem Gang. Die Türen öffneten sich und offenbarte Bewohner, denen es ähnlich wie den beiden ging. Man beschloss, gemeinsam die nächsten unteren Etagen zu erkunden. Fahrstühle waren natürlich außer Betrieb, aber die sonst geschlossenen Treppenhaustüren hatten sich automatisch geöffnet. Man teilte sich auf und nach kurzer Zeit war der Hilfstrupp auf gut 30 Personen gewachsen. In der Not, waren Menschen selbst im Jahre 2090 in der Lage, sich gegenseitig zu helfen. Mit jeder Etage wuchs die Hilfsmannschaft und bisher wurden nur leicht verletzte Personen gefunden. Das änderte sich, als man die zweite Etage erreichte, dies war das erste Level mit bewohnten Apartments der unteren Ränge. Die gesamte Etage musste geflutet gewesen sein, dann Wasser tropfte von den Decken und eine dicke Schlammschicht auf dem Boden ließ das Schlimmste befürchten. Türen standen teilweise weit offen oder waren herausgerissen und hier und da schien etwas Licht dadurch auf den einzigen Flur, von dem jedes einzelne Apartment erreichbar war.

Sam ging langsam allein voran und schaute in das nächstgelegene Apartment. Er musste tief einatmen und schlucken, als er im Taschenlampenlicht eine leblose Person merkwürdig verrenkt in einer Ecke liegend erkennen konnte. In diesem Moment ging die Beleuchtung wieder an, was Sam dankbar bemerkte und Sue leise aufforderte:

„Geh du doch bitte wieder nach oben und checke unsere Nachrichten."

Er wollte nicht, dass seine Sue dieses Grauen miterleben musste. Sue verstand den versteckten Hinweis und ging langsam und bedächtig nach oben.

Sam drehte sich zu dem auf ihn wartenden Hilfstrupp um. Irgendwie war er wieder, ohne es selbst zu wollen, in eine Art Führungsrolle gerutscht und so machte er eine kleine Ansprache:

„Also gut. Wie es aussieht, haben die Bewohner hier unten weniger Glück gehabt. Wer keine Verletzten oder gar Toten bergen möchte, sollte nun besser zurück in sein Apartment gehen. Der Rest schaut mit mir gemeinsam nach, ob noch Überlebende zu finden sind. Ist das ok für euch?"

Sam hörte gemurmelte Zustimmung verschiedener Helfer und schließlich gingen noch acht Männer von Tür zu Tür und suchten jedes einzelne Apartment ab. In einem der letzten Apartments stockte Sam der Atem, die Person, die dort mit weit aufgerissenen Augen im Badezimmer lag, kannte er. Es war die Begleitung von Doug Beauforts neuem Partner, Reyko!

Sam verspürte einen Stich in der Herzgegend, er kannte die junge Frau nur vom Sehen und doch tat es ihm weh, sie jetzt hier liegen zu sehen. Er hob sie vorsichtig vom Boden auf und legte den völlig durchnässten und extrem verdrehten Körper auf die Couch. Er sah ihr noch einmal ins Gesicht, schloss ihre Augen und schickte sich an, das Apartment zu verlassen. Dabei fiel sein Blick auf das kleine, noch funktionierende und auch eingeschaltete Terminal an der Ausgangstür. Dort war neben den ganzen Warn-Emails der „ZM", ganz deutlich ein anderer Absender erkennbar, den er sogar persönlich kannte:

Doug Beaufort!

Sam schaute sich kurz um, aber er war allein im Apartment und so öffnete er schnell die persönliche Nachricht des mächtigen Agenten der Staatsmacht.

Delia Sonati

ID29101979w

Aktueller Rang drei

City Zwölf

Quadrant G

Gebäude 4

Apartment A 10

Aktuelles KTO-Gesamtguthaben 304,- Globar

Sie haben eine neue Nachricht:

1. Nachricht 14.10.2090, 19:33 Uhr

Absender: Doug Beaufort

> Hallo Delia,

ab sofort tauschen wir uns nur noch via Terminal oder persönlich in meinem Apartment aus. Keine weiteren Kontaktaufnahmen in der Öffentlichkeit. Beschatte weiterhin Sam Docker / Sue Walker und erstatte Bericht, sobald du Auffälligkeiten feststellst.

Doug Beaufort
Nachricht Ende <

Sams Herz raste nachdem er die Nachricht gelesen hatte und schloss diese rasch. Er verließ gedankenverloren das Apartment von Delia Sonati, welche er niemals persönlich gesprochen hatte, die aber wahrscheinlich viel über ihn und Sue gewusst haben musste. Ein beklemmendes Gefühl machte sich nun in ihm breit, als er auf die anderen Helfer im Flur stieß. Wortlos schauten sich die Männer an und alle schüttelten den Kopf. Keine Überlebenden.

„Verlassen Sie sofort diese Etage und begeben Sie sich in ihr Apartment. Behindern sie nicht die ausführenden Kräfte der Zentralen Macht!"

Laut gellten die Schreie synchron von mehreren, ganz in schwarz gekleideten, bullig aussehenden Staatsmännern durch den Flur.

Sam erschrak heftig, war er etwa ertappt worden? Doch die Staatsmänner schubsten ihn und die anderen Helfer nur brutal ins Treppenhaus und riegelten die Etage ab. Sam eilte schnell zurück zu Sue und schloss die Tür ihres Apartments.

Sue hatte ein kleines Lächeln und eine gute Nachricht auf den Lippen:

„Unsere Crew ist ok, keine Verletzten und die Basis wurde vom Unwetter verschont. Bislang leider keine Nachricht von Stella oder Amelie."

Sam atmete aus, sie hatten ausnahmsweise auch mal etwas Glück. Anschließend begannen die beiden den Sand aus dem Wohnraum auf den Balkon zu schippen und verschlossen die offenen Lücken in der Fensterfront mit zwei Laken, so dass zumindest etwas Schutz vor Wind und neugierigen Blicken gegeben war.

Diesen Tag würde wohl niemand an der Westküste Antarfaris jemals vergessen, das war jedem Überlebenden der Katastrophe klar. Alle Bewohner bekamen die Anweisung, ihre Apartments für zehn Tage nicht zu verlassen. Bei Widersetzung würde die ganze Härte der Staatsgewalt angewandt werden. Verpflegung würde durch Drohnen zur Verfügung gestellt werden. Dadurch war eine Zusammenkunft der Crew erstmal unmöglich.

Nachdem sie etwas zur Ruhe gekommen waren und sich etwas an die außergewöhnliche Situation im Apartment gewöhnt hatten, erzählte Sam seiner Lebensgefährtin vom Tod der ihnen Unbekannten Delia und von der Nachricht, die er zufällig entdeckt hatte. Sue wurde nun wieder sichtlich nervös:

„Die Häscher der „ZM" sind näher an uns dran, als wir dachten. Wir müssen noch viel vorsichtiger werden, wenn wir unser Leben weiter so unbeschwert führen wollen!"

Sam konnte hier nur zustimmen. Dieser Beaufort war schlauer und gerissener als alle gedacht hatten. Er würde sicher bald einen neuen Spion auf sie ansetzen, das war beiden klar.

Auch Doug Beaufort hatte die Katastrophe unbeschadet überlebt. Sein im obersten Stock liegenden Luxusapartment hatte keinerlei Schäden davongetragen, auch wenn es beim Beben mächtig durchgeschüttelt worden war. Raptor war komischerweise verstört von Fenster zu Fenster gerannt, bis sich der Sturm gelegt hatte. Nicht dass er sich gefürchtet hätte, nein er hatte zwischenzeitlich den Kontakt zur „ZM" verloren, was den

Robo-Dog irritierte und bislang noch nicht vorgekommen war. Doug kontaktierte kurz Reyko O´Hara, dem es auch den Umständen entsprechend gut ging. Er wohnte weit genug vom Strand entfernt in einer der oberen Etagen und hatte auch keine Schäden zu melden. Auch Delia hatte er noch einmal kontaktiert, aber noch keine Antwort bekommen. Nun stand Doug auf seiner Veranda und schaute in die Richtung des verwüsteten Stadtteils. Sam Docker und Sue Walker lebten gefährlich nahe an dem Katastrophengebiet, genau wie seine neue Agentin Delia, die er bewusst Im gleichen Komplex und ausgerechnet in einer der unteren Etagen untergebracht hatte. Bis jetzt funktionierten die Multimedia-Screens und Terminals nur eingeschränkt, so dass er sich nicht auf die ID´s der anderen aufschalten konnte. Auch er war nun gezwungen, diese zehn von der „ZM" vorgeschriebenen Tage, in seinem Apartment allein auszuharren. Zum Glück habe ich Raptor, dachte er bei sich und beobachtete wie die ersten Säuberungsrobots begannen, Sand aus den Randgebieten wieder zum Strand zurück zu schaffen. Die eingestürzten Wohnkomplexe konnte er von seiner Position nicht erkennen, so dass er das ganze Ausmaß der Katastrophe noch gar nicht einschätzen konnte. Er sah zahllose Rettungs-Jetcopter, die wie Bienen hin und her flogen, dazwischen immer wieder die schwarzen Drohnen der „ZM", die vermutlich überwachten, ob die Einwohner den Befehlen der „ZM" untertänig Folge leisteten. In Richtung Landesinnere, wo sich auch die Einkaufscenter und der Monorail- Bahnhof der City Zwölf befanden, waren keine Beschädigungen auszumachen. Ein Signalton des wieder funktionierenden Terminals ließ ihn zurück in den Wohnraum gehen, eine neue Nachricht der „ZM" war eingetroffen. Er tippte kurz auf das Nachrichtensymbol und las:

Doug Beaufort
ID 825101776t
Aktueller Rang Master (Elite 10)
City Zwölf
Quadrant unter Geheimhaltung
Gebäude unter Geheimhaltung
Apartment unter Geheimhaltung

Aktuelles KTO-Gesamtguthaben 758.200,- Globar

Sie haben zwei Nachrichten:
1. Nachricht 15.10.2090, 11:32 Uhr
Absender: „ZM"

> Durch das für die City Zwölf folgenschwere Unwetter ist die von ihnen eingesetzte intelligente Ressource Delia Sonati eliminiert worden. Wir werden ihnen zeitnah eine alternative Humane-Ressource zur Verfügung stellen. Eine Auflistung aller eliminierten Ressourcen wird ihnen zur Verfügung gestellt.

Nachricht Ende <

2. Nachricht 15.10.2090, 11:33 Uhr
Absender: „ZM"

> Durch das für die City Zwölf folgenschwere Unwetter wurden
mehrere Gebäude zerstört. Weitere Nachforschungen sind für
die nächsten zehn Tage nur online durchzuführen. Sie bekommen
zeitnah neue Anweisungen. Aus sicherheitstechnischen Gründen
werden die zerstörten Gebäude nicht mehr aufgebaut. Die
Bereiche der Strandpromenade der City Zwölf werden
rekonstruiert.

„ZM" wünscht Ihnen einen guten Tag.
Bleiben Sie weiterhin fleißig und untertänig.
Nachricht Ende <

Doug stutzte ein wenig über die ihm zugesandten Mitteilungen.
Normalerweise gab die „ZM" solche detaillierten Informationen
nur sehr selten heraus. Es musste in der Stadt doch mehr passiert
sein, als Doug selbst befürchtet hatte. Delia hatte sich erledigt,
nicht dass es ihm leid getan hätte, aber er hätte sich schon gern
einmal mit ihr vergnügt. Egal, er würde neue Agenten anheuern.

Da sein persönliches Terminal wieder funktionierte schaltete er
sich kurz auf das Terminal und somit auch auf die Kamera von
Sam Docker auf. Er sah, wie dieser gerade gemeinsam mit Sue,
Sand aus dem Wohnraum auf dem Balkon schippten. Also lebten
die beiden noch, die Beschädigungen am Apartment schienen
nicht so gravierend zu sein und würden vermutlich bald behoben
sein. Er schaltete sich von der ID wieder ab und wollte auf den
Balkon gehen, als sich Reyko nochmal bei Doug meldete. Ihm
plagte wohl etwas die eintretende Langeweile, denn teilte
Beaufort mit, sich sofort nach den vorgeschriebenen 10 Tagen

bei Doug vor Ort einzufinden um alles Weitere zum Thema Antarfari-Crew zu besprechen. Beaufort war kurz angebunden und tat desinteressiert, über Delia Sonati verlor Doug kein einziges Wort, sein neuer Zögling Reyko sollte es selbst herausfinden.

Doug ging nach dem kurzen Austausch nun auf seine Veranda und gesellte sich zu Raptor, der ihn freudig empfing. Raptor hatte die Nachrichten bereits vor Doug empfangen und somit natürlich auf neuestem Stand.

Aufräumarbeiten

Die nächsten Tage vergingen für die Bewohner der westlichen
Küstenbereiche nur sehr schleppend, aber man fügte sich den
Anweisungen der „ZM". In den Nachrichtensendern, die allesamt
durch die Staatsmacht zur Verfügung gestellt wurden, liefen
stündlich wiederkehrende Informationen über die aktuelle
Situation in den jeweiligen Städten. In der City Zwölf waren ganze
acht Gebäude durch das Unwetter in Verbindung mit dem Beben
zerstört worden, über Verletzte oder Tote wurde nichts
berichtet. Die Bewohner wurden regelmäßig aufgefordert, sich
ruhig zu verhalten und den Anweisungen der „ZM" bedingungslos
Folge zu leisten. Die KI der Zentralen Macht überwachte den
Fortschritt der laufenden Aufräumarbeiten, die ausschließlich
durch Robots erledigt wurden. Schon nach acht Tagen entschied
die KI, den ausgerufenen Lockdown wieder aufzuheben und die
intelligenten Ressourcen wieder in den herbeigesehnten Alltag
zurückzuführen. Die Straßen waren wieder vom Sand und Unrat
befreit, Tote beseitigt und Verletzte, wenn es sich aus KI Sicht
denn noch gelohnt hatte, versorgt worden. Schwerstverletzte
waren ohne zu zögern durch die Staatsmacht eliminiert und
beseitigt worden. Die KI entschied rational und nur nach
vorliegenden Parametern, egal wer oder wie viele intelligente
Ressourcen dadurch verloren gingen. Letztendlich hatte das
Unwetter der „ZM" sogar in die Karten gespielt, die Bevölkerung
war besser als geplant geschrumpft und die selbst kalkulierten
Planzahlen waren mehr als erreicht. Die Bewohner gingen nach
und nach wieder vor die Tür und nur die fehlenden Gebäude
zeugten davon, dass hier irgendetwas passiert war. Auf den

freigewordenen Flächen der zerstörten Gebäude waren kleine Parks errichtet worden. Nichts deutete darauf hin, dass es hier jemals anders ausgesehen hätte. Das *Sunset* war identisch zum alten wiedererrichtet worden und auch hier sah es so aus, als ob nur mal ein bisschen renoviert worden war.

Sue lief langsam Hand in Hand mit Sam auf dem Boulevard und die beiden schauten sich die Veränderungen an. Beide schauten nur wortlos auf die neu gebauten Parks und dachten jeder für sich, aber dennoch das gleiche:

Wie viele Menschen waren hier wohl gestorben? Wie viele Verletzte hat es gegeben? Das Leid musste groß gewesen sein, die Gebäude, die hier gestanden hatten, waren einst große Wohnkomplexe gewesen, mit hunderten Apartments auf gut acht Etagen und einigen Shops im Erdgeschoß. Nun waren sie verschwunden, ohne dass es irgendeinen Hinweis darauf gab.

Die beiden gingen zu dem offenen Bereich des *Sunsets* und bestellten sich bei der humanoiden Roboterbedienung einen Drink. Sam schaute sich um, konnte aber keine auffälligen Personen entdecken. Um sie herum waren Bewohner wie sie, die teilweise verstört um sich schauten, aber die geänderte Situation nicht kommentierten, die Gefahr durch die „ZM" abgehört zu werden, war zu groß. Hier und da hörte man nur, wie schön die neuen Parks wären, aber Sam war sich sicher, dass ein großer Teil der Bevölkerung langsam aber sicher erkannte, dass sie fremdgesteuert wurden. Natürlich gab es auch genug Menschen, die alles ignorierten und einfach nur vor sich hinleben wollten. Aber der Großteil der Gesichter, in die Sam schaute, zeigte deutlich, dass man die aktuelle Lage erkannt hatte.

Die beiden tranken schweigend ihren Drink und zahlten
anschließend am Terminal, welches im Tisch eingelassen war.
Danach schauten sie sich noch ein wenig um, beschlossen dann
langsam wieder nach Hause zu gehen. Sie mussten die neu
gewonnenen Eindrücke erst verarbeiten. Plötzlich blieb Sue
stehen, Tränen liefen ihr über die Wangen. Sie deutete nur auf
einen der neuen äußeren Parks, doch Sam verstand nicht so
recht, was seine Partnerin damit meinte. Er lotste sie zum Strand,
wo sie sich kurz in den Sand setzten und die abhörsicheren
Armbänder der Antafari-Crew über ihren implantierten Chip
zogen. Sue schluchzte laut und rang um Fassung:

„Sam, da vorn stand einmal der Wohnkomplex, in dem Stella und
Amelie wohnten!"

Nun verstand Sam, was Sue auf einmal bedrückte. Die Chance,
dass die beiden überlebt hatten, ging gegen Null. Bei dem Sturm
waren alle Einwohner aufgefordert worden in ihren Apartments
zu bleiben und die beiden waren mit Sicherheit im Gebäude,
welches offensichtlich komplett zerstört worden war. Trotzdem
versuchte Sam eine Möglichkeit zu finden, dass die beiden
überlebt haben könnten.

„Eventuell waren sie ja über Nacht bei Freunden?"

Sue schüttelte den Kopf:

„Das hätten mir die beiden sicher erzählt!"

Sam musste dem zustimmen, die beiden hätten sich sicherlich bei Sue gemeldet, wenn irgendetwas geplant gewesen wäre.

Sue nahm ihr Armband wieder ab; sie wollte jetzt nicht mehr reden. Sam tat es ihr gleich und beide gingen wortlos und ohne Umwege direkt nach Hause. Dort angekommen legte sich Sue ins Bett und wollte allein bleiben, sie musste für sich die gesamte Situation erst verarbeiten. Sam setzte sich in den Wohnraum und schaute hinaus. Die Scheiben des Apartments waren sehr schnell ausgetauscht worden, eines musste man der „ZM" lassen, sie war gut organisiert. Niedergedrückt checkte Sam zwischendurch den Nachrichteneingang am Multimedia-Screen und las die eingegangene Nachricht der „ZM":

Sam Docker

ID 05101966v

Aktueller Rang Sechs

City Zwölf

Quadrant G

Gebäude 4

Apartment K 51

Aktuelles KTO-Gesamtguthaben 2132,- Globar

Sie haben eine neue Nachricht:

1. Nachricht 24.10.2090, 18:14 Uhr

Absender: „ZM"

> Aufgrund der aktuellen Situation bei der Monorail sind Sie noch bis zum 28.10.2090 freigestellt. Wir teilen Ihnen Ihren nächsten Einsatz zeitnah mit.

„ZM" wünscht Ihnen einen guten Tag. Bleiben Sie weiterhin fleißig und untertänig.
Nachricht Ende <

Das war Sam nur recht und so legte er sich auf die Couch und schloss die Augen, Sue wollte er ein wenig Ruhe gönnen. Morgen hatte man sich auf der Crew-Basis verabredet, dort konnten sich alle ungestört und abhörsicher unterhalten. Sam schlief ein und erst am frühen Morgen wachte er auf und registrierte, dass er die ganze Nacht auf der Couch verbracht hatte. Er lauschte kurz, aber Sue schien noch zu schlafen und so machte er sich leise einen Kaffee und setzte sich auf den Balkon, um die aufgehende Sonne zu sehen.

Gegen Mittag war die Crew bis auf Mastif Omudda, Civer und Leeroy Chen, die in der City 22 lebten und vom Unwetter verschont geblieben waren, vollständig versammelt. Brandon Copper, Ron Martines, Salem Rinasto und ausnahmsweise auch Wilson saßen bereits am Besprechungstisch in der Crew-Basis, als Sam in Begleitung von Sue die geheime Bunkeranlage betraten. Sam schaute in die ernsten und leicht geröteten Gesichter seiner Freunde. So hatte er die Crew noch nie erlebt, alle nahmen sich

kurz nacheinander in den Arm und Salem versorgte schnell alle
mit einem Bier.

Brandon und Ron waren nicht in der Lage zu reden, deshalb teilte
Salem den beiden Neuankömmlingen leise mit:

„Stella und Amelie haben leider nicht überlebt. Mögen sie in
Frieden ruhen."

Dem sonst so harten Brandon lief eine Träne hinunter und Ron
entschuldigte sich kurz und ging schnell ins Bad, um nicht nur für
Brandon Papiertücher zu holen. Auch Sue liefen nun wieder die
Tränen herunter. Zwei Freundinnen waren einfach so aus dem
Leben gerissen worden, niemand wusste, wie es ihnen ergangen
war, ob sie leiden mussten, oder ob es ganz schnell ging.
Sam biss sich fest auf die Lippen und fragte dann Salem:

„Euch und den anderen ist nichts passiert?"

„Nein, wir und auch die Jungs in der City 22 sind ohne Blessuren
davongekommen. Lasst uns still auf Stella und Amelie anstoßen.
Mögen sie in Frieden ruhen."

Salem hatte nun einen Kloß im Hals und schluckte. Dann stießen
alle gemeinsam in der Tischmitte an und Salem sagte kurz:

„Auf Stella und Amelie, zwei tolle Menschen, mit denen wir leider
nur eine kurze Zeit verbringen durften."

Danach herrschte für ein paar Minuten Stille im Raum.

Schließlich unterbrach Wilson die Stille:

„Wenn ihr damit einverstanden seid, würd ich euch allen kurz die gesamten traurigen Fakten, die vom Server der „ZM" gezogen habe, mitteilen. Aber ich sag direkt vorweg, dat is nich angenehm."
Sam sah in die Runde und dann zu Sue, diese nickte und Sam gab Wilson ein Zeichen, dass er starten könne. Dieser schaute selbst noch einmal in die Runde und nahm schließlich ein Terminal zur Hand um davon vorzulesen:

„Also, vom Sturm war nicht nur unsere City Zwölf, sondern auch die City 13 und 14 betroffen. Ob der Sturm bis zur darüber liegenden *City 35* gereicht hat, kann ich bis dato nicht sagen, vermutlich aber schon. In unserer City Zwölf sind acht Gebäude dem Erdboden gleichgemacht worden. Es wurden 672 Tote registriert, allein in unserer Stadt."

Wilson machte eine kleine Pause, um kurz von seiner Limo zu trinken und sprach dann weitere Fakten an.

„In der City 13 wurden elf Gebäude zerstört, 932 Tote. In der City 14 wurden vier Gebäude zerstört, darunter leider auch ein Krankenhaus, 643 Tote. Insgesamt hat Antarfari also 2247 Einwohner verloren, in einer einzigen Nacht. Der „ZM" wird es sogar recht gewesen sein, man will die Bevölkerung sowieso um jeden Preis reduzieren, was der Versuch mit den Retirement-Homes ja deutlich aufgezeigt hat. Keines der zerstörten Gebäude wurde wieder aufgebaut. Man befürchtet vermutlich noch größere Unwetter in Zukunft.

Noch einmal nahm Wilson einen Schluck aus der Limoflasche und räusperte sich:

"Ähm, noch etwas. Das wird euch auch nicht gefallen."

Ron runzelte ärgerlich die Stirn:

„Wilson! Was denn noch?"

Wilson zuckte aufgrund der ziemlich lauten und direkten Ansprache kurz zusammen.
Ron bemerkte, dass er sich etwas im Ton vergriffen hatte und entschuldigte sich sofort bei Wilson, den er sehr schätzte.

„Entschuldige bitte Wilson, das ist alles ein wenig viel für mich."

Wilson nickte und verstand, die aktuelle Lage war einfach nur mies. Deshalb setzte er langsam fort:

„Der Altersdurchschnitt auf Antarfari ist rapide gesunken, genauso wie die Bevölkerungszahl insgesamt. Wir hatten ja

festgestellt, dass am Anfang des Jahres eine Reduzierung der Bevölkerung von den damals 84 Millionen im Jahr 2071, auf 71 Millionen bis zu Beginn des Jahres 2090 stattgefunden hat.
Wir haben jetzt bald November und ratet mal, wie die aktuelle Bevölkerungszahl von Antarfari aussieht?

Wilson blickte in die Runde seiner Freunde und schluckte, als er nur schockierte und fragende Gesichter sah.

„Es leben nur noch 69,5 Millionen Menschen auf unserem Kontinent. Es gibt so gut wie keine Senioren über 70 Jahre mehr. Die muss man irgendwie und vor allem unbemerkt beseitigt haben. Das wars, mehr habe ich nicht.“

Wilson schaute kurz zu Ron, nahm noch einen Schluck und lehnte sich schweigend zurück.

„Das bedeutet, dass das Unwetter der „ZM“ sogar in die Hände gespielt hat!“

Brandon war stinkesauer und lief rot an:

„Wir müssen diese gesamte Drecks-“ZM“ zerschlagen!“

Sam legte ihm seine Hand auf die Schulter, um ihn wieder zu beruhigen.

„Jetzt hat wohl jeder hier im Raum erkannt, dass wir handeln müssen. Wir sollten uns wieder auf die *City 35* konzentrieren und herausfinden, was dort passiert ist. Eventuell kann uns der Unbekannte Helfer auch wichtige Informationen liefern."

Ron stand auf und schaute kurz auf seine Uhr.

„Sue, Sam. Ihr müsst so langsam wieder hoch."

Sam nickte, Ron hatte recht, aber etwas Zeit hatten sie noch.

„Ich muss euch auch noch etwas mitteilen."

„Eigentlich reicht es für heute, was schlechte Nachrichten angeht!"

Brandon hatte sich noch immer nicht so wirklich beruhigt.

„Die weibliche Begleitung von Doug Beauforts neuem Partner, Reyko O´Hara hat zufälligerweise bei uns unten im Apartmentblock gewohnt und leider nicht überlebt."

Sam machte eine kurze Pause und Ron platzte sofort heraus:

„Das ist aber ein komischer Zufall, dass die Braut direkt bei euch im Block gewohnt hat!"

Wieder nickte Sam:

„Und das aus gutem Grund, es war kein Zufall! Ich habe nach dem Sturm mit anderen Nachbarn nachgeschaut, ob wir irgendwo helfen können. Leider hat in den unteren Etagen niemand überlebt. Ich habe die Frau leblos in ihrem Apartment gefunden, die Gute hieß Delia Sonati und war von Beaufort angeheuert worden, um mich und Sue zu überwachen!"

Nun war es Salem, der aufhorchte:

„Woher willst du das wissen?"

Sam ließ sich nicht ablenken und sprach in einem ruhigen Ton weiter.

„Ich hatte sie geborgen und auf die Couch gelegt. Beim Verlassen des Apartments konnte ich eine Nachricht von Doug Beaufort auf dem Terminal sehen. Ich habe sie kurz gelesen und da stand dann halt, dass sie sich nur noch bei Ihm privat im Apartment melden und sie weiterhin Sue und mich überwachen sollte. Ich vermute, dass es eine Ersatzagentin für Kira war."

Ein Raunen ging durch die Gruppe und jeder dachte für sich nach, welche Auswirkungen dieser Fakt jetzt für die Crew haben könnte. Sam schloss seine Information mit den Worten:

„Die „ZM" ist näher an uns dran, als wir alle vermuten."

„Meeting in einer Woche, gleiche Zeit, gleicher Ort. Benutzt Umwege, um hier zu gelangen, sprecht mit niemandem.
Jeder macht sich bis dahin Gedanken, wie wir weiter vorgehen wollen oder besser gesagt, können."

Ron hatte damit das heutige eigentlich Meeting beendet, als sich Wilson erneut zu Wort meldete:
„Bitte denkt daran, dass dieser Beaufort jetzt diesen Hund hat! Vermutlich kann er euch verfolgen und unsere Crew-Basis wäre in Gefahr. Er wird jeder Witterung nachgehen und da Beaufort es auf euch abgesehen hat, könnt ihr sicher sein, dass er nicht nur diese eine Agentin eingesetzt hat."

„Ui, Wilson hat recht. Der Robo-Dog wird uns verfolgen können. Aber wie sollen wir uns zukünftig hier noch unbemerkt und sicher treffen können?"

Sam sah seine Freunde fragend an.

Wilson hatte eine Antwort parat:

„Der Robo-Dog hat ein feines Gespür, er wird euch und damit nicht nur euer Gesicht, sondern auch euren Geruch kennen. Eventuell kann er sogar eure ID online scannen und sehen, wo ihr seid. Ich empfehle euch, einmal kreuz und quer durchs Shoppingcenter zu laufen, um eine Art Geruchsspur zu erzeugen, erst dann, wenn ihr sicher seid, dass euch niemand folgt, solltet ihr in die Basis kommen."

Er hatte diesmal ziemlich klar und ohne zu nuscheln gesprochen, was den anderen sofort aufgefallen war. Spielte Wilson nur manchmal den etwas unbeholfenen Typen?

Brandon stand auf:

„Ich denke, das ist aktuell die einzige Möglichkeit. Nehmt auf dem Weg hierher viele Umwege in Kauf und lauft, auch wenn ihr die Basis verlasst, erstmal ein wenig herum, um die Spuren zu verwischen."

Damit war alles gesagt, sie nahmen sich noch einmal in den Arm und Sam und Sue verabschiedeten sich wie gewohnt von der restlichen Crew. Sie liefen durch die verschiedenen Etagen des Shoppingcenters und verließen es, von der Crew-Basis aus gesehen, auf der gegenüberliegenden Seite, um dann noch einen Bogen um einen Häuserblock zu machen. Erst dann machten sie sich auf den Weg nach Hause. Man würde in dieser Woche wie von der „ZM" gewünscht, ganz normal dem Tagesgeschäft nachgehen.

Ein vermeintlicher Plan

Mehr als zwei Stunden hatte sich Reyko im Elite-Fitnessclub verausgabt und beschloss anschließend, noch etwas an der Bar trinken zu gehen. Er hatte die kleine Hoffnung, dass Delia anwesend sein würde, konnte sie aber nirgends erblicken. Er bestellte sich ein großes Wasser bei der herbeieilenden Robot-Bedienung, welche von einem normalen Menschen nur bei genauerer Betrachtung zu unterscheiden war. Umgehend servierte diese mit einem freundlichen Lächeln das gewünschte Getränk und Reyko nutzte die Gelegenheit um sich unverfänglich über Delia zu informieren:

„Entschuldigung, können Sie mir sagen, wann die Delia hier wieder im Service arbeitet?"

Er formulierte es absichtlich eindeutig für die Robot-Bedienung, um von vornherein Missverständnisse zu vermeiden. Ab und an reagierten die Robots recht unvorhersehbar und er wollte eine klare Auskunft bekommen.

„Delia? Tut mir sehr leid, aber mir ist eine solche Person nicht bekannt. Das Personal wurde in dieser Woche neu organisiert, kann ich Ihnen sonst noch behilflich sein?"

Reyko verneinte enttäuscht und trank allein am Tisch sitzend sein Wasser. Danach hatte er vor Doug Beaufort einen Besuch abzustatten, sie mussten sich nun wieder auf diese Antarfari-

Crew und auch auf Sam Docker mit seiner Lebensgefährtin Sue Walker konzentrieren. Das hatte allerhöchste Priorität für Reyko O´Hara, der nach dem absolvierten Training wieder zur alten Souveränität zurückgefunden hatte. Außerdem wollte er Beaufort ziemlich unmissverständlich aufzeigen, wer in Zukunft das Sagen bei den Ermittlungen hatte. Er war Reyko O´Hara und kein Lakai. So war zumindest sein Plan …

Doug hatte derweil Nachrichten der „ZM" durchforstet und sich ein wenig darüber gewundert, wie wenig Informationen zum vergangenen Unwetter zu finden waren. Opferzahlen, Tote und auch Verletzte wurden erst gar nicht erwähnt, dafür aber die neu entstandenen Parks auf den Flächen der angeblich unbewohnten Apartmentblocks angepriesen. All das kam ihm jetzt doch irgendwie etwas komisch vor. Er hatte zwar vollstes Vertrauen zur „ZM", aber ein paar mehr Infos zu den aktuellen. tiefgreifenden Geschehnissen, hätte er gern doch gehabt. Nun gut, er schaute zu Raptor, der brav neben ihm lag und zu schlafen schien. Das war natürlich nicht der Fall, Raptor hatte sämtliche Informationen über das Unwetter bereits direkt durch ein Update der „ZM" bekommen und abgespeichert. Er besaß nun wesentlich mehr Wissen zum Stand der Dinge, als Beaufort jemals haben würde.

Das Terminal meldete einen Besucher an, die ID inklusive eines Livebildes wurden von außen vor der Tür übertragen und Doug murmelte kurz:

„Tür öffnen …"

Die Apartmenttür öffnete sich automatisch und ließ den Gast
hinein. Raptor zuckte mit keiner Wimper, er hatte Reyko bereits
auf dem Flur bemerkt und diesen durch ein kurzes Aufschalten
auf die Außenkamera beobachtet. Er sah, wie Reyko anscheinend
mit sich selbst redete und sich vermutlich selbst Mut zusprach,
zumindest deutete Raptor dessen Worte so.

„Hallo Doug, schön, dass wir uns endlich wiedersehen, ist ja eine
ganze Weile her! Hast du alles gut überstanden?"

Übertrieben freundlich gesprochen, prallten Reyko´s Worte aber
an Doug Beaufort ab wie Wasser auf einem Lotusblatt. Er deutete
ihm nur stumm durch ein Handzeichen an, dass er auf der
Couchecke Platz nehmen könne. Reyko setzte sich mit etwas
Abstand zu Doug darauf und lächelte weiterhin freundlich. Er
wollte direkt zur Sache kommen, denn er wollte der „ZM" so
schnell wie möglich erste Ergebnisse liefern.

„So wie es ausschaut, haben ich und mein Heim keinerlei
Schaden genommen, wie sieht es bei dir aus, Reyko O´Hara?"

Reyko stutzte ein wenig, es war ungewöhnlich, dass jemand
seinen vollen Namen nannte. Trotzdem bemühte er sich nichts
anmerken zu lassen:

„Auch bei mir ist alles in Ordnung, außer etwas Sand auf dem
Balkon, aber damit kann ich leben, sieht sogar ein wenig stylisch

aus, hab es erstmal so gelassen. Ich habe mich selbstverständlich genau an die Anweisungen der „ZM" gehalten, so war mir ganz klar, dass alles in sicheren Händen ist."

„Gut, gut."

Beaufort nickte etwas gelangweilt und schaltete den Multimediascreen aus. Er wollte vermeiden das Reyko erneut daran herumspielte. Er drehte den Spieß nun um und fragte Reyko direkt nach dem Stand der Dinge. Wer fragt, der führt.

„Konntest du deine verordnete Auszeit nutzen, um etwas über die Antarfari-Crew herausfinden? Neuigkeiten über Sam und Sue?"

Die direkte Art und Weise der Fragen seitens Doug verwirrten Reyko etwas, er fing sich jedoch schnell und antwortete dann ruhig und wohl überlegt:

„Meine Nachforschungen haben ergeben, dass ein Terminal nicht so einfach manipuliert werden kann, um damit Nachrichten unter falschem Namen zu versenden. In der Antarfari-Crew muss es absolute Experten mit einem enormen fachspezifischen Wissen geben. Mir war es nicht möglich, diesen Vorfall nachzustellen. Auch zu Sue und Sam konnte ich leider keine weiteren Hinweise auf ein „ZM" feindliches Verhalten finden. Tut mir leid."

Höflich lächelnd beendete er seine kurze Rede und erwartete nun seinerseits, eine informative Rückinfo von Doug zu bekommen. Die Hoffnung auf eine von ihm geführte Zusammenarbeit wurde dann aber jäh zerstört, denn Dougs Antwort war anders als erhofft.

„Das ist alles?“

Doug sprang auf und schaute Reyko, der aus reinem Reflex ebenfalls aufgesprungen war, mit blitzenden Augen an.

„Das soll jetzt wirklich alles gewesen sein,
was der werte Herr O´Hara in den letzten zehn arbeitsfreien Tagen herausgefunden hat?“

Doug wurde immer lauter und steigerte sich selbst langsam aber sicher in seine eigene, unkontrollierbare Wut hinein.

„Was verheimlichst du mir? Es kann doch nicht sein, dass die „ZM“ mir so einen Versager an die Seite stellt! Du hast nichts, rein gar nichts erreicht! Was willst du überhaupt hier? Ich habe dir gesagt, komm vorbei, wenn du Neuigkeiten hast! Nur um mit dir Würstchen zu plaudern ist mir meine Zeit zu schade, geht das in dein kleines verwirrtes Hirn?“

Zornig sah Reyko mit hoch rotem Kopf Doug ins Gesicht und ballte seine Fäuste, das wollte er sich nicht gefallen lassen.

„Was erlaubst du dir eigentlich? Ich, ich bin Reyko O´Hara, eigens
von der „ZM" abgestellt, um dich bei dieser Angelegenheit zu
unterstützen! Rede gefälligst in einem vernünftigen Ton mit mir;
ich bin hier doch nicht deine Servicekraft!"

Reyko verstummte reflexartig mit weit aufgerissenen Augen,
nachdem ihm ein einziger, schnell ausgeführter und zugleich
heftiger Faustschlag mitten ins Gesicht in eine dumpfe Ohnmacht
fallen ließ.

Doug wollte sich von so einem hergelaufenen Schönling nicht die
Welt erklären lassen. Er war noch lange nicht fertig, seine Wut
musste jetzt irgendwie abgebaut werden und so schlug er noch
einmal paarmal auf den am bodenliegenden, leblos wirkenden
Reyko ein und versetzte ihm zu guter Letzt noch einen kräftigen
Tritt in die Nieren.
Raptor beobachtete die Szene und übermittelte diese direkt an
die „ZM". Er bekam die direkte Order nichts zu unternehmen und
so tat er, als ob er von allem nichts mitbekommen hätte.

Doug setzte sich wieder auf die Couch und schaute ohne Reue,
auf dem am Boden liegenden Mann, den er mal kurz ausgeknockt
hatte. Das hatte dieser überhebliche Penner in seinen Augen
verdient. Er stand auf und widerstand der Versuchung noch
einmal zuzutreten, stattdessen holte er sich ein Glas und nahm
eine der vollen Whiskeyflaschen aus dem Barfach neben dem
Multimediascreen. Er hielt sein Glas kurz in die kleine Öffnung
der mattschwarzen Barschranktür und ließ zwei kreisrunde

Eisstücke ins Glas fallen. Beaufort setzte sich dann vor dem leise röchelndem Reyko wieder auf die Couch und betrachtete in aller Ruhe seinen Zögling, der ihm immer mehr missfiel.

Er leerte sein Glas, nachdem er es randvoll mit Whiskey gefüllt hatte, in einem Zug und füllte sofort nach.

Raptor hatte den süßlichen Whiskygeruch sofort wahrgenommen und spielte wieder den besten Freund des Menschen. Mit großen Augen forderte er Doug indirekt auf, dem kleinen lieben Haustier doch etwas vom schmackhaften Whiskey abzugeben. Doug bemerkte den Blick seines neuen Haustiers und musste nun grinsen, seine Wut war vorerst verraucht. Er goss Raptor einen kräftigen Schluck Whisky in den Napf und schaute zu, wie Raptor diesen innerhalb von Sekunden, wild mit dem Schwanz wedelnd, leer schlürfte. Nun begann sich Reyko langsam wieder zu bewegen. Leise stöhnend erwachte er nach und nach. Seine Sinne kamen zurück und er setzte sich langsam auf und atmete so flach wie möglich ein und aus. Er hatte starke Schmerzen im Unterleib und ein zugeschwollenes Auge ließ ihn nur schemenhaft sehen. Mühsam meldete er sich zu Wort:

„Doug! Was sollte das? Warum hast du das getan?"

Mit dem neu gefülltem Whiskeyglas in der Hand knurrte Doug ihn nur leise an:

„Seh zu, dass du aus meinem Apartment kommst und melde dich erst wieder, wenn du brauchbare Hinweise hast.
Hast du kleiner, nutzloser Wicht mich verstanden?"

Reyko ging es so schlecht, dass er nur nickte und sich langsam
aus dem Apartment quälte, um sich zurück in sein eigenes,
vermeintlich sicheres Heim zu begeben.

Doug lächelte in sich hinein, nun ging es ihm wesentlich besser.
Er goss sich und Raptor einen weiteren Drink ein und beschloss,
sich heute noch etwas zu vergnügen. Er kontaktierte
kurzentschlossen Celeste Damur, um diese für einen schönen
Abend zu buchen und war erfreut, als diese innerhalb von fünf
Minuten bestätigte. Doug hatte noch eine knappe Stunde Zeit
und so präparierte er wie immer ein paar Gläser für die Escort-
Dame und ging in Ruhe duschen, er wollte fit sein, wenn diese
gut gebaute, sportliche Frau wieder ergeben unter ihm lag. Allein
bei dem Gedanken wurde Doug nervös vor Vorfreude, ob Celeste
Damur ebenfalls gefallen an dem Meeting haben würde, dürfte
fraglich sein.

Frisch geduscht und natürlich einen Whiskey weiter, öffnete
Doug der Escort Dame übertrieben freundlich gesinnt, aber mit
gierigem Blick die Tür. Charmant bot er ihr wie beim letzten Mal
einen Drink an und Celeste, die bereits vorrausschauend ein
Schmerzmittel genommen hatte, trank den Drink wie beim
letzten Mal sofort aus. Nur so ließ sich ertragen, was sie am
heutigen Abend noch erwarten würde.

Celeste erwachte irgendwann am frühen Morgen im Bett neben
dem laut schnarchenden Doug liegend. Ihr Unterleib schmerzte
unglaublich, ihre Lippen waren blutig, aufgeplatzt und eine
Wange war stark angeschwollen. Sie erinnerte sich nicht mehr an

alles, sie waren gemeinsam noch einmal duschen gewesen und dann hatte sie einen Schlag ins Gesicht bekommen. Leise stand Celeste auf und kämpfte sich zum Bad. Beim Anblick ihres Spiegelbilds erschrak sie. Was hatte dieses brutale Schwein wieder mit ihr gemacht? Sie schaute an sich herab, blaue Flecken auf der Brust und ein blutiges Rinnsal an beiden Oberschenkeln zeugten von der rohen Gewalt die ihr angetan wurde. Wut kam in ihr auf, kein Kunde hatte ihr jemals so etwas angetan. Nachdem sie sich notdürftig gewaschen hatte, zog sie ihr zerfetztes Abendkleid mühsam wieder an und ging in den Wohnraum. Durch das von Doug verabreichte Betäubungsmittel und dem zusätzlich getrunkenen Alkohol immer noch benommen, nahm sie wie in Trance die auf dem Boden liegende Whiskeyflasche in die Hand und wankte in das halbdunkle Schlafzimmer. Der gut gebaute Doug Beaufort lag auf dem blutigen Laken, nackt auf dem Rücken und schnarchte laut mit weit offenem Mund. Speichel lief ihm über seine wulstigen Lippen, die sie höhnisch anzugrinsen schienen.

Celeste wurde es leicht schwindelig, ihre Gedanken kreisten, so ein mieses Schwein, was hatte er ihr angetan? Langsam hob sie die Whiskeyflasche mit beiden Händen in die Höhe, zögerte kurz und schlug dann doch mit aller Kraft zu.

Es knackte laut, als diverse Knochen und Gelenke in Doug Beauforts Gesicht beim ersten Schlag brachen. Doug stöhnte laut und versuchte sich aufzurichten, doch Celeste holte wieder und wieder aus und ließ die harte Whiskeyflasche immer wieder in das Gesicht ihres größten Peinigers krachen. In Panik mobilisierte Beaufort neue Kräfte und bekam blind, da er durch die blutenden Augen nicht mehr sehen konnte, Celestes Haare zu greifen. Er versuchte, sie von sich wegzuziehen, als die Flasche ihn dieses Mal quer durchs Gesicht schoss und zerbrach. Celeste bemerkte den zerbrochen, scharfkantigen Flaschenhals in ihrer Hand und rammte ihn mit aller Wucht in den Hals des fast wehrlosen Mannes. Scharfe Glasspitzen drangen tief in den Hals von Doug Beaufort ein und zerstörten die Halsschlagader. Blut spritzte bis an die Wände des Schlafraums und erst als sie nichts mehr von dem Gesicht einer Person namens Doug Beaufort erkennen konnte, ließ Celeste die zerbrochene Flasche erschrocken fallen. Sie hatte ihren letzten Auftraggeber umgebracht und realisierte augenblicklich, dass ihre Zukunft damit für immer verspielt war. Schluchzend sank sie vor dem großen Bett zu Boden und weinte leise in einer immer größer werdenden Blutlache vor sich hin.

Raptor hatte Celeste die ganze Zeit über beobachtet, war aber nicht eingeschritten, denn nach neuesten Instruktionen durch die „ZM", es gehörte nicht zu seinen Aufgaben, seinen Klienten zu beschützen. Zeitgleich erhielt er Anweisungen, was nun zu tun sei und wartete vor der Tür, um eine mögliche Flucht der Escort-Dame, die nun offiziell eine Mörderin war, zu vereiteln. Aber Celeste machte keine Anstalten zu flüchten, sie hatte sich, wie so oft in ihrem traurigen Leben, ihrem Schicksal ergeben. So bemerkte sie die leise in das Luxusapartment eingedrungenen Männer des Staatsschutzes in ihren schwarzen Kampfanzügen erst, als ein stechender Schmerz sie schnell in eine Dunkelheit beförderte. Der ranghohe Bedienstete der „ZM" Doug Beaufort und seine sonst so ergebene Liebesdienerin Celeste Damur waren tot.

Es war eine friedliche, heile Welt …

Im Wandel der Zentralen Macht

Drei Tage später, Reyko hatte mehrfach das gesamte, zur Verfügung stehende Netzwerk der „ZM" durchforstet, aber keinerlei neue Hinweise auf die Antarfari-Crew finden können. Auch hatte er sie bei seinen täglichen Kontrollgängen noch nicht wieder in der City erblicken können. So war er mehr als mies gelaunt, als er das aufblinkende Nachrichtensignal auf dem Terminal sah. Kurz entschlossen klickte er darauf und las:

Reyko O´Hara
ID 9985202779z
Aktueller Rang (Elite 9)
City Zwölf
Quadrant unter Geheimhaltung
Gebäude unter Geheimhaltung
Apartment unter Geheimhaltung

Aktuelles KTO-Gesamtguthaben 32.140,- Globar

Sie haben eine Nachricht:
1. Nachricht 04.11.2090, 16:14 Uhr

> Die „ZM" teilt ihnen hiermit mit, dass ihr bisheriger Vorgesetzter Doug Beaufort auf eigenem Wunsch hin, Undercover in eine andere City versetzt wurde. Dadurch steht ihnen ab sofort das nun freigewordene Apartment zur eigenen Nutzung zur Verfügung. Gleichwohl wird ihnen der Hund

„Raptor" zur Seite gestellt, um sie bei der Suche nach der Antarfari-Crew unterstützen wird. Begeben Sie sich noch heute in das Ihnen bekannte Apartment und verbleiben Sie dort bis Sie neue Anweisungen erhalten.

„ZM" wünscht Ihnen einen guten Tag.
Bleiben Sie weiterhin fleißig und untertänig.
Nachricht Ende <

Damit hatte Reyko jetzt überhaupt nicht gerechnet, aber er fand Gefallen an dieser neuen Situation, die ja fast wie eine Beförderung zu sein schien. Nachdem sich Beaufort ihm gegenüber beim letzten Meeting, dermaßen aggressiv gezeigt hatte, wusste Reyko eh nicht mehr, wie er mit Doug weiter zusammenarbeiten sollte. Er packte erstmal nur das Nötigste zusammen und begab sich nun wesentlich besser gut gelaunt, zur neuen Luxusherberge, die genau seinem Geschmack und Anspruch entsprach. Er fand das große Apartment frisch renoviert und teilweise mit neuen Möbeln versehen, in einem einwandfreien Zustand vor. Raptor sprang fröhlich mit dem Schwanz wedelnd auf und begrüßte sein neues Herrchen. Er selbst, sah für sich nur einen anderen Klienten vor sich, den er für seine Zwecke nutzen und einsetzen würde. Reyko setzte sich, in sich hinein grinsend auf die Couch, um dann doch wieder schnell aufzustehen, um gespannt in den Barschrank zu schauen, welcher mit allerlei köstlichen Drinks ausgestattet worden war. Obwohl er eigentlich keinen Alkohol mochte, nahm er sich ein Glas und eine Flasche der von Doug hoch gepriesenen

Whiskeymarke und setzte sich wieder. Er goss sich ein halbes Glas ein und bemerkte, wie Raptor ihn mit der Nase anstieß und übertrieben auf die Whiskeyflasche stierte. Er hatte bei Doug schon einmal mitbekommen, dass er seinem Hund Whiskey gegeben hatte und so goss er dem Hund und damit seinem neuen Partner, auch einen kleinen Schluck in den Napf. Raptor war zufrieden, machte sich eilig über den Drink her und war sich sicher, dass er weiterhin ein gutes Leben führen würde. Er wusste wie man intelligente Ressourcen für die eigenen Zwecke einzuspannen hatte.

Es war fast Mitte November als sich die Antarfari-Crew, zumindest die die in der City Zwölf lebten, endlich wieder versammelte. Brandon, Ron, Salem und sogar Wilson saßen zusammen mit Sam und Sue am Besprechungstisch der Crew-Basis. Wie immer waren Getränke verteilt und man stieß noch einmal auf Stella und Amelie an, die das heftige Unwetter nicht überlebt hatten. Die Crew rätselte darüber, warum es immer wieder zu Unwettern auf Antarfari kam und was wohl der eigentliche Auslöser für dieses heftige Wetterphänomen sein könnte. Wilson hatte das Netzwerk durchsucht und konnte aber keinerlei Hinweise auf Wetterphänomen finden. Die „ZM" hüllte sich dazu ins Schweigen und ließ die Bevölkerung im Unklaren. Viele Bewohner der City Zwölf hatten Freunde verloren, teilweise glaubten sie auch vermeintliche Angehörige verloren zu haben, die es aber nicht wirklich gab, denn diese waren den Bewohnern, je nach Laune der „ZM", direkt ins Gehirn einprogrammiert worden. Vermutlich gab es äußere Einflüsse, die auch von der

„ZM" nicht gesteuert werden konnten, die diese Unwetter auslösten. Letztendlich wollte die Crew wieder nach vorn schauen und begann mit der Planung der nächsten Exkursion zur *City 35*. Um Sam und Sue nicht zu gefährden, Wilson würde wie immer in der Basis bleiben, sollten Brandon, Ron und Salem sich wieder auf den Weg machen. Sam war nicht begeistert darüber, wieder einmal nicht teilnehmen zu dürfen, aber der Grund war einfach zu einleuchtend. Man hatte Spitzel auf ihn und Sue angesetzt und man war sich sicher, dass die beiden durch die „ZM" und ihren Häschern überwacht wurden. Man würde Anfang Dezember, genauso wie beim letzten Mal vorgehen. Mit der Monorail würde man zum Servicepoint 44 fahren, dafür musste wieder ein Einsatz generiert werden, der Civer zugespielt werden musste.

„Ausfall Elektronik Turnover-Point 44, Trasse City Zwölf Richtung City 32, Trassenseite B, am 03.12.2090 um 10:00 Uhr. Einsatz eines Technikers via Jetcopter erforderlich."

Wilson murmelte seine Formulierung des von ihm gefakten Einsatzes kurz laut vor und das erste Mal konnte man Ron wieder etwas lächeln sehen. Dieser Wilson war ein Typ für sich, aber ein klasse Typ und jeder hatte den teilweise recht unbeholfenen Freund inzwischen ins Herz geschlossen. Wilson programmierte den Einsatz in die Zentrale der Monorailbahn und wies dem Crew-Member Civer in der City 22 den Auftrag zu.

„Fertich! Auftrag ist drin!"

Stolz schaute Wilson in die Runde und jeder Einzelne klatschte ihn für den erfolgreichen Hack mit allen Fünfen ab.

„Was ist mit der Funk-Relaisstation, die wir am Servicepoint einrichten wollten, um in Kontakt bleiben zu können?"

Sam hatte diesen offensichtlich noch ungeklärten Punkt angesprochen.

„Dat hab ich schon diese Woche erledigt, dat funktioniert auch schon. Die Funkgeräte sind bereits über eine abgestimmte Frequenz mit der Relaisstation verbunden und wir können hier inne Basis sogar direkt mit ihnen sprechen!"

Wilson hatte die fehlenden Informationen direkt geliefert und wieder, nickten alle anerkennend. Besser ging es nicht.

Damit stand der Einsatzplan für die erneute Reise zur *City 35*.

Sam und Sue würden dem normalen Tagesgeschehen nachgehen und so wenig wie möglich die Aufmerksamkeit auf sich ziehen. Lediglich ein paar Einkäufe für das Einsatzteam würden sie übernehmen, hauptsächlich unauffälligen Proviant und eine kleine Notfallausrüstung, die nach dem Unwetter jetzt sowieso niemand in Frage stellen würde.

Die Crew beschloss endlich mal wieder gemeinsam auszugehen und so ging man nach und nach zum Buffalo-East Restaurant, um sich dort zufällig zu treffen, natürlich nicht, ohne vorher erhebliche Umwege in Kauf zu nehmen. Das Buffalo-East war nur wenig in Mitleidenschaft gezogen worden und präsentierte sich in dem gemütlichen Zustand wie eh und je. Das genossen die Crew-Member sehr und so etwas wie eine schöne unbefangene, freie Stimmung kam auf, die allen nach den ganzen Geschehnissen mehr als guttat. Spät trennte man sich leicht angeheitert wieder und nach und nach machte sich jeder, natürlich auf indirektem Wege, nach Hause.

***City 35* (Part 4)**

Das gewaltige Unwetter hatte auch die verlassene *City 35* nicht verschont, zumindest sah es von außerhalb so aus. Gigantische, rote Sanddünen hatten sich vor der hohen Stadtmauer bis hin zum Ufer aufgetürmt. Die Stadtmauer selbst war wohl durch das starke Beben teilweise weiter zusammengebrochen und auch an verschiedenen Stellen umgekippt. Große Flächen vor der Stadt waren mit verschieden großen Betonteilen bedeckt und gaben nun einen freien Blick auf die desolate *City 35*.

Brandon und Ron mit Salem im Schlepptau, waren teilweise bis zu den Knien im lockeren Wüstensand eingesunken und kämpften sich zum zerstörten Teil der Mauer vor, durch den sie schon beim letzten Mal die Stadt betreten hatten. Sie wollten, um sicher zu gehen, den gleichen Weg wie beim letzten Mal nehmen. Jeder hatte zusätzliches Gepäck dabei, um im Notfall auch länger auf sich gestellt bleiben zu können. Salem war sichtlich aus der Puste, als die drei endlich einen Fuß in die Stadt setzten. Innerhalb der Stadtmauern sah es erstaunlicherweise nicht anders aus, als bevor. Die Mauer hatte den Sturm gut abwehren können und so waren nur die schon vorher registrierten Sandverwehungen vor den Häuserblöcken zu sehen.

Ron ging nun vor, er war am kräftigsten und hatte den einzigen E-Taser am Gürtel, um mögliche Begegnungen mit den Human Robots entgegenzutreten. Brandon und Salem gingen eng nebeneinander hinter ihm her, der eine sicherte nach rechts, der andere nach links, beide schauten aber auch immer wieder nach hinten, um nicht böse überrascht zu werden.

Man hatte beschlossen, sich auf den direkten Weg zu den riesigen kreisrunden Gebäuden zu machen, allerdings mit einem Wegepunkt dazwischen, welcher das vorübergehende Gefängnis der beiden vom letzten Mal war. Sie hofften auf eine Nachricht des Unbekannten, dem sie dort eine Nachricht hinterlassen hatten.

Sie kamen gut voran und fanden wie geplant das Gebäude, welches sich für Ron und Brandon wie ein Verlies in das Gedächtnis eingebrannt hatte, nach gut 4 Stunden Marsch wieder. Es war einfach zu erkennen, denn vor der riesigen Tür lagen ihre beiden alten Rucksäcke. Diese waren wie vermutet leer und leider konnten sie auch keine neue Nachricht entdecken. Aber sie waren sich sicher, dass sie ab jetzt unauffällig verfolgt werden würden.

So liefen sie langsam und vorsichtig weiter in Richtung Zentrum der *City 35*. Bislang schien die Stadt wie ausgestorben, bis Ron mit einem Male stehen blieb, in die Hocke ging und gleichzeitig die Hand hob, dass von den dreien verabredeten Zeichen für absolute Ruhe und höchste Aufmerksamkeit. Ron deutete auf eine knapp 200 Meter entfernte Kreuzung, an der sich eine sich unnatürlich bewegende Staubwolke gebildet hatte.

Alle drei hielten fast den Atem an, als sie bemerkten, dass diese Staubwolke immer näher kam und das recht zügig. Ron gab den beiden Freunden ein kurzes Zeichen und die drei eilten zu einem Gebäude auf ihrer linken Seite, an dem die Eingangspforte offen zu stehen schien. Die gläsernen Türen waren beschädigt und ließen sich nicht mehr ganz schließen, was den dreien nun zu Gute kam. Sie hockten hinter einer Art Standmonitor, der wohl mal als Wegweiser fungiert haben musste, und warteten ab. Die Staubwolke hatte ihr Versteck schnell erreicht und entpuppte sich als ein großes, offenes Kettenfahrzeug, welches sie noch nie vorher gesehen hatten. Zwei schwarze Human-Robots, eindeutig Häscher der „ZM" standen, an mechanischen Befestigungspunkten fixiert, im vorderen Bereich des geländetauglichen Gefährts. Ein Lenkrad oder ein Steuer war nicht zu erkennen, vermutlich wurde das Gefährt automatisch-, oder ferngesteuert. Die Robots sprangen vom Kettenfahrzeug herunter und schauten sich langsam, die Umgebung abscannend um. Sie schienen in einem sehr guten und nicht wie die Robots der letzten Begegnung, in einem desolaten Zustand zu sein. Die drei Crew-Member trugen natürlich die Armbänder zur Vermeidung einer Übermittlung ihrer ID, waren sich aber trotzdem unsicher, ob sie unentdeckt bleiben würden. Die Robots schienen untereinander zu kommunizieren, denn der eine lief den deutlichen Spuren der Crew-Member im Sand nach, während der andere das Fahrzeug sicherte. Kurze Zeit später kam der zweite Robot zurück und stellte sich neben den anderen. Danach passierte gute 30 Minuten nichts mehr und die Crew-Member wurden zunehmend gelangweilt, vom Anblick der beiden leblosen Human-Robots.

„Soll ich versuchen, die beiden mit dem E-Taser zu erledigen?"

Ron deutete auf den E-Taser am Gürtel und die drei beratschlagten sich kurz. Was würde passieren, wenn sie die beiden Häscher erledigen würden, kämen neue Human-Robots?

Andererseits wollten sie nicht noch mehr Zeit vertrödeln. Brandon nickte schließlich mit dem Kopf.

„Die Blechköpfe scheinen keine E-Taser am Mann zu haben, wie schnell kann man den E-Taser hintereinander abfeuern? Kannst du beide schnell hintereinander eliminieren?"

Ron schaute Brandon und Ron kurz an und schlich langsam zum Ausgang. Vorsichtig nahm er den E-Taser in die Hand und entsicherte diesen so leise wie möglich. Die Reichweite eines solchen E-Taser war auf gut 10 Meter begrenzt, aber die beiden „Blechköpfe" waren nur maximal 5 Meter entfernt. Er zielte zuerst auf den direkt ihm zugewandten, anscheinend schlafenden Robot und feuerte kurz entschlossen ab. Ein unsichtbarer, gebündelter Elektronenimpuls raste in Millisekunden in den Kopf des Opfers. Der getroffene Robot sackte sofort in sich zusammen und fiel letztendlich nach vornüber. Sofort aktivierte sich der zweite Human-Robot und blickte direkt zu Ron, der darauf wartete, dass der gerade abgeschossene E-Taser wieder ein grünes Licht für den nächsten Schuss anzeigen würde. Der E-Taser benötigte aber eine gewisse Zeit für den Lagevorgang und Ron sah, wie der unversehrte Robot emotionslos über seinen Kameraden hinweg stieg und auf ihn zu lief. Ron wurde zunehmend nervös, normalerweise war so ein E-Taser doch schnell wieder einsatzbereit! Der Human-Robot zerschlug mit einem gezielten Schlag die Eingangstür und die drei Crew-Member wichen weiter zurück.

„Bleiben Sie stehen! Widersetzen sie sich nicht dem Staatsschutz bei der Durchsetzung des Rechts der Zentralen Macht!"

Laut hallte die automatisierte Stimme durch die Eingangshalle. Der Robot blieb stehen, da er erkennen konnte, dass er seine Delinquenten an der Rückwand der Halle so gut wie festgesetzt hatte. Letztendlich war es auch genauso, alle Türen der Halle waren verschlossen und die Crew-Member hatten sich an der Rückwand nebeneinander aufgestellt. Bereit zum Kampf, hatten sich Rucksäcke und Equipment schnell abgelegt und waren bereit, sich zu verteidigen.

„Bleiben Sie stehen! Widersetzen sie sich nicht dem Staatsschutz bei der Durchsetzung des Rechts der Zentralen Macht!"

„Halt´s Maul Blechkopf!"

Ron schrie den Robot an und bewegte sich zur Seite.

Sein Plan war, den Robot zwischen sich und den beiden anderen zu lotsen. Eine kleine Vibration und ein grünes Licht signalisierte ihm, dass nun endlich der E-Taser wieder funktionsbereit war. Ohne zu zögern, richtete er die Waffe auf den Robot und drückte ab. Wie der erste sackte auch dieser sofort in sich zusammen und blieb wie ein Häufchen Elend am Boden liegen. Alle atmeten erleichtert aus, diese brandgefährliche Situation hatten sie gemeistert, aber wer wusste schon, was sonst noch auf sie zukommen würde.

Die drei nahmen ihr Rucksäcke wieder in die Hand, verließen das Gebäude und schauten sich neugierig das ihnen völlig fremde Kettenfahrzeug an.

„Wir sollten uns beeilen, die beiden Blechköpfe waren gut drauf und werden bestimmt schon weitere Häscher informiert haben."

Salem richtete seinen Kommentar an seine Freunde, die um das Gefährt liefen.

„Hah!"

Brandon stieß einen Ruf aus, er stand oben auf dem Gefährt und deutete auf eine kleine Schaltbox neben den Fixierpunkten für die Robots.

„Hier sind wohl Hebel für die Steuerung!"

Ron stieg nun ebenfalls auf das Fahrzeug und zog Salem am Ärmel zu sich nach oben.

„Los, Brandon, schau mal, ob wir damit fahren können!"

Brandon probierte die Hebel aus und sofort setzte sich das Kettenfahrzeug ruckartig in Bewegung. Nach ein paar kleinen Versuchen hatte er den Bogen heraus und drehte das Gefährt auf der Stelle.

„Damit sind wir deutlich schneller, ich schlage vor, wir fahren jetzt zu den Kreisgebäuden."

Die beiden anderen waren einverstanden und so fuhren alle das erste Mal in ihrem Leben mit einem Gefährt auf Ketten durch eine Stadtruine. Mehrere kleine, schwarze Drohnen flogen rasend schnell über sie hinweg, wahrscheinlich Kundschafter für die Häscher der „ZM". Sie ignorierten diese und fuhren weiter ihrem Ziel entgegen. Sie wollten endlich wissen, was dort zu finden war. Nach knapp einer Stunde konnten sie die seltsamen Gebäude erkennen und fuhren mit dem Kettenfahrzeug langsam rückwärts in einen Eingang eines der Wohnblöcke in der Nähe und stiegen ab. Es wurde nun langsam dunkel und man war sich darüber einig, dass man lieber im Hellen das Ziel untersuchen würde. Mit ihren Rucksäcken auf dem Rücken liefen sie gegenüber in einen anderen Wohnblock; das Kettengefährt im Eingang war einfach zu auffällig für andere eventuell auftauchende Einheiten der Blechköpfe. Hier richteten sie sich ein kleines Nachtquartier ein und jeder einzelne der Crew würde drei Stunden Wache halten, während die anderen schlafen konnten.

Langsam dämmerte es und die Sonne erhellte den Eingangsbereich des Wohnblocks, indem die Crew für die Nacht Schutz gesucht hatte. Brandon, der die letzte Wache geschoben hatte, bemerkte erschrocken, dass er wohl kurz eingenickt sein musste. Denn vor ihm stand jemand im Eingang und schaute ihn ruhig an. Eine Eisenstange in der Hand, blickte die unbekannte Person Brandon direkt ins Gesicht. Brandon erstarrte, auch er schaute der Person, die sich als männlich, glatzköpfig und um die 15 Jahre alt erwies, ins Gesicht. In diesem war weder Angst oder Freude erkennbar, aber auch keine Feindseligkeit; eher schien es pure Neugierde zu sein. Trotzdem wollte Brandon vorsichtig sein und stieß mit dem Ellenbogen sanft den schlafenden Ron an. Dieser hatte den E-Taser und wer weiß schon, was dieser

Unbekannte für einen Plan hatte. Ron wachte sofort auf und durch die entstandene Unruhe wurde auch Salem geweckt. Ron begriff schnell und hatte den E-Taser bereits in der Hand, bevor er sich aufgesetzt hatte. Bedrohlich hob der Unbekannte die Eisenstange in der Hand, als er sah, dass Ron einen E-Taser in der Hand hatte.

„Leg den E-Taser weg, Ron, lass uns erst hören, was er will!"

Leise und ohne den Blick von dem Unbekannten abzuwenden, sprach Brandon zu Ron. Dieser verstand und legte den E-Taser langsam zu Boden, aber weiterhin in seiner Reichweite ab. Er wollte sich nicht wehrlos ausliefern. Der junge Fremde wiederum senkte die Eisenstange und legte auch diese, ohne die drei aus den Augen zu verlieren, langsam vor sich auf den Boden.

„Ich bin SO TRA 17 von LEVEL 4!"

Langsam und sehr laut sprach der Unbekannte die Worte aus und schlug mit der flachen Hand vor die Brust.

Die Situation wirkte nicht mehr gespannt, sondern jetzt eher etwas komisch anmutend. Brandon sah Salem und Ron stirnrunzelnd an, was für einen Vogel hatten sie denn jetzt hier aufgetan? Ron konnte ein Grinsen nicht verbergen, aber er stand auf und sah den für ihn völlig ungefährlich wirkenden Typen frech an.

„Ich bin Ron!"

Er schlug er sich nicht mit der flachen Hand vor die Brust hob aber seine eigene und zeigte einzeln auf Salem und Brandon:

„Das ist Salem und das ist Brandon!"

Die beiden taten es Ron gleich und hoben, ohne ein leichtes Grinsen verbergen zu können, eine Hand.

Ron setzte sich wieder und wollte ohne irgendeinen bösen Hintergedanken seinen E-Taser wieder verstauen, als der glatzköpfige Jugendliche mit dem komischen Namen SO TRA 17, blitzschnell mit dem Fuß die Eisenstange hochschnellen ließ um dann bedrohlich, nun mit der Waffe in der Hand auf Ron zu zeigen.

„TU DAS WEG!"

Die drei Crew-Member erschraken mächtig, niemand hatte damit gerechnet, dass dieser Typ so schnell und bedrohlich werden konnte. Ron legte den E-Taser langsam und gut sichtbar ein gutes Stück von ihm weg und hob beide Hände.

„Wir tun dir nichts. Wir kommen als Freunde. Keine Angst!"

SO TRA 17 nickte zwar nicht, aber er setzte sich und legte die gut einen Meter lange Stange vor sich auf den Boden. Er starrte die drei weiter an, als ob er noch nie andere Menschen gesehen hatte. Auch die drei musterten den gut 1,80 großen und kräftig wirkenden jungen Mann.

"WOHER KOMMT IHR DREI?"

Der vermeintliche Einwohner der *City 35* sprach ein wenig merkwürdig und weiterhin sehr laut mit den dreien, die sich kurz anschauten und dann Brandon das Reden überließen.

„Wir kommen aus der City Zwölf und haben keine bösen Absichten.“

SO TRA 17 schaute sie fragend an. Er verstand nicht, was Brandon meinte.

„WAS SIND KEINE BÖSEN ABSICHTEN?“

„Wir kommen als Freunde!“

„FREUNDE?“

Brandon schaute jetzt etwas verzweifelt zu seinen Crew-Membern, aber Salem hatte eine Idee. Langsam und vorsichtig holte er einen Kraftriegel aus seinem Rucksack und schob ihn zu SO TRA 17 hinüber. Dieser vergaß kurz die Vorsicht und nahm gierig den Riegel in die Hand und begann sofort zu essen.

„DAS IST GUT!“

SO TRA 17 zeigte auf den Rest des Riegels und aß diesen dann restlos auf.

Die Crew hatte reichlich davon eingepackt und so schob auch Ron dem Fremden einen seiner Kraftriegel zu. SO TRA 17 nahm diesen nun mit einem freudigen Ausdruck entgegen und verspeiste auch diesen in kürzester Zeit.

„FREUNDE GEBEN DAS?“

Ron nickte und da er nicht wusste ob SO TRA 17 ein Nicken verstand fügte er hinzu:

„Freunde helfen einander.“

SO TRA 17 schien zu verstehen.

„ICH BIN AUCH FREUND. ICH HABE TÜR VON HAUS VON ROBOTMANN AUFGEMACHT. IHR SEID RAUSGEKOMMEN."

Zur Betonung nickte er überdeutlich den Crew-Membern einzeln zu, er lernte schnell.

Brandon lächelte freundlich:

„Ja, du hast uns sehr geholfen, wir sind dir sehr dankbar dafür!"

„FREUNDE?"

SO TRA 17 von Level 4 schaute ihn fragend an.

Brandon lächelte weiter und streckte ihm seine rechte Hand entgegen:

„Ja, wir sind Freunde."

SO TRA 17 schaute erst auf die Hand, dann fragend in Rons Gesicht.

Ron verstand, drehte sich leicht im Sitzen um und reichte Salem die Hand. Beide schüttelten etwas übertrieben die Hände und Ron sprach laut:

„Freunde. Wir sind Freunde!"

Daraufhin gab Ron seinem Kumpel Brandon die Hand und wiederholte die Prozedur.

SO TRA 17 beobachtete interessiert das Vorgehen und schien nun auch diese Geste zu verstehen. Er stand langsam auf und reichte jedem die Hand und schüttelte diese kräftig.

„FREUNDE!"

Den dreien schmerzten anschließend die Hände, dieser SO TRA17 hatte spürbar eine Mordskraft und war sich dieser wohl nicht bewusst. Salem massierte sich die Hand und stöhnte leise:

„Ui, ui, ui, Mister Schraubstock gibt sich die Ehre!"

SO TRA 17 schaute etwas verwundert, ignorierte den Spruch aber und so stellte Salem die nächste Frage:

„Du bist also So Tra 17 von Level 4. Woher kommt dieser Name?"

Der Angesprochene schaute fragend zurück.

„SO TRA 17 VO LEVEL4 IST MEIN NAME UND MEIN PLATZ."

Nun schauten die drei sich fragend an und Salem hakte nach:

„Wo ist dieser Platz?"

„PLATZ IST WO AUCH PLATZ VON DEN ANDEREN IST."

SO TRA 17 sprach nun etwas leiser und schaute auf einmal etwas bedrückt zu Boden.

„Kannst du uns diesen Platz zeigen?"

Salem blieb beharrlich, fragte aber in einem ganz ruhigen Ton.

„PLATZ IST AUF LEVEL 4. ICH KANN EUCH ZEIGEN, ABER NICHT SCHÖN."

Brandon hatte eine andere berechtigte Frage:

„Wer sind die anderen? Wo sind die anderen?"

„ANDERE NICHT MEHR DA. AUF LEVEL 4 EIN PAAR ANDERE, ABER OHNE FUNKTION."

Überrascht schaute Brandon zu Ron, der nun das Gespräch übernahm:

„Bist du auch ein Robotmann? Warum sind die anderen ohne Funktion?"

„ICH BIN SO TRA 17, KEIN ROBOTMANN. ROBOTMANN MACHEN ALLE SO TRA KAPUTT. ICH BIN ALLEIN, KEIN ANDERER SO TRA FUNKTIONIERT MEHR."

„Kannst du uns den Level 4 zeigen?"

„ICH KANN FREUNDE LEVEL 4 ZEIGEN. MÜSSEN JETZT GEHEN."

Langsam standen alle auf und nahmen, ohne dabei den Blick von So Tra 17 zu nehmen, ihre Rucksäcke auf den Rücken. So Tra 17 ging zügig vor, komischerweise ließ er dabei keine besondere Vorsicht walten, so dass Ron ihn kurz ansprach:

„Keine Robotmänner hier?"

„ROBOTMANN KOMMT ERST KURZ VOR DUNKELHEIT, NICHT JETZT IN SONNE."

Ron war beruhigt und so lief die nun auf vier Personen gewachsene Truppe gut eine Stunde durch diverse, verlassene Straßenschluchten, die allesamt mit rotem Sand zugeweht waren. Es wurde unerträglich heiß und man setzte sich für eine kurze Pause im Schatten eines der Gebäude auf einem Podest hin, um etwas zu trinken. Brandon reichte So Tra 17 seine geöffnete Trinkflasche und dieser trank gierig das kühle Wasser daraus.

„DAS IST GUT!"

Er wollte die Flasche zurückgeben, doch Brandon lehnte mit der Hand abwehrend ab:

„Für So Tra 17, Freund!"

SO TRA 17 nickte freudig und schraubte die Flasche umständlich zu. Er hatte die anderen dabei beobachtet, wie sie die Flasche benutzt hatten und versuchte es ihnen nachzumachen.

Sie wanderten weiter mehr oder weniger zügig durch den roten Sand und nach einer knappen halben Stunde standen sie vor einem riesigen, geöffneten Tor. Die Öffnung des Gebäudes, welches sich direkt an einem der kreisrunden Gebäude befand, war mindestens 30 Meter breit und gut 5 Meter hoch. Auch hier war der rote Sand weit bis ins Innere des Gebäudes hereingeweht worden, was So Tra 17 aber nicht weiter zu stören schien. Er ging ohne sich einmal umzudrehen weiter in das Innere des Gebäudes, in einem langen dunklen Gang, welcher aber automatisiert bei Bewegungserkennung eine diffuse Beleuchtung für ein paar Meter vor Ihnen aktivierte. Salem schaute sich nach ein paar Metern um und bemerkte, wie sich hinter ihnen die Beleuchtung wieder deaktivierte. Na, zumindest war es immer da, wo sie sich befanden, ausreichend hell und etwaige Verfolger würde man sicher anhand des Lichts schnell entdecken können. Nach etwa 100 Meter machte der Gang eine Kurve und verlief langsam im Kreis nach unten. Die drei begriffen schnell, dass sie sich langsam wie in einer Spirale abwärts bewegten. Irgendwann immer weiter im Kreis laufend zeigte So Tra 17 auf einen neuen Gang der an der Seite erkennbar wurde.

„LEVEL 1"

So Tra nickte den Crew-Membern zu und lief weiter in dieser breiten Spirale abwärts, die gut 30 Meter Durchmesser haben musste. Hier konnten bequem mehrere große Transporter nebeneinander auf und ab fahren. Irgendwann waren andere Gänge, die wie Ausfahrten gebaut und jeweils durch eine einfache Ziffer benannt waren, erkennbar. Nachdem sie nun fast eine halbe Stunde abwärts im Kreis gelaufen waren, erschien endlich eine 4 über einem Gang und So Tra 17 zeigte mit dem Finger darauf:

„LEVEL 4!"

„Wie viele Level gibt es hier?"

Brandon war, obwohl es dort unten merklich kühler wurde, ziemlich außer Atem.

„ES GIBT 3 SO TRA HÄUSER, IMMER MIT 50 LEVEL NACH UNTEN."

„Diese Gebäude sind riesig!"

Befand Brandon und nahm kurz einen Schluck aus einer weiteren Trinkflasche. Die anderen, inklusive So Tra 17 taten es ihm nach und setzten sich auf den sandfreien Steinboden. Alle drei waren gespannt, was ihnen So Tra 17 nun hier unten zeigen würde. Sie waren genau dort gelandet, wo sie eigentlich hin wollten, in einem der kreisrunden Gebäude der *City 35*! Somit waren sie einem ihrer Ziele wieder einen großen Schritt näher gekommen.

„NICHT MEHR WEIT ZU MEIN PLATZ.“

Der neue Freund stand auf, wartete aber geduldig, bis die drei ihre abgelegten Rucksäcke wieder geschultert hatten. Er betrachtete die Rucksäcke sehr intensiv und beobachtete auch, wie die drei diesen auf dem Rücken trugen. Er nickte vor sich hin und lief dann gemächlich in den Gang mit der Bezeichnung 4, die nicht wie zuerst angenommen an die Wand gemalt war, sondern aus einem Leuchtpanel, welches sicher auch noch andere Funktionen hatte, bestand. Auch hier wanderte die diffuse Beleuchtung mit ihnen mit, zusätzlich leuchteten diverse farbige Linien im Boden auf.

So Tra 17 folgte einer dünnen, roten Linie, die an einer Kreuzung weiter geradeaus und nicht wie die diversen anderen abzweigte und in Gängen rechts und links von ihnen, verschwanden. All diese Gänge waren gut ausgebaut von circa 15 Meter Breite und auch hier könnten Transporter, für was auch immer, ohne Probleme durchfahren. Nach weiteren 15 Minuten Fußmarsch blieb So Tra 17 endlich an einer Art Geländer stehen und zeigte auf etwas tiefer Liegendes dahinter. Die Crew nahm auf einmal einen eigenartigen und sehr strengen Geruch wahr, der recht unangenehm zu ihnen hinauf strömte. Die drei stellten sich neben So Tra 17 und ohne jedes Geräusch zu erzeugen, wurde eine riesige Halle, einer Arena gleich, diffus beleuchtet. In einem riesigen Halbkreis waren diverse Maschinerien in langen Reihen zu sehen. Wie Produktionslinien schienen diese letztendlich in einer groß wirkenden Sitzgelegenheit für einen Menschen zu enden. Jede dieser Produktionslinien hatte eine eigene Bezeichnung, die ihnen am nächsten stehende Linie hatte die Bezeichnung:

>SO TRA 35 LEVEL 4<

Die drei Crew-Member schauten sich an, alle drei hatten begriffen, was sie hier vor sich sahen. Ron sprach es leise aus:

„Männer, das sind Gebärmaschinen!"

Die anderen nickten nur stumm. Brandon schluckte laut und hustete kurz. Er nahm eine kleine Flasche aus dem Rucksack und nahm einen tiefen Zug daraus. Er reichte die Flasche an Ron weiter, der diese dankbar entgegennahm und nachdem auch er einen tiefen Schluck genommen hatte, reichte dieser die Flasche an Salem weiter. Die kleine, metallische Flasche beinhaltete puren Whiskey, den im Augenblick alle drei gut gebrauchen konnten. So Tra 17 hatte sie beobachtet, hatte aber kein Interesse an der Flasche, sondern ging am Geländer weiter, bis die Produktionslinie >SO TRA 17 LEVEL 4< sichtbar wurde.

„MEIN PLATZ: SO TRA 17 LEVEL 4!"

Stolz zeigte er auf die Sitzmöglichkeit am Ende der Linie. Wie ein Sessel konnte dieser verstellt werden und war Figurbetont geformt. Öffnungen in den Bereichen der Füße, Arme, Oberkörper und Kopf, ließen erahnen, dass hier Fixierungen stattgefunden hatten. Deutlich war ein Sonartransmitter zu erkennen.

„So Tra bedeutet vermutlich Sonar Transmitter."

Ron raunte diesen Kommentar den beiden anderen zu.

So Tra 17 ging durch ein kleines Tor im Geländer und setzte sich selbstbewusst in seinen Sessel am Ende der eigenartigen Produktionslinie und schaute mit geschwellter Brust zu den dreien hinüber.

„MEIN PLATZ! FREUNDE!"

Langsam und mit großem Unbehagen folgten die drei und gingen zum Ende der Linie. Die Produktionslinien endeten im Halbkreis, ziemlich mittig in der Arena, auf der eine Art Bühne sichtbar wurde. Ein Schrei ertönte und Ron und Brandon wirbelten herum. Salem hatte den Schrei ausgestoßen, er hielt sich ein Tuch vor die Nase und zeigte leichenblass auf eine benachbarte Linie. Dort saß in sich zusammen gesunken ein fast vollständig verwester Mensch, immer noch von Gurten fixiert. Ihnen wurde nun bewusst, woher der strenge Geruch kam und sie schauten nun von Linie zu Linie. Vier Sessel waren leer, auf 30 weiteren waren Leichen erkennbar. So Tra 17 schien das nicht zu stören. Brandon zeigte auf die Toten:

„So Tra 17, was ist mit diesen Menschen passiert?"

„MENSCHEN?"

Er schien diese Bezeichnung nicht zu kennen.

„DIE SOTRAS KAPUTT, OHNE FUNKTION.“

Brandon deutete nun auf die leeren Sessel:

„Wo sind die anderen So Tra?“

So Tra 17 verstand und antwortet gewohnt laut:

„ROBOTMANN TÖTEN DIESE SO TRA, DIESE SO TRA NICHT STARK GENUG. NUR ICH BIN HIER. KEIN ANDERER SO TRA MEHR DA.“

Geschockt starrten sich die Antarfari-Crew Mitglieder an, was musste hier alles Schlimmes passiert sein?

Salem machte sein linkes Handgelenk frei, zeigte es So Tra 17 und strich kurz darüber. Der implementierte Chip mit einer gefälschten ID leuchtete kurz, gut sichtbar in der Haut auf und zeigte seine ID an. So Tra 17 runzelte die Stirn, schaute auf sein Handgelenk und strich, genauso wie es Salem ihm vorgemacht hatte, darüber. Nichts passierte; So Tra 17 hatte keinen Chip implementiert.

„50 Level mit je 35 Gebärmaschinen, das Ganze dreimal, denn genau so viele runde Gebäude gibt es hier. Das macht?“

Ron hatte die Frage laut in den Raum gestellt und schaute sich um.

„5250“

Trocken sprach Brandon die Zahl aus, die sich die anderen gerade mehr oder weniger selbst errechnet hatten.

In diesen drei kreisförmigen Gebäuden konnten 5250 Intelligente Ressourcen gleichzeitig erzeugt werden. Mit den KI gesteuerten Sonartransmittern programmiert und letztendlich mit einer ID auf einem Chip im Handgelenk versehen, sind wahrscheinlich alle Einwohner Antarfaris hier zur Welt gekommen.

Sie waren vermutlich an der Geburtsstätte allen menschlichen Lebens des Kontinents Antarfari, das wurde ihnen nur nach und nach bewusst. *City 35* war ihr Geburtsort.

„Sind alle Level gleich?"

Salem stellte die Frage an So Tra 17, denn er wollte wissen, ob auf den anderen Levels auch noch Leichen zu finden waren.

„ALLE LEVEL GLEICH, ABER AB LEVEL 6 IST WASSER. KÖNNEN NICHT DORTHIN."

Salem verstand.

„Also sind die Gebäude bis zum Level 6 überflutet. Da können wir uns den Fußmarsch nach unten sparen, da wird es niemanden geben, der noch leben könnte."

„Ok Leute, ich halte das hier nicht mehr länger aus. Lasst uns oben irgendwo eine neue Übernachtungsmöglichkeit finden und beratschlagen, wie wir weiter machen."

Ron hatte seinen Vorschlag leise verkündet und die anderen waren sofort damit einverstanden, zu bedrückend war die Atmosphäre und zu extrem der Geruch der Toten.

Sie gingen den Weg zügig zurück und ganz nebenbei meinte Ron zu So Tra 17:

„Wir nennen dich ab jetzt nur noch Sotra, ok? Es gibt nur noch dich und So Tra 17 ist mir zu lang, das nervt."

Der Angesprochene nickte eifrig.

„ICH BIN SOTRA! LETZTER SOTRA!"

Der lange Marsch hinauf war wesentlich anstrengender als der Weg hinab und so marschierten die vier mittlerweile wortlos, Level um Level wieder nach oben, bis sie wieder etwas frische, aber auch warme Luft spürten und den Ausgang erkennen konnten. Doch dort standen, für jeden von ihnen gut sichtbar, zwei große schwarze Human-Robots und schienen nur auf sie zu warten.

Es war eine friedliche, heile Welt …

Doug, Reyko und Raptor

Die restliche Crew hatte sich Mitte der Woche in der Basis getroffen und versucht, Funkkontakt zu den drei Team-Membern in der *City 35* aufzunehmen, was ihnen aber leider nicht gelungen war. Man beriet sich kurz und wollte noch einen Tag warten, bevor sich ein zweiter Trupp auf die Suche machen wollte. All das hatte die gesamte Antarfari-Crew schon vor dem Start der Mission zusammen so festgelegt. Sue und Sam verließen die Basis zeitig, sie wollten sich das neue *Sunset* noch einmal in Ruhe anschauen und in Ruhe zu Abend essen.

Nach diversen, normalerweise völlig unnötigen Umwegen gelangten sie an den Strandboulevard und liefen langsam, jeder in seinen Gedanken verloren, in Richtung Restaurant. Plötzlich drückte Sue die Hand von Sam ganz fest und dieser schaute erschrocken auf.

Ihnen kamen zwei Bekannte entgegen:

Reyko O´Hara in Begleitung des Hundes von Doug Beaufort, Raptor.

Sam schaute um sich, konnte aber Beaufort nirgends ausfindig machen. Reyko hatte das Pärchen natürlich auch sofort erblickt und ging direkt auf sie zu. Heimlichtuerei war jetzt nicht mehr angebracht. Raptor hingegen hatte die beiden schon lange vorher gescannt, aber nichts Auffälliges feststellen können. So wartete er ab, wie sein neues Herrchen die Situation wohl meistern würde. Reyko versuchte eine neue Methode und spielte den guten Freund.

„Guten Abend, ihr zwei. Auf dem Weg zum neuen *Sunset*?"

Sam wurde noch misstrauischer, als er es bereits war. Seine Erinnerungen an den Typen waren nicht gerade positiv.

„Mit dem Hund von Herrn Beaufort unterwegs?"

„Ja, lange Geschichte. Kommt, ich lade euch auf ein Bierchen im *Sunset* ein, wäre das ok für euch?"

Sue und Sam schauten sich etwas verblüfft an und ehe sie eine Antwort geben konnten, delegierte sie Reyko O´Hara freundlich und charmant zum *Sunset*.

„Na kommt, der Abend ist noch jung und nach einem Bierchen lasse ich euch zwei auch gleich wieder allein."

Raptor hatte inzwischen wieder diese ID´s erfasst, die er offiziell nicht zuordnen konnte. Das interessierte ihn und so war er froh, als sich alle nun ins *Sunset* begaben. Schnell fand Reyko einen freien Tisch mit Blick auf den Ozean und bestellte drei Bier über das im Tisch eingelassene Pad. Raptor stieß Reyko mit der Nase an, er war nicht gewillt, hier ohne Verpflegung zu verweilen. Reyko verstand und meinte gut gelaunt:

„Na, unser Raptor möchte wohl ein Wasser!"

Raptor fletschte die Zähne, was Reyko kurzzeitig um die Fassung brachte. Verstand dieser Hund wirklich, was er sagte?

Vorsichtig beugte er sich zu dem knurrenden Hund hinunter und sprach leise:

„Ich vermute, du möchtest lieber einen Whiskey?"

Sofort hörte Raptor auf zu knurren und wedelte stattdessen freudig mit dem Schwanz. Somit bestellte Reyko einen Whiskey und als die Bedienung kam, bat er kurz um eine leere Schale für den Hund. Die Robot-Bedienung verstand nicht, was er mit einer leeren Schale wollte und letztendlich stellte Reyko das Glas Whiskey einfach auf den Boden, wo es von Raptor zügig geleert wurde.

Reyko prostete Sue und Sam zu und nahm einen tiefen Schluck aus dem großen Bierglas. Anschließend beugte er sich zu Sam und Sue hinüber, um den beiden seine aktuelle Situation zu erklären.

„Nach der Unwetterkatastrophe hat sich Doug entschlossen, eine neue Aufgabe in einer anderen City zu übernehmen. Da er dort wohl seinen Hund nicht so gut halten kann, wurde mir Raptor zugesprochen. Ich habe sogar das Apartment von Doug beziehen dürfen, das ist für mich natürlich eine super Sache!"

Sam nickte nur wortlos aber Sue antwortete Reyko freundlich:

„Ja, dann hast du ja alles richtig gemacht. Und mit dem Hund scheinst du ja auch klar zu kommen, obwohl es so aussieht, als ob der Hund wohl eher das Sagen hat!"

Reyko nickte froh.

„Ja, wir müssen uns erst noch ein wenig näher kennenlernen!"

Obwohl er der Story von Reyko nicht so ganz traute, war Sam irgendwie froh, dass Beaufort nun nicht mehr in City Zwölf lebte. Was der Grund für das plötzliche Verlassen der Stadt war, konnte

Sam aber irgendwie nicht verstehen. Doug hatte alles, was es zum Leben braucht; eine hohe Position bei der „ZM", ein Luxus-Apartment, einen Hund und genügend Freiraum, um ein unbekümmertes Leben zu gestalten. Reyko erkundigte sich ein wenig zu auffällig über den Freundeskreis von Sue und Sam, was die beiden entsprechend nur ausweichend kommentierten. Man führte trotzdem noch ein wenig Smalltalk und schließlich verabschiedete sich Reyko von den beiden, um nach Hause zu gehen. Sam und Sue waren schlau genug, im *Sunset* nicht über Reyko zu sprechen und unterhielten sich stattdessen nur über belanglose Themen. Man bestellte sich etwas zu Essen und noch zwei weitere Bierchen, um den Abend gemütlich ausklingen zu lassen. Reyko hatte unterdessen in der Nähe des *Sunsets* Stellung bezogen und wartete in einer Eingangsnische eines der neu gestalteten Parks auf die beiden. Sam und Sue verließen das *Sunset*, inzwischen leicht angeheitert, aber gut gelaunt zu später Stunde und liefen auf direktem Wege nach Hause. Ein Katz- und Mausspiel war ja nach dem unerwarteten Besuch im Strandrestaurant nicht mehr erforderlich und Reyko, der ihnen unauffällig folgte, war ihnen zumindest heute völlig egal. Nachdem die beiden sich noch ein wenig auf der Lounge-Garnitur auf dem großen Balkon gemütlich gemacht hatten, tranken sie noch eine ganze Flasche Wein und gingen letztendlich ins Bett. Morgen war das nächste Meeting in der Crew-Basis und beide waren gespannt, ob ein Kontakt zu ihren Freunden auf der Mission in der *City 35* möglich war.

Reyko war niedergeschlagen nach Hause gegangen. Irgendwie wusste er nicht, wie er den beiden auf die Spur kommen und wie es weitergehen sollte. Er sprach leise mit sich selbst, aber auch hin und wieder mit Raptor, der stur und stirnrunzelnd geradeaus schaute. Wen hatte er sich denn da als neues Herrchen ausgesucht, er war sich nun sicher, dass er persönlich die Führung übernehmen und diesen Reyko O´Hara nur noch als Handlanger einsetzen würde.

City 35 **(Part 5)**

Brandon, Ron, Salem mit Sotra im Schlepptau blieben stehen, als sie die Human-Robots am Ausgang des Ganges im Gegenlicht stehen sahen. Ron hatte seinen E-Taser bereits in der Hand und Sotra erschrak heftig, als er die Waffe in seinen Händen sah.

„NICHT GUT!"

Er zeigte auf den E-Taser und wedelte mit den Händen.

Ron zeigte sich unbeeindruckt und zeigte bestimmend auf die Robots die noch gut 50 Meter entfernt im Ausgangsbereich standen. Doch der glatzköpfige Sotra zeigte seine weißen Zähne, als er lächelnd schnurstracks weiter in Richtung Ausgang ging und damit die Führung des Teams übernahm. Die drei Team-Member schauten sich recht verdutzt an und folgten vorsichtig. Brandon hatte bereits die Fäuste geballt und Salem hatte seinen Rucksack in die linke Hand genommen, um im Notfall schnellstmöglich reagieren zu können.

„Bleiben Sie stehen! Widersetzen Sie sich nicht dem Staatsschutz bei der Durchsetzung des Rechts der Zentralen Macht!"

Mehrtönig hallte die tiefe Stimme der Human-Robots durch den Gang. Doch Sotra lief unbeirrt und scheinbar völlig angstfrei weiter auf die beiden Männer des Staatsschutzes zu. Wieder erschallte die monotone Stimme, nun etwas lauter:

„Bleiben Sie stehen! Widersetzen sie sich nicht dem Staatsschutz bei der Durchsetzung des Rechts der Zentralen Macht!"

Sotra schien das immer noch in keinster Weise zu stören, er lief den Human-Robots praktisch direkt in die Arme. Brandon fasste Sotra am Arm:

„Sei vorsichtig, die Burschen sind fit!"

Sotra verstand nicht so recht, was Brandon meinte, so nickte er einfach nur vor sich hin und lief trotzdem munter weiter in Richtung Ausgang und somit direkt in die Arme der Robots. Sie waren inzwischen auf 5 Meter an die Männer des Staatsschutzes herangekommen und erneut schallte es ihnen laut entgegen:

„Bleiben Sie stehen! Widersetzen sie sich nicht dem Staatsschutz bei der Durchsetzung des Rechts der Zentralen Macht!"

Ron zischte leise zornig vor sich hin:

„So langsam werden die langweilig. Denen verpasse ich gleich ne kräftige Ladung aus dem E-Taser, da könnt ihr drauf wetten!"

Schließlich waren sie nah genug herangekommen und mit einem Mal waren die Robots verschwunden! Sie konnten ihren Augen kaum trauen, dort wo eben noch die beiden großen Gestalten gestanden hatten, war nichts, nichts außer rotem Wüstenstaub. Verwundert schauten sich die drei Crew-Member an, wie war das möglich?

Schließlich war es Salem, der auf den Boden zeigte:

„Da sind keine Spuren zu sehen!"

Verdutzt blickten sie sich um, nirgendwo war auch nur ein kleines Anzeichen von Robots zu sehen. Dann entdeckte Ron eine kleine gläserne Pyramide an der Decke des Ganges.

„Das waren Hologramme!"

Eine Zeitlang herrschte Stille im Ausgangsbereich des breiten Tunnels. Lediglich das Ausatmen der einzelnen Crew-Member war, nachdem die Anspannung Aufgrund der gefährlichen Situation von allen abgefallen war, zeitweilig zu hören.

Ron fasste sich als erster:

„Puh, nicht schlecht, so kann es weitergehen!"

„ROBOTMANN NUR BILD!"

Sotra versuchte den anderen zu erklären, was sie sowieso bereits begriffen hatten und so antwortete Salem:

„Ja, Sotra, das haben wir inzwischen auch festgestellt. Wäre gut, wenn du uns das nächste Mal vorab darüber informieren könntest."

Ob Sotra das begriffen hatte, war Salem nicht ganz klar, aber er wollte es zumindest gesagt haben.

Die kleine Truppe lief weiter hinaus und strahlender Sonnenschein blendete ihnen in die Augen. Alle freuten sich über die frische Luft und atmeten diese tief ein. Sotra zeigte auf einen Eingang eines weiter entfernt stehenden Gebäudes und lief zielstrebig darauf zu.

„ESSEN UND TRINKEN!"

Ron raunte leise zu Brandon:

„Aha, der Herr will ein Picknick!"

Salem hatte es gehört und alle drei grinsten ein wenig vor sich hin. Schon ein komischer Typ dieser Sotra, aber harmlos, wie es schien.

Knapp fünfzehn Minuten später erreichten sie das von Sotra angestrebte Gebäude. Zielstrebig ging dieser hinein und direkt in einem großen Raum auf der linken Seite des kurzen Flures, der sich dem Eingangsbereich anschloss. Beim Betreten des mit kleinen Fenstern versehenen Raumes schaltete sich auch hier ein automatisiertes, gedämpftes Licht ein. Die Crew-Member erkannten so etwas wie ein Restaurant, jedoch ohne eine sichtbare Küche oder gar Bedienungspersonal. Auch Robots waren nicht zu sehen, dafür waren verschiedene Displays an den Wänden zu erkennen, die an alte Multimediascreens erinnerten. Sotra lief auf eines dieser Displays zu und tippte schnell auf eine Zahlenkombination. Das Display auf dem er gerade noch getippt hatte, bewegte sich nach oben und ein Tablett mit einer Speise und einem Getränk wurde automatisiert nach vorn geschoben. Sotra nahm das Tablet, nickte den anderen zu und setzte sich zwanglos an einen der recht staubigen Tische und begann, ohne den anderen eines Blickes zu würdigen, direkt an zu essen.

Ron schaute sich das Display genauer an, es gab keinerlei Erklärungen oder Bilder, es waren lediglich verschiedene Zahlenkombinationen in kleinen Feldern zusammengefasst. Kurzentschlossen tippte er auf eines der Felder, welches Sotra auch angetippt hatte, sofort hob sich das Display und eine

Schüssel mit einer Art Gemüseeintopf sowie einem Becher Wasser kam zum Vorschein.

Brandon war der nächste und wählte ganz bewusst eine andere Kombination. Ein etwas vertrocknetes Müsli mit einer undefinierbaren Beilage wurde ihm nun serviert. Angewidert schaute er Salem an:

„Ist das etwas für dich?“

Salem lachte laut:

„Ne ne, das war deine Wahl!“

Salem drückte nun vorsichtshalber das gleiche Feld an, welches Sotra benutzt hatte und erhielt ein identisches Menü.

Ron war trotzdem mutig, wählte eine andere Zahlenkombination und hatte, so schien es zumindest anfangs, Glück. Ein Steak mit Kartoffelecken und ein Glas Wasser war auf dem Tablett zu sehen, welches er stolz an den verdutzten Brandon vorbei trug. Nicht ohne ein freches Grinsen im Gesicht zu haben.

„Brandon, setzt du dich zu uns, oder wartest du noch auf etwas?“

Dieser erwidertes spöttisch das Grinsen, stellte sein Tablet einfach auf einem in der Nähe stehenden Tisch ab und drückte das Zahlenfeld, welches Ron gewählt hatte. Freudig nahm er das Steak mit den Kartoffeln entgegen und setzte sich, nun wieder gut gelaunt, zu den anderen an den staubigen Tisch. Der einzige saubere Bereich war der Platz von Sotra. Vermutlich, weil er hier immer saß, um zu essen. So etwas wie Besteck hatte niemand entdecken können und auch Sotra trank seinen Gemüseeintopf direkt aus der Schale. Ron nahm zwanglos das Steak in die Hand und biss in freudiger Erwartung kräftig hinein. Etwas angewidert zog er mit den Zähnen an diesem künstlich hergestellten Steak und schaffte es schließlich, einen Happen im Mund zu behalten, auf dem er mehr und mehr widerwillig darauf herumkaufte. Irgendwann nahm er das Teil aus dem Mund und legte es auf das Tablett.

„Das kann man unmöglich essen!"

Brandon schaute nun sein Steak an und probierte auch, etwas vorsichtiger als Ron, ein Stück abzubeißen. Er kam zum gleichen Ergebnis:

„Ne, das geht gar nicht! Das sind alte Schuhsohlen!"

„Also, diese Gemüsesuppe ist ok. Etwas eigenartig im Geschmack, aber man kann sie essen."

Ron stand, direkt von Brandon gefolgt, auf und beide holten sich ebenfalls eine Suppe, um zumindest etwas im Magen zu haben. Die Suppe war zwar nur lauwarm, aber man konnte diese wirklich essen.

„HIER BIN ICH IMMER ZUM ESSEN! GUT?"

Nun nickten die drei Crew-Member eifrig und Ron zeigte den Daumen nach oben, was Sotra wiederum irritiert nach oben schauen ließ.

Ron klärte ihn auf:

„Das ist das Zeichen für: Gut!"

Sotra verstand und zeigte nun allen gleichfalls einen Daumen nach oben.

„Warum gibt es in unserer City nicht solche automatischen Futterstationen?"

Salem stellte die Frage offen in den Raum, aber niemand schien Lust zu haben, ihm zu antworten.

Brandon wollte die kleine, gemütliche Runde nutzen, um von Sotra mehr über die *City 35* zu erfahren:

„Sotra, du hast ja jetzt neue Freunde, nämlich uns …"

Brandon zeigte auf die kleine Runde und sich selbst.

„Erzähl uns doch mal, was es hier so alles gibt. Was machst du den ganzen Tag, du bist ja anscheinend völlig allein in dieser großen Stadt."

Sotra überlegte eine ganze Weile. Vermutlich benötigte er etwas mehr Zeit um all die Inhalte der Fragen zu verstehen, doch dann begann er, merkwürdigerweise wesentlich leiser als gewohnt, zu reden:

„Wir waren fünf Sotra. Andere Sotra nicht so wie ich. Probleme mit Laufen und sprechen. Robotmänner kamen und haben Sotra kaputt gemacht. Ich war schneller als Robotmänner, habe Robotmänner dann kaputt gemacht. Nur noch wenig Robotmänner hier. Bald ich bin allein."

Traurig schaute Sotra in die Runde und jeder konnte verstehen, was in diesem jungen Burschen gerade vorgehen musste. Er hatte mitangesehen, wie seine Mitbewohner von Human-Robots gejagt und letztendlich eliminiert wurden. Einen Moment lang herrschte Stille die nach einer kurzen Zeit schließlich von Brandon unterbrochen wurde:

„Was gibt es sonst noch in dieser Stadt?"

Sotra verstand:

„Hier nichts. Keine anderen Sotras. Nur Essen, Sand und Wasser. Viel Wind macht viel kaputt. Viel Sand, nicht gut. Alle Robots gehen kaputt, niemand hier sonst."

Brandon ließ nicht locker:

Gibt es so etwas wie Rechenzentren oder große Computerräume in dieser Stadt?

Sotra schaute Brandon fragend an:

„Computer sind mit Bildschirm?"

Brandon nickte, er hoffte, dass Sotra eventuell das Rechenzentrum der Zentralen Macht oder besser gesagt die KI der Zentralen Macht kennen könnte.

„Viele Computer ganz unten, aber alles voll mit Wasser, alles kaputt!"

„Weiter oben gibt es also keine Computer?"

Sotra überlegte, dann erhellte sich förmlich sein Gesicht.

"Ein großes Haus mit großem Trichter auf dem Dach in der Mitte von Stadt, da gibt es auch ein wenig Computer!"

Brandon schlug triumphierend mit der Faust auf den Tisch das alle sich erschraken:

„Das ist es! Da müssen wir hin! Kannst du uns jetzt hinbringen?"

Sotra verstand und nickte, hatte aber Einwände:

"Heute ist nicht mehr gut, zu viele Robotmänner jetzt."

„Was ist in den anderen Gebäuden?"

„Gebäude fast alle leer. Nicht viel drinnen. Ich schlafe in dort!"

Sotra zeigte durch ein kleines Fenster auf ein Gebäude, welches sich direkt gegenüber befand.

„Willst du uns dein Zuhause zeigen?"

„Zuhause?"

„Den Ort, wo du schläfst!"

Ron fiel Sotra ins Wort, er war so langsam vom sich langziehenden Gespräch genervt, obwohl sie natürlich neue Erkenntnisse erlangt hatten.

Doch Sotra bemerkte das nicht, sondern nickte begeistert und stand sofort auf. Er nahm sein Tablett und brachte es zu einem schwarzen Display, welches sich, wie die anderen zuvor auch, nach oben bewegte und eine Schublade offenbarte. Sotra stellte sein Tablett hinein und das Display senkte sich wieder. Die anderen machten es ihm nach und geschlossen gingen sie nun wieder nach draußen, wo es langsam dunkler wurde.

Sotra schaute sich vorsichtig um und ging dann leise und bedächtig zum Gebäude hinüber, in dem er wohl seinen Schlafplatz eingerichtet hatte. Ron wollte gerade laut fragen, was diese Schleicherei denn jetzt sollte. Als gegenüber leise ein Kettenfahrzeug um die Ecke gebogen kam, aber glücklicherweise in die andere Richtung weiterfuhr. Auf dem Kettenfahrzeug, gut zu erkennen, zwei schwarze Human-Robots, die ihnen sicher nicht gut gesonnen waren. Sotra war sofort stehengeblieben und bewegte sich nicht, die anderen taten es ihm nach und beobachteten, wie das Kettenfahrzeug hinter dem nächsten Häuserblock verschwand. Dann ging der kleine Trupp vorsichtig weiter, bis sie das „Zuhause" von Sotra erreichten.

Kontakt

Sue und Sam hatten sich mit den anderen in der Crew-Basis verabredet, denn Wilson wollte heute den Funkkanal öffnen. Sogar Mastif Omudda, Civer und Leeroy Chen aus der City 22 waren vorbeigekommen, um den heutigen Kontaktversuch zu den anderen Crew-Membern in der *City 35* beizuwohnen. Um 20 Uhr war es dann soweit, Wilson schaltete die Funkstrecke, inklusive der Relaisstation am Turnoverpoint frei und sprach langsam und deutlich ins Mikrofon:

„Brandon, Salem, Ron könnt ihr mich hören. Hier spricht Wilson!"

Es rauschte und knackte aus dem Lautsprecher, als sich Brandon zurückmeldete:

„Hallo Wilson und vermutlich sind alle anderen auch da?"

Sam und Sue hatten sich laut abgeklatscht, endlich hatten Sie Kontakt zu ihren Freunden.

„Hallo Brandon! Ja, wir sind alle im Bunker versammelt. Wie geht es euch? Seid ihr ok?"

„Wir sind alle kerngesund und wohlauf. Wir haben einen neuen Freund gefunden und werden wohl noch ein, zwei Tage brauchen, um ein eventuelles Rechenzentrum zu untersuchen. Wir melden uns morgen zur gleichen Zeit!"

Brandon wollte Akku sparen, wer weiß wie lange sie wirklich noch unterwegs sein würden. Sie hatten wie verabredet Kontakt aufgenommen, sodass alle informiert waren. Trotzdem hakte er aber noch kurz nach:

„Bei euch auch alles ok? Bitte stellt uns ein kühles Bier bereit!"

Die Crew im Bunker lachte und alle riefen durcheinander:

„Uns geht's gut, kommt bald wieder, Bier ist kalt, bis bald!"

„Bis morgen, gleiche Zeit!"

Es knackte kurz in der Leitung und Wilson schaltete zufrieden die Funkstrecke wieder ab, alles ist nach Plan gelaufen.

Sam hatte bereits Getränke aus dem Kühlschrank geholt und alle stießen auf die drei Abenteurer an. Sue servierte zwischendurch ein paar Kekse, die von Wilson noch nicht eliminiert waren, und für knapp zwei Stunden genossen sie gemeinsam die nun positive Stimmung, die allen nach den ganzen Katastrophen mehr als guttat. Dann war es für Sue und Sam wie immer an der Zeit, wieder an die Oberfläche zu gehen, damit ihre ID's wieder empfangen werden konnten. Man verabredete aber, sich in einer Stunde im *Sunset* zu treffen, um dort, obwohl sie noch nichts genaueres wussten, auf den ersten Missionserfolg nochmal gemeinsam anzustoßen.

Sue und Sam benutzten den Aufzug, während die anderen durch das Bahnterminal die Crew-Basis verließen. Jeder machte ein paar eigene kleine Umwege, aber letztendlich trafen sich fast alle gleichzeitig am neuen *Sunset* ein.

Die kleine schwarze Drohne, die sich hoch über dem *Sunset* Stellung bezogen hatte, wurde von niemandem bemerkt. Lautlos und nur als Nadelpunkt am Abendhimmel zu erkennen, war diese bereits seit Stunden in der gleichen Position und meldete nun die

Ankunft der verdächtigen ID´s an seinen Auftraggeber. Dieser spitzte kurz die Ohren, als er die Meldung vernahm und begab sich direkt zu seinem Herrchen, damit er mit ihm gemeinsam eine abendliche Runde in Richtung Strandpromenade unternahm. Reyko wunderte sich schon ein wenig darüber, dass Raptor auf einmal nach draußen wollte, aber er hatte sowieso Langeweile und so ging er mit Raptor an seiner Seite Richtung Ozean. Eigentlich ging Raptor mit Reyko dorthin, aber dem Robo-Dog war das egal, sollte diese intelligente Ressource ruhig denken, es hätte das Sagen.

Kaum an der Strandpromenade angekommen, zog Raptor sein Herrchen direkt zum *Sunset*, was Reyko wiederum verwunderte. Was stimmte heute mit dem Hund nicht? Wollte er etwa den speziellen Whiskey aus dem *Sunset* genießen? Bei dem Gedanken bekam Reyko nicht nur Durst, sondern auch noch Hunger dazu. Also befand er, dass Raptor eine recht gute Idee gehabt hatte und ging schnurstracks ins *Sunset* hinein. Schnell hatte einen freien Tisch gefunden und nahm erst einmal entspannt Platz, bis er bemerkte, dass Raptor angestrengt in eine bestimmte Richtung starrte und irgendetwas ungewöhnliches zu wittern schien. Genau das war der Fall, Raptor hatte natürlich Sue und Sam sofort ausgemacht. Er witterte nun auch die ihm vor einiger Zeit festgestellten, unbekannten ID´s die er bei den beiden erkannt hatte und diese als Pseudokontakt abgespeichert hatte. Er scannte die Verdächtigen visuell und konnte so die ID´s zuordnen. Vor ihm befanden sich laut der „ZM" Datenbank:

Sue Walker, Sam Docker, Mastif Omudda, Civer, Wilson X und Leeroy Chen.

Bis auf die ID´s von Sue Walker und Sam Dokker waren die anderen dem System bevor Raptor seine Analysen gestartet hatte, unbekannt und damit manipuliert. Raptor tauschte sich über die Drohne direkt mit der „ZM" aus, die ungewöhnlicherweise einige Zeit für eine Antwort benötigte. Reyko beobachte seinen Gefährten, schaute auch in die Blickrichtung des Robodog´s und erblickte nun ebenfalls das ihm bekannte Paar. Er überlegte kurz hinüberzugehen, aber da ihm einige unbekannte Personen in dessen Begleitung auffielen, wartete er ab und beobachtete die Gruppe soweit es ging, unauffällig. Nicht unauffällig genug denn Sam hatte Raptor bereits entdeckt und warnte mit vorgehaltener Hand leise die übrigen Crew-Member:

„Da drüben sitzt Reyko O´Hara mit dem Robo-Dog. Wir sollten uns schleunigst hier verabschieden und sofort in verschiedene Richtungen verschwinden!"

Sue lief es kalt den Rücken herunter.

„So ein Bullshit, was will der Typ hier!?

Die anderen blickten sich kurz in die Augen und heckten kurzentschlossen einen Fluchtplan aus.

Raptor erhielt endlich die Rückantwort der „ZM".

>**Position halten. Unterstützung ist auf dem Weg<**

Es wurde digital und natürlich lautlos übermittelt und angespannt wartete Raptor nun auf das, was jetzt kommen würde.

Gerade als die Antarfari-Crew sich anschickte, das *Sunset* nach und nach einzeln zu verlassen, erreichte ein erster großer, schwarzer Jetcopter der „ZM" den Boulevard und schwebte direkt vor dem Eingang des *Sunset*.

Vier große Personen in schwarzen Kampfanzügen gekleidet und mit schwarzen Kopfhauben versehen, ließen sich schnell an Seilen herab und waren für jedermann sofort als Diener des Staatsschutzes zu erkennen. Sie stürmten in das *Sunset* hinein, liefen direkt in Richtung des Tisches der Crew-Member und machten dabei laut auf sich aufmerksam:

„Bleiben Sie stehen! Widersetzen sie sich nicht dem Staatsschutz bei der Durchsetzung des Rechts der Zentralen Macht!"

Die Crew-Member sprangen bis auf Sam und Sue schnell auf und liefen durch die beiden noch verbleibenden, freien Ausgänge Richtung Strand aus dem *Sunset* hinaus. Sie rannten wie vorab besprochen in verschiedene Richtungen um ihr Leben. Die Männer des Staatsschutzes eilten ihnen hinterher, wobei sie ein wenig im Nachteil waren, da einige Tische im Weg standen und sie sich erst einen Weg durch die anderen Gäste bahnen mussten. Recht rabiat stießen sie den einen oder anderen Gast zur Seite und erreichten dann die verschiedenen Ausgänge, an denen sie sich ebenfalls aufteilten. Der Vorsprung der Crew-Member war nicht allzu groß, aber auch nicht so klein, als dass die Staatsmänner sie packen konnten.

„Bleiben Sie stehen! Widersetzen sie sich nicht dem Staatsschutz bei der Durchsetzung des Rechts der Zentralen Macht!"

Immer wieder hallte der Ruf über den, nun mit Menschen gefüllten Boulevard. Einer der Wachmänner drehte abrupt um und sicherte den Jetcopter der „ZM", welcher inzwischen massiv von Schaulustigen belagert wurde. Mastif, Civer, und Leeroy konnten den Vorsprung schnell ausbauen, sie waren sportlich und nicht so schwer bepackt wie die Staatsdiener. Nur der bekanntlich etwas unbeholfene und leider recht unsportliche Wilson hingegen stolperte immer wieder und wurde letztendlich von einem der schwarzen Häscher gepackt. Obwohl er bereits am Boden lag, brüllte ihn dieser an:

„Bleiben Sie stehen! Widersetzen sie sich nicht dem Staatsschutz bei der Durchsetzung des Rechts der Zentralen Macht!"

Wilson hielt verzweifelt die Hände vor sein Gesicht; er hatte pure Angst, denn er wusste, was ihm nun noch bevorstehen würde.

Sue und Sam hatten sich erschrocken erhoben, nachdem die Männer der Staatsmacht, die ohne sie auch nur eines Blickes zu würdigen, an ihnen vorbeigestürmt waren und ihren Freund Wilson gepackt hatten. Furchtlos eilten sie zu den am Boden fixierten Wilson und redeten wild auf die Männer des Staatsschutzes ein.

„Lassen Sie unseren Freund los! Er hat doch gar nichts getan!"

Diese ignorierten sie einfach, stießen sie rabiat zur Seite und brachten den total eingeschüchterten Wilson zum inzwischen gelandeten Jetcopter der Staatsmacht.

Reyko O´Hara gesellte sich zu ihnen, ein diebisches Grinsen im Gesicht, neben ihm Raptor, der die Szenerie Zähne fletschend betrachtete.

„Kann es sein, dass ihr die falschen Freunde habt? Gegen euch haben wir aktuell nichts in der Hand, aber ich werde eine strenge Befragung veranlassen, da könnt ihr sicher sein.“

Sam schluckte seinen ganzen Hass hinunter und sah Reyko nur wütend an. Er wusste, er konnte jetzt und hier nichts mehr ausrichten, um Wilson zu helfen. Leise sagte er zur total aufgelösten und zitternden Sue:

„Ab nach Hause. Bin gespannt, wann sie bei uns auftauchen werden.“

Sie gingen an Reyko vorbei und ignorierten ihn deutlich sichtbar und auch den leise knurrenden Robo-Dog beachteten sie nicht. Sam war sich aber sicher, dass ihnen beiden ein hartes Verhör bevorstehen würde. Beide liefen Hand in Hand zügig und auf dem direkten Weg nach Hause. So hatten sie sich den heutigen Abend ganz bestimmt nicht vorgestellt.

Knapp zwei Stunden später erreichten nach und nach, Mastif, Civer, und Leeroy von der „ZM“ unbehelligt die Basis der Crew. Sie hatten ihre ID´s sowieso verdeckt und konnten damit von den Drohnen der „ZM“ nicht geortet werden. Schweigend saßen sie nun bei einem Bier am großen Besprechungstisch und warteten auf den letzten noch fehlenden Crew-Member und Freund:

Wilson.

Als dieser auch eine Stunde später nicht erschien, war allen klar, die Häscher hatten einen der ihrigen gefasst. Ausgerechnet Wilson, das Computergenie. Wilson konnte keiner Fliege etwas zuleide tun und war immer nur froh, wenn er im Bunker an seinen Computern und Terminals arbeiten konnte. Und nun war er wieder, nach langer Zeit, in den Fängen der „ZM". Irgendwie hatte nun keiner eine Lösung oder einen Vorschlag für das weiter Vorgehen parat. Man musste abwarten und am besten mit Brandon, Salem und Ron, beratschlagen, wie sie Wilson helfen konnten. Damit tat sich das nächste Problem auf. Keiner von ihnen wusste, wie man die Verbindung zu den drei übrigen Crew-Membern aufnehmen konnte. Sie dachten auch an Sue und Sam; hoffentlich waren die beiden heil aus der Sache herausgekommen. Alle zusammen hatten sie zu hoch gespielt und jetzt zum ersten Mal seit Bestehen der Antarfari-Crew verloren. Der gemeinsame Abend im *Sunset* erwies sich im Nachhinein als ein großer Fehler.

City 35 **(Part 6)**

Die Crew der *City 35* Mission, bestehend aus Brandon, Salem, Ron und nun auch in Begleitung von Sotra, hatte unbehelligt das Gebäude erreicht, in dem Sotra lebte. Mehrere Räume im ersten Obergeschoss hatte er sich einigermaßen wohnlich hergerichtet. Im Erdgeschoß waren auch noch reichlich Apartments frei, doch dunkle Flecken an den Wänden und Sand auf dem Boden zeugten von vergangenen Überschwemmungen, so dass das erste Obergeschoss sicher die beste Wahl war. Man hatte einigermaßen gut geschlafen und machte sich nun langsam auf den Weg, um das von Sotra erwähnte Gebäude mit Computern und dem ominösen Trichter in der Nähe der Stadtmitte zu finden.

Sotra ging in der Morgensonne wie immer zügig voran und schon knapp eine Stunde später standen sie vor dem Gebäude, das sich als ein hoher runder Turm erwies. Oben drauf befand sich, auch von unten gut sichtbar, eine riesige Sende- und Empfangs-Antenne, die einem Parabolspiegel aus alten Zeiten glich.

Langsam gingen sie in das Gebäude, dessen Eingangspforte weit offenstand, hinein und Sotra erklärte:

„War auch erst einmal hier. Weiß nicht, wofür Computer und alles ist."

Er nickte wieder vor sich hin und lief nun zu einer aufsteigenden Rampe, ähnlich der, die sie bereits in den runden Gebäuden der Gebährmaschinen entdeckt hatten, um hier wieder im Kreis, dieses Mal aber nach oben laufend zu erkunden. Nach einer halben Stunde, fanden sie sich dann endlich in einem großen

Rechenzentrum wieder. Unzählige, verschieden farbige Lichter leuchteten und blinkten um die Wette, so etwas hatte niemand der Crew jemals vorher gesehen. Riesige Flachbildschirme an Wänden und Decken zeigten ab und an diverse Zeichenfolgen, mit denen die Crew leider nichts anfangen konnte. Wie in den anderen Gebäuden war auch hier eine indirekte Beleuchtung automatisch eingeschaltet worden. In mehreren Reihen waren diverse Anlagen gut drei Meter hoch in Regalen installiert, von denen Bestimmung niemand etwas wusste, hier hätte Wilson bestimmt helfen können. Leise und bedächtig gingen sie gemeinsam durch die Reihen, um zu einem runden Podest zu gelangen, welches mit geschätzten zehn Metern Durchmesser und einer Höhe von etwa einem Meter, eigentlich völlig funktionslos zu sein schien.

Brandon kletterte kurzerhand auf das Podest, um sich einen Rundumblick zu verschaffen. Die anderen folgten und betrachteten die schier endlosen Reihen von Computeranlagen, die insgesamt einen funktionstüchtigen Eindruck erweckten.

„Leute, was kann das hier sein? Eine Kommunikationsanlage der „ZM" zu anderen Städten? Warum sind hier keine Leute an der Arbeit? Wer steuert das alles hier?"

Leise hallte Brandons Stimme durch den riesigen Raum.

Auch Ron machte sich so seine Gedanken:

„Wozu diese großen, alten Antennen auf dem Dach? Hier muss doch irgendetwas Wichtiges sein, wozu sonst die ganze Technik?"

Salem, der etwas mehr von Computern und Software verstand, versuchte diesen geheimnisvollen Ort einzuordnen:

„Definitiv stehen wir gerade in einem Kommunikationszentrum. Von hier aus wurden Nachrichten verschickt und empfangen. Die Frage die sich stellt ist, wer hat was verschickt und wer hat es empfangen?"

Sotra schaute immer nur fragend von einem zum anderen, er konnte dem Ganzen nicht folgen. Die vier kletterten nach und nach wieder von dem Podest herunter und schickten sich an wieder zurück zum Ausgangsportal zu gehen, als ein lauter Sirenenton erklang und rote Lichter an der Decke des Raumes aufblitzten. In den Wänden verborgene Türen schoben sich laut knirschend heraus und versuchten die Zugänge zu verschließen. Die Mechanik war allerdings wohl schon zu alt, nie gewartet worden und so blieben die Türen nach wenigen Zentimetern laut knirschend stehen.

Plötzlich erschien auf dem Podest ein Hologramm eines alten Menschen und sprach die kleine Gruppe laut an:

„Eindringlinge! Was sucht ihr hier? Warum habt ihr mein Reich betreten? Ich habe bereits die Wachen informiert, um euch verhaften zu lassen. Ich fordere euch auf, hier auf das Eintreffen zu warten und dann Rede und Antwort zu stehen!"

Sotra schaute erschrocken von einem zum anderen. Brandon hatte den Teaser bereits in der Hand und fixierte den Eingangsbereich mit seinen Augen.

Ron ging langsam und vorsichtig auf das Podest zu und sprach selbstsicher zu dem leicht unscharfen Hologramm:

„Wer bist du? Wiese glaubst du, uns Befehle erteilen zu können?"

Erwartungsvoll richteten sich die Blicke aller auf das Hologramm, welches die Fragen wohl verstanden hatte, denn die Antwort kam prompt aber monoton:

„Ihr habt mir Folge zu leisten, wer ich bin, ist ohne Belang. Ich habe eure ID's als gefälscht erkannt, außerdem seid ihr in Begleitung eines Rohlings ohne ID, welcher nicht das Recht hat zu existieren!"

Ron ließ sich nicht einschüchtern und antwortet direkt:

„Wir werden dir nicht mehr folgen, wir treffen schon lange unsere eigenen Entscheidungen, du kannst uns nichts mehr befehlen! Und außerdem: Wer ist hier ein Rohling?"

Regungslos schaute das Hologramm sie an:

„Ich werde euch zerstören lassen, so wie ich alle andersdenkenden und niedrigen Individuen zerstört habe!"

„So? Wie willst du das denn anstellen? Du hast ja noch nicht mal einen Körper und deine schwarzen Blechköpfe, schaffen es wohl nicht mehr bis hierhin!"

Ron war in Fahrt und mutig stieg er zurück auf das Podest, um sich direkt vor dem Hologramm zu positionieren.

„Wer bist du? Bist du die „ZM"? Bist du ein echter Mensch oder nur eine virtuelle Erscheinung einer KI?"
„Ich bin der Verkünder der „ZM", ich bin immer und überall und wache über das Wohlergehen der Erde. Nur wenn alles zentral gesteuert wird, kann dieser Planet weiter in Einklang mit der Natur bestehen. Ich wache über Gut und Böse und lenke die Schicksale der verbliebenen Menschheit, ihr hingegen seid nicht mehr von Nutzen, sondern stellt eine Gefahr für das Allgemeinwohl dar, ihr werdet eliminiert!"

Ron lachte ihn laut aus:

„Hah! Wo ist denn nun deine Armee, um uns zu eliminieren?"

Brandon hingegen, sah das kleine gläserne Kristall an der Decke und schoss kurzerhand eine kleine Ladung aus seinem E-Taser darauf. Das Kristall zerbrach mit einem lauten Knall und das Hologramm verschwand umgehend.

„Wie könnt ihr es wagen, mein Eigentum zu beschädigen?"

Laut, dennoch monoton und völlig unaufgeregt, hallte es durch das Computerzentrum. Das Hologramm erschien nun vor dem Eingang, was inzwischen aber eigentlich niemanden mehr interessierte.

Ron sprach das Hologramm erneut an:

„Du wirst niemandem etwas befehlen. Die Menschheit wird ihr Leben wieder selbst in die Hand nehmen, du steuerst in Zukunft gar nichts mehr!"

Der alte Mann in Form des Hologrammes schien nicht so ganz zu verstehen, was gerade vor sich ging. Noch nie hatten sich intelligente Ressourcen sich gegen ihn gewandt. So antwortete er nur kurz und fast sachlich:

„Auch wenn ich euch nicht jetzt eliminieren kann, ich werde euch begleiten und erbarmungslos beseitigen, sobald meine Wachen zur Verfügung stehen!“

Brandon sah Ron fragend an und schielte auf den nächsten Computerturm. Ron verstand:

„Salem meinst du, Antarfari geht unter, wenn wir hier jetzt mal die ganzen Lichter ausknipsen?“

Salem grinste:

„Nein, ich denke, wir können hier alles abschalten, hier wird nichts mehr benötigt.“

Brandon schaute nach diversen Anschlüssen und begann nach und nach, sämtliche Stecker und Verbindungskabel herauszuziehen. Ron und Salem taten es ihm gleich, nur Sotra schien nicht zu verstehen, was die Crew gerade vorhatte. Eine Reihe nach der anderen bearbeiteten sie gemeinsam, bis nur noch vereinzelte Lampen erkennbar waren. Danach verließen sie den merkwürdigen Turm über dieselbe Rampe und trafen direkt vor dem Eingang auf zwei Humanoide-Robots auf einem Kettenfahrzeug, allesamt regungslos. Die beiden Robots waren in guter Kondition, sie schienen makellos zu sein und waren gut bewaffnet. Ron und Salem näherten sich vorsichtig, aber die Robots schienen ohne jede Funktion zu sein. Sie nahmen ihnen die E-Taser und Schlagstöcke ab und traten die Blechköpfe kurzerhand um. Regungslos fielen diese in den Staub, anscheinend hatte die Aktion im Computerzentrum Früchte getragen und erste positive Ergebnisse gezeigt. So kann es weitergehen, dachte sich Ron und endlich wieder etwas besser gelaunt grinste er seine Freunde, inklusive Sotra an:

„Los, lasst uns was futtern gehen, für heute reicht es!"

So machten sich die vier, nach einem ereignis- und erfolgreichen Tag auf den Weg zurück zu Sotras Unterkunft. Unbehelligt marschierten sie meist schweigend, aber gut gelaunt durch den roten Wüstensand. Ohne auf irgendwelche Häscher der „ZM" zu stoßen, erreichten sie am späten Nachmittag Sotras Apartment, um dann direkt gegenüber in die automatisierte Kantine zu gehen.

Noch war es hell und alle waren bereits hungrig, als sie feststellten, dass die Ausgabe und sämtliche Monitore ohne jede Funktion waren.

„Ui, ich glaube, wir haben etwas mehr abgestellt als wir wollten. Hier geht nichts mehr."

Salem zuckte leicht die Schultern und schlug dann vor:

„Wir haben im Apartment bei Sotra noch genug in unseren Rucksäcken. Lasst uns hinübergehen und danach Kontakt zur Crew-Basis aufnehmen, denke, es wird Zeit, dass wir uns auf den Weg nach Hause machen."

Brandon stimmte dem zu.

„Allerdings werden wir unseren neuen Gefährten in Zukunft hier nicht alleine lassen können.“

Sprach es und schaute stirnrunzelnd auf Sotra, der wiederum nicht ganz verstand, was gemeint war.

„Was ist Gefährte nicht allein lassen?“

„Sotra, du hast gesehen, hier gibt es nichts mehr zu essen. Bei uns gibt es Essen und Trinken und du kannst bei uns wohnen.“

„Sotra 17 Level vier war noch nie woanders! "Ich verstehe nicht!“

Hektisch sprudelten die Worte aus Sotras Mund und er schien eine leichte Panikattacke zu bekommen.

Ron übernahm und reichte Sotra die Hand:

„Sotra, wir sind Freunde, du wirst es bei uns gut haben und in Sicherheit sein.“

So ganz war er sich da selbst nicht sicher, aber er wollte ein beruhigendes Signal aussenden, was ihm offensichtlich gelang. Sotra nickte wieder vor sich hin und ging langsam, vor sich hin murmelnd voran:

„Bei uns gut haben und Sicherheit. Sotra Freunde.“

Gemeinsam nahmen sie verschiedene zusammengestellte Mahlzeiten aus dem Proviantrucksack und tranken; gut, dass Ron daran gedacht hatte, ein paar Bierchen dazu. Anschließend starteten sie die Funkverbindung und meldeten sich wie abgesprochen. Doch niemand schien sie zu hören. Lage es daran, dass sie das Rechenzentrum lahmgelegt hatte, oder war irgendetwas in der City Zwölf passiert? Nach einer Stunde beendeten sie die Versuche, etwas Restakkulaufzeit, wollten sie sich noch für den Notfall erhalten. Morgen wollten sie die *City 35* verlassen, gemeinsam mit Sotra 17 Level 4.

Es war eine friedliche, heile Welt …

Ratlos

Sie hatten eine Weile unruhig in ihrem Apartment verbracht und saßen nun übermüdet gemeinsam, draußen auf dem großen Balkon. Sue hatte gerötete Augen und auch Sam hatte schon einmal besser ausgesehen. Alles, was an diesem, zu Beginn so schönen Abend geschehen war, war nun so unwirklich und beide waren nicht bereit, die aktuelle Situation zu akzeptieren. Wilson war vor ihren Augen brutal abgeführt worden, von den anderen gab es bislang kein einziges Lebenszeichen. Sicher würden sie bald von den Männern der „ZM" Besuch bekommen und eventuell irgendwo getrennt voneinander verhört werden. Die Gedanken in Sams Kopf rasten nur so in seinem Kopf, als er mit heiserer Stimme leise zu Sue sprach:

„Sue, ich glaube, es ist nun an der Zeit, sich von unserem alten Leben zu verabschieden. Lass uns die wichtigsten Sachen zusammenpacken und schnellstmöglich in die Crew-Basis ziehen. Wir sind hier nicht mehr sicher, bald werden die uns hier genau wie Wilson abführen, verhören und wer weiß, eventuell sogar werden wir sogar eingesperrt. Das ertrage ich nicht."

Sue starrte ihren Lebensgefährten mit großen verweinten Augen an. Auch sie hatte ähnliche Gedanken gehabt. Aber das würde bedeuten, dass sie alles in ihrem Leben aufgeben mussten. Ihre Jobs, ihr Apartment in dem sie sich bis jetzt so wohl und sicher gefühlt hatten. Aber beide hatten sich damals zum Widerstand bekannt, waren der Antarfari-Crew beigetreten und dieser auch treu geblieben. So nickte Sue, gab Sam einen innigen Kuss und begann hastig alle wichtigen Sachen in verschiedene Taschen zu packen.

Sam tat es ihr nach. Wortlos hatten sie innerhalb weniger Minuten alles Wichtige zusammengepackt und machten sich nun auf den Weg zum Einkaufcenter, nicht ohne vorher die Armbänder anzulegen, welche ihre ID abschirmten. So unauffällig wie möglich bewegten sie sich zügig durch die gläsernen Verbindungstunnel zwischen den Gebäuden. Dabei wählten sie bewusst mehrere Umwege über andere Gebäude und Etagen, um unentdeckt zu dem geheimen Aufzug der Crew-Basis zu gelangen. Beide hatten eine weitreichende Entscheidung getroffen. Ab sofort waren sie beide Gesetzlose und würden von der „ZM" genauso gejagt werden wie die anderen Mitglieder der Crew. Sie erreichten unbehelligt den Aufzug und nachdem die Tür sich automatisch geschlossen hatte, lächelte Sam mit blitzenden Augen seine Sue an:

„Nun gehören wir wirklich zur Crew, wir sind nicht mehr das Anhängsel, welches alle zwei Stunden nach oben muss, um der „ZM" zu zeigen, dass wir brav sind. Wir gehören jetzt dazu!"

Dies wurde nun auch Sue bewusst. Sie würde ihr gemeinsames Apartment sehr vermissen, aber nun wussten sie, wo sie hingehörten. Sie schmiegte sich an ihren Sam und als sich die Tür des Aufzugs öffnete, konnten sie in die erwartungsvollen Augen der restlichen Crew blicken.

„Wir gehören ab jetzt richtig zu euch, wir haben unsere Luxusbleibe verlassen. Die Gefahr durch die „ZM" ist ab sofort zu groß, auch für uns."

Sam sprach laut und deutlich und jeder im Raum wusste, dass er es ernst meinte. Allen war klar, dass die beiden ihr bislang recht normales und komfortables Leben nun aufgegeben hatten.

Sue brannte es auf der Zunge:

„Habt ihr etwas von Wilson gehört?"

Mastif, Civer, und Leeroy Chen sprangen sofort auf und umarmten freudig das Pärchen. Mastif fasste sich als erster und hieß die beiden Willkommen.

„Leider haben wir weder von der restlichen Crew aus der *City 35*, noch irgendetwas von Wilson etwas gehört. Civer wird uns jetzt verlassen und planmäßig den Zug zum Turnover-Point fahren, wir hoffen, dass die Jungs dann vor Ort sind."

Sue schluckte; ihr gemeinsamer Freund Wilson war mit Sicherheit wieder in eine Haftanstalt gebracht worden. Gerade Wilson, der sich am besten mit den ganzen Servern und Verbindungen der „ZM" auskannte, fehlte nun in ihrem Team.

Mastif sprach weiter, als er in die fragenden Augen von den beiden schaute.

„Ohne Wilson bekommen wir keinen Funkkontakt zu den anderen. Er ist der Einzige, der sich mit dieser Verbindung zu der Relaisstation auskennt. Wir haben alle Nachrichtenkanäle der „ZM" angeschaut, nirgendwo wird etwas über den heutigen Abend berichtet. Die halten das bewusst geheim, damit sie weiter agieren können, wie sie wollen. Gut, dass ihr da seid, und ich denke, das war wirklich ein großer Schritt für euch. Wir haben noch einige Räume frei, sucht euch einen aus, leider sind diese nicht annähernd so komfortabel wie euer Apartment.“

Als sich Civer verabschiedete nahmen sich alle nochmal kurz in den Arm und machte sich gegenseitig Mut. Auch Civer hatte ein komisches Gefühl, würde man ihn auch weiter jagen? Aber er hatte noch eine Aufgabe für die gemeinsame Sache zu erledigen und die würde er erfüllen, koste es was es wolle. Sue holte für jeden ein Bier und schweigend stieß man auf Wilson an, wo immer er auch gerade sein möge. Alle dachten nur, hoffentlich geht es ihm einigermaßen gut, wer weiß was die Häscher der „ZM“ mit ihm vorhatten.

Sam und Sue suchten sich gemeinsam einen einigermaßen gemütlichen Raum aus. Fenster oder gar einen Balkon gab es in keinem der Räume und ihnen wurde wieder bewusst, wie sehr sie sich nun umstellen mussten. Nachdem sie ihre paar Habseligkeiten in diversen Schränken und Regalen untergebracht hatten, gingen sie zurück in den Versammlungsraum. Schweigend tranken alle noch ein gemeinsames Bier, bevor sie diesen leider so ereignisreichen Abend beendeten.

Wilson war, nachdem er in den großen, schwarzen Jetcopter gezerrt wurde, mit einem E-Taser bewusstlos geschossen worden und hatte so nichts von dem gut zwei Stunden dauernden Flug mitbekommen. Kurz bevor der, mit 12 großen Rotoren ausgestatteten Jetcopter, zur Landung ansetzte, kam er mit starken Kopfschmerzen wieder zu sich. Er konnte nichts sehen und er wurde sich bewusst, dass er einen schwarzen Sack über dem Kopf gezogen bekommen hatte. Er hörte nur das gleichmäßige dumpfe Brummen der Rotoren und spürte dann die sanfte Landung des Jetcopters. Wohin hatte man ihn nun gebracht? Er hatte schon einmal in einem Gefängnis gesessen, damals hatte ihn die Antarfari-Crew befreit und er hatte sich anschließend bei ihnen sehr wohl gefühlt. Jetzt war er sich ziemlich sicher, dass man ihn töten würde, und zwar so schnell wie möglich, denn er stellte eine Gefahr für die Zentrale Macht dar, da war er sich sicher. Wilson hörte, wie sich nach der Landung eine hydraulische Tür langsam und leise öffnete. Er wurde von seinem Sitz hochgerissen und mit einem Tritt brutal aus dem Jetcopter befördert. Er landete auf einem sandigen, aber harten Boden und Furcht stieg wieder in ihm auf. Würde man ihn foltern, um Informationen über ihre Crew zu bekommen? Wilson hatte Angst. Angst vor dem, was jetzt kommen würde, Angst vor Schmerzen, Angst vor dem Tod. Trotzdem, oder gerade deshalb, riss er sich nun zusammen und versuchte, sich selbst Mut zuzusprechen.

„He, ihr tollen Typen der „ZM"! Nehmt mir diesen beschissenen Sack vom Kopf, damit ich euch Looser anschauen kann!"

Er schrie die Worte laut heraus und es staute sich langsam aber sicher eine kleine Wut bei ihm an, die ihm ungeahnte Kräfte verlieh.

„He, ihr Blechköpfe! Nehmt mir diesen verdammten Sack vom Kopf und lasst mich frei! Ich habe nichts getan!"

Tatsächlich wurde ihm der Sack vom Kopf gezogen, aber nur um ein paar heftige Hiebe von diversen Fäusten ins Gesicht zu bekommen. Schwindel kam in Wilsons Kopf auf, aber er blieb bei

Bewusstsein und sah sich, immer noch am Boden liegend, vorsichtig um. Vor ihm standen zwei grinsende Häscher der „ZM", wie immer in schwarzen Kampfanzügen gekleidet und schauten ihn auffordernd an. Wilson wusste, die würden solange auf ihn einprügeln, bis er weder reden noch gehen konnte. Deshalb hielt er jetzt lieber den Mund und erkannte letztendlich, dass er wieder in dem gleichen Gefängnis untergebracht wurde, aus dem er damals mit Hilfe der Antarfari-Crew durch einen langen Tunnel geflohen war. Das war jetzt gar nicht so schlecht für ihn, da er sich hier einigermaßen auskannte und er sich dadurch wieder etwas sicherer fühlte. Er war einmal entkommen, vielleicht gelang es ihm ein zweites Mal.

Einer der „ZM"-Wachmänner riss ihn vom Boden hoch und gab ihm einen heftigen Tritt in Richtung des Hauptgebäudes. Wilson taumelte vorwärts, nur um im nächsten Moment von einem E-Taser fast bewusstlos geschossen zu werden. Erneut fiel er zu Boden und ihm wurde schwarz vor Augen, aber er kämpfte tapfer gegen die Bewusstlosigkeit an. Zitternd drehte er den Kopf, um seine übermächtigen Gegner zu sehen. Mit einem Mal blieben die beiden Häscher jedoch abrupt regungslos stehen, beide wirkten wie abgeschaltet und schauten wortlos in die Richtung des Hauptgebäudes. Anscheinend erhielten sie ein lautloses Kommando, denn beide drehten sich um ihre eigene Achse und marschierten im Gleichschritt zurück zum Jetcopter-Hangar, von denen sie gekommen waren. Wilson verstand nicht, was sich hier gerade abspielte. Bis er einen älteren Mann in einem grauen Gewand erkennen konnte, der ihn, ohne eine Miene zu verziehen, eine ganze Weile wortlos anschaute. Irgendwann kam er näher und stieß mit dem Fuß gegen Wilsons Oberkörper.

„STEH AUF!"

Laut erschallte seine diktatorische, dunkle Stimme und ließ Wilson erschrocken zusammenzucken. Mühsam tat er nun das, was ihm befohlen worden war. Er klopfte sich den Staub von den Sachen und schaute den merkwürdigen Alten an. Er hatte noch nie einen so alten Menschen gesehen.

„FOLGE MIR!"

Wieder zuckte Wilson zusammen, folgte aber dem Mann in Richtung Hauptgebäude, welches nur zwei Stockwerke und keine Fenster hatte. Oben auf dem Flachdach waren mehrere Wachen postiert, bereit, ihn jederzeit zu erschießen. Beim Erreichen der großen Eingangspforte, glitten zwei schwarze Metalltüren zur Seite und er folgte dem Mann langsam ins Innere. Hinter ihnen schlossen sich die Türen wieder automatisch und seine Augen mussten sich kurz an die Dunkelheit gewöhnen. Ein roter Lightguide auf dem Boden schien ihm den Weg zu weisen, etwas weiter vorn konnte er den alten Mann erkennen. Kurz dachte Wilson darüber nach, den Mann von hinten anzugreifen, als dessen Stimme laut durch den dunklen Gang hallte:

„KOMME GAR NICHT AUF DIE IDEE MICH ANZUGREIFEN! DU WÄREST INNERHALB VON SEKUNDEN TOT!"

Wieder zuckte Wilson zusammen. Konnte der Alte etwa Gedanken lesen? Nein, das war unwahrscheinlich. Vermutlich hatte er nur logisch gedacht und Wilson gut eingeschätzt. Sie erreichten eine Abzweigung und gingen dann in einen kleinen Raum auf der rechten Seite.

„SETZEN!"

Wilson sah einen der bekannten, vollautomatischen Stühle, der ihn mit Sicherheit sofort, nachdem er sich gesetzt hatte, fixieren würde.

„Ich möchte lieber stehen, wenn das erlaubt ist!"

Der alte Mann ignorierte seine Antwort und Wilson wurde plötzlich von zwei anderen Wachmännern, die aus dem dunklen Hinterraum hervortraten, unsanft in den Stuhl befördert, welcher ihn wie erwartet sofort an Füßen, Händen und Oberkörper, sowie letztendlich den Kopf fixierte.

„DU BIST NICHT IN DER POSITION WÜNSCHE ZU ÄUSSERN!"

Vollkommen an den Stuhl gefesselt, wurde Wilson nervös. Was würde dieser merkwürdige Typ mit ihm anstellen? Eine Gehirnwäsche? Würde man ihn umprogrammieren? Würde man sein Gehirn auslesen und er dadurch seine Freunde, die Antarfari-Crew verraten?

Eine helle, dreidimensionale Projektion erschien komplett um Wilson herum. Er sah sich nun selbst mit den anderen im *Sunset* sitzen, kurz bevor die Häscher der „ZM" aufgetaucht waren. Die Projektion lief wie ein Film ab, bis er stoppte und die Gesichter seiner Freunde einzeln, am oberen Rand der Projektion erschienen, daneben jeweils die ID:

Sue Walker   - ID 25101344j

Sam Docker   - ID 05101966v

Mastif Omudda   - ID unbekannt

Civer   - ID unbekannt

Leeroy Chen   - ID unbekannt

„WER SIND DIESE NIEDERTRÄCHTIGEN RESSOURCEN UND WO VERSTECKEN SIE SICH? WARUM HAST DU, WILSON, KEINE ID?"

In Wilsons Kopf brach Panik aus. Was sollte er antworten, er konnte doch seine Freunde nicht verraten. Seine Gedanken kreisten wild herum und suchten verzweifelt nach einer unverfänglichen Antwort. Zaghaft antwortete er:

„Ich weiß es nicht, ich war an dem Abend nur zufällig im *Sunset*!

Ein kurzer, aber sehr schmerzhafter Stromstoß durchfuhr seinen Körper und ließ Wilson in eine tiefe Bewusstlosigkeit flüchten. Vermutlich war es die falsche Antwort gewesen.

Es war eine friedliche, heile Welt …

Ein Schritt zu spät

Reyko war zu einem Terminal in der Nähe des *Sunsets* gelaufen, um eventuell weitere Instruktionen der „ZM" abzufragen. Raptor lief neben ihm her, wartete brav, bis Reyko seine Nachrichten gelesen hatte. Er klickte auf das blinkende Nachrichtensignal und las seine einzige Mitteilung:

Reyko O´Hara
ID 9985202779z
Aktueller Rang (Elite 9)
City Zwölf
Quadrant unter Geheimhaltung
Gebäude unter Geheimhaltung
Apartment unter Geheimhaltung

Aktuelles KTO-Gesamtguthaben 34.440,- Globar

Sie haben eine Nachricht:
1. Nachricht 07.12.2090, 23:20 Uhr

> Die „ZM" teilt Ihnen hiermit mit, dass sie unverzüglich das Apartment von Sam Docker und Sue Walker aufzusuchen haben. Die ID´s der beiden Verdächtigen können aktuell nicht erfasst werden. Vermutlich befinden sie sich auf der Flucht. Weitere Informationen lassen wir Ihnen zeitnah über Raptor zukommen. Begeben Sie sich sofort in das Ihnen bekannte Apartment und versuchen Sie Hinweise auf die Flüchtigen zu finden.

„ZM" wünscht Ihnen einen guten Tag.
Bleiben Sie weiterhin fleißig und untertänig.
Nachricht Ende <

Reyko schaute kurz auf Raptor und nickte ihm zu.

„Na dann los, Kollege!"

Im Laufschritt machten sie sich auf dem Weg zum Apartment von Sam und Sue und erreichten es nach knapp 20 Minuten. Die Tür öffnete Reyko leise mit seinem ID-Chip und langsam und vorsichtig ging er neben seinem Robo-Dog in das Apartment, was anscheinend nicht mehr bewohnt zu sein schien. Somit sah er es als bestätigt an, dass Sam Docker und Sue Walker sich aktuell auf der Flucht befanden. Außerdem mussten sie es irgendwie geschafft haben, ihre ID zu verbergen, das war für Reyko bereits ein Indiz dafür, dass das Paar schuldig sein musste. Er schaute sich im Wohnraum um, Schränke standen offen, hier und da lagen Kleidungsstücke und diverse Gegenstände auf dem Boden. Alles sah nach einer hastigen Flucht aus. Reyko setzte sich langsam auf die gemütlich wirkende Couch und schaute sich in aller Ruhe den gesamten Raum an. Irgendetwas musste hier doch noch zu finden sein. Sein Augenmerk fiel auf den großen Multimedia-Screen und kurzentschlossen schaltete er ihn ein und suchte nach Nachrichten und Informationen. Aber alle Konversationen waren gelöscht worden und nachdem er hier nichts finden konnte, schaltete Reyko den Screen wieder ab. Er würde später über die „ZM“ versuchen, die gelöschten Daten wiederherzustellen. Sein Blick schweifte suchend durch den Raum und nachdem er nichts Auffälliges entdecken konnte, ging er hinüber in den Schlafraum um dort weiter nach Hinweisen über den Verbleib der beiden zu suchen. Auch hier fand er außer ein paar wenigen, persönlichen Habseligkeiten der beiden nichts. Zu guter Letzt ging Reyko noch auf dem Balkon, sah sich kurz um und bewunderte die gute Aussicht. Dieses Apartment war wahrlich nicht schlecht, für Leute mit einem Rang wie Sam und Sue. Letztendlich zog er gemeinsam mit Raptor wieder ab. Reyko konnte nicht wissen, dass Raptor bereits parallel mit der „ZM“ versucht hatte Nachrichten und Daten der Terminals und des Multimedia-Screens wiederherzustellen. Man war zwar in der Lage, diverse Nachrichten wiederherzustellen, diese wurden von Raptor aber allesamt als belanglos eingestuft. Somit wertet der Robo-Dog den Besuch des Apartments als erfolglos, er würde an anderer Stelle weitersuchen und er wusste auch schon wo. Beide gingen nun zurück in ihr eigenes Apartment. Raptor legte sich schlafen und Reyko beschloss, um seinen Frust abzubauen, erst einmal im Elite-Club trainieren zu gehen. Gut zwei Stunden powerte er sich aus und setzte sich im Anschluß an die Bar, um mal wieder ein Wasser zu sich zu nehmen, natürlich bestellte er aus Gewohnheit das Wasser aus der Antarfari-Quelle und trank es in Gedanken an Delia versunken langsam aus. Was mochte ihr zugestoßen sein? Spät abends ging er heim, gönnte sich gemeinsam mit Raptor einen kleinen Whiskey und überlegte, wie er in dem Fall von Sam und Sue weitermachen sollte. Seine Gedanken kreisten und irgendwann wurde er müde und schlief auf der Couch ein. Raptor nutzte die Chance kippte vorsichtig die offene Flasche Whiskey auf dem Tisch um und leckte gierig sein Lieblingsgetränk auf, bis er sich leicht wankend in eine Ecke begab und wie Reyko begann, laut schnarchend zu schlafen.

***City 35* (Part 7)**

Sie erreichten gerade die Stadtmauer, als rot schimmernd die Sonne aufging. Gute drei Stunden waren sie bereits durch die Menschen und Robot leere City gelaufen und waren allesamt froh, diesen Teil hinter sich lassen zu können. Hinter der Mauer drehte sich Sotra immer mal wieder um, wie um Abschied von seinem bisherigen Leben zu nehmen. Es war das erste Mal in seinem Leben, dass er die Stadt verließ und diese aus einer völlig neuen Perspektive betrachten konnte. Er war merkwürdig ruhig geworden und murmelte nur hin und wieder irgendwelche Satzfetzen vor sich hin.

„Vermutlich werden wir in fünf Stunden am Turnover-Point ankommen. Dann können wir nur hoffen, dass uns Civer und nicht die „ZM" erwartet!"

Ron hatte kurz gestoppt und sich zu seinen Freunden, die hintereinander gingen, umgedreht.

Brandon grinste:

„Was soll bei uns schon schiefgehen? Wir haben wie immer alles im Griff!"

Ron legte die Stirn in Falten:

„Wir sollten weiterhin vorsichtig sein. Bislang haben wir niemanden von der restlichen Crew in der Basis erreicht, das stimmt mich nachdenklich."

„Ach Quatsch, wahrscheinlich hat Wilson nur mal wieder verschlafen und sich zu spät eingeloggt!"

Brandon wollte sich die Laune nicht verderben lassen. Ron erwiderte nichts, sondern drehte sich wortlos um und marschierte weiter. Auch Salem sagte nichts, machte sich aber auch seine eigenen Gedanken.

Wenn sie niemand abholen würde, hätten sie mindestens einen drei Tage Marsch vor sich. Das Ganze mit nur noch wenig Wasser und auch die Kraftriegel würden nur noch bis zum nächsten Tag reichen. Sie waren um eine Person reicher und die war keinesfalls ein Kostverächter. Schweigend liefen sie weiter durch den roten Sand, ohne irgendwelche Auffälligkeiten im Umfeld erkennen zu können. Irgendwann hob Ron die Hand und alle blieben sofort stehen. Ron zeigte voraus und nun konnten sie alle den staubigen Turnover-Point inmitten der Wüste erkennen. Ziel Nummer 1 war unbehelligt erreicht. Man entschied sich, sich an einer Felsgruppe in der Nähe und nicht direkt am Turnover-Point niederzulassen und abzuwarten. Mehr war aktuell nicht zu tun und die Auszeit tat allen gut. Der Nachmittag verging, es war unerträglich heiß geworden. Die trockene und staubige Luft ließ die Freunde immer wieder husten und erste Risse an den Lippen und an offenen Hautstellen fingen an zu schmerzen. Langsam ging die Sonne unter, als sie ein leises, monotones Geräusch vernahmen.

„Das muss der Zug sein!"

Brandon grinste alle anderen an und wollte bereits aus der Deckung heraus marschieren, als ihn Ron zurückhielt.

„Lass uns erstmal abwarten, wer da auf uns zu kommt!"

Das sah selbst Brandon ein und mit Spannung warteten sie auf
den sich nähernden Zug, der hoffentlich von Civer gesteuert
wurde. In weiter Entfernung wurde langsam eine kleine
Staubwolke sichtbar, die wie ein Tornado immer näher kam.
Knapp 30 Minuten später war es soweit. Der Zug hielt fast lautlos
und nach kurzer Zeit konnten sie Civer etwas unbeholfen beim
Aussteigen erkennen. Da konnte sich Brandon nicht mehr halten
und lief fröhlich grinsend auf seinen Crew-Kumpel zu. Ron
zögerte noch, aber nun war es sowieso egal, Brandon hatte sich
zu erkennen gegeben und hatte Civer auch schon fast erreicht. So
standen auch er mit Salem und Sotra auf und liefen ebenfalls zum
Zug, der von Sotra mit großen Augen bewundert wurde. Einen
Zug hatte er bis Dato noch nie gesehen.

Brandon rannte auf Civer zu ohne zu bemerken, dass sich dieser
weder freute noch irgendeine Geste machte. Er nahm seinen
Crew-Kumpel in den Arm und bemerkte erst jetzt das ernste und
tränen verschmierte Gesicht.

„He, was ist mein Freund los? "Freust du dich nicht die gesamte
Mannschaft wiederzusehen?"“

Brandon verstand den seltsamen und schmerzverzerrten Blick
von Civer, der ihm verzweifelt etwas mitteilen wollte, nicht. Er
blickte sich um und sah, dass nun auch der Rest der Truppe den
Zug erreichte.

In diesem Augenblick sackte Civer in sich zusammen, bewusstlos
lag er vor seinen Freunden, als diese von einem Dutzend schwarz
gekleideten Häscher der „ZM" umzingelt wurde.

Alles war eine Falle gewesen.

„Bleiben Sie stehen! Widersetzen Sie sich nicht dem Staatsschutz bei der Durchsetzung des Rechts der Zentralen Macht!"

Allen war dieser Ausruf nur zu gut bekannt und selbst Brandon erkannte, dass sie dieses Mal keine Chance hatten. Es waren einfach zu viele. Schnell wurden die Freunde nach und nach von elektronischen E-Tasern getroffen und sackten, genauso wie Civer, bewusstlos zusammen.

Keiner von ihnen bekam nun mehr mit, wie sich der Zug wieder in Bewegung setzte, während sie in einem schwarzen Jetcopter der „ZM", die zwischenzeitlich gelandet war, abtransportiert wurden.

Die Häscher hatten Civer beim Betreten des Monorail-Zuges, welcher zur Reinigung des Gleises und für Serviceeinsätze an den Turnover-Points eingesetzt wurde, überrascht und brutal überwältigt. Sie brachen Civer kurzerhand den rechten Unterarm, um somit jeden Fluchtversuch von Beginn an auszuschließen. Mit schmerzverzerrtem Gesicht musste Civer mit ansehen, wie die in schwarzen Kampfanzügen und mit Kopfmasken gekleideten Männer des Staatsschutzes den Zug zum vorprogrammierten Turnover-Point steuerten. Am Ziel angekommen, wurde er gezwungen sich neben den Zug zu stellen, um seine Freunde in die Falle laufen zu lassen. Sie hatten ihm weitere unsägliche Schmerzen angedroht, sollte er sich bemerkbar machen.

Arrest (Part 1)

Langsam kamen sie alle wieder zu sich. Alle waren in orangene Overalls gesteckt worden, ein deutliches Zeichen, dass sie von nun an Häftlinge waren. Dunkelheit umgab die Freunde, nur eine schwache, indirekte Deckenbeleuchtung ließ die Umrisse einer großen Arrestzelle erkennen. Sie waren nicht allein, in der Ecke lag noch eine Person, offensichtlich in einem nicht guten Zustand.

Brandon stand als erster auf den Beinen und massierte sich den Hals, der von den E-Tasern getroffen worden war. Er schaute in die Runde und sah, dass sich alle aufsetzten und sich dabei den Hals massierten. Zum Glück lebten sie alle noch, auch Sotra stand bereits und schaute sich vorsichtig um. Brandon ging langsam auf die Person zu, die im hinteren Bereich der gut vier mal fünf Meter messenden Arrestzelle auf der Seite direkt auf dem staubigen Boden lag. Vorsichtig näherte sich Brandon und erkannte schließlich die Person die sich vor ihm befand:

„WILSON!"

Alle anderen eilten herbei, um sich um ihren Freund zu kümmern. Auch im schummrigen Licht der Zelle konnte man die Blessuren an Wilsons Körper sofort sehen. Brandstellen die durch den Overall gegangen waren, zeugten von Folter durch Stromschläge an Händen, Hals und Beinen.

Wilson stöhnte, richtete sich aber langsam auf. Sprechen konnte er nicht. Er schluchzte nur und weinte leise vor Schmerzen vor sich hin. Was hatte die „ZM" nur ihrem Freund angetan? Ron kochte bereits vor Wut und gelobte vor allen, dass er Wilson rächen würde. Dann erlosch plötzlich das Licht und simulierte wohl die Nacht, denn es passierte für lange Zeit nichts mehr, so dass sich alle im hinteren Bereich der Zelle nebeneinander hinlegten und auf die Dinge warteten, die wohl noch passieren würden. Wilson war wieder in eine Bewusstlosigkeit gefallen und auch der Rest der Antarfari-Crew fielen in der ungemütlichen Zelle in einen unruhigen Schlaf.

Viele Stunden später wurde es in der Zelle langsam wieder etwas heller. Salem entdeckte einen Wasserhahn in einer Ecke der Zelle und war erfreut, dass sie zumindest etwas trinken konnten. Alle tranken sie und Ron trug gemeinsam mit Brandon ihren Freund Wilson zum Wasserhahn und gaben ihm Wasser aus der hohlen Hand, was Wilson dankbar und gierig trank.

Nun saßen insgesamt sechs Crew-Member gemeinsam in einer Zelle, in dieser Situation hatten sie sich noch nie befunden, auch wenn der eine und andere der Crew schon diverse Arrestzellen von innen gesehen hatte. Langsam kehrte das Leben in die geschundenen Körper zurück und Ron versuchte, die aktuelle Lage zu analysieren.

„Ok, unsere Situation ist nicht die Beste, aber wir leben alle noch. Man hat uns nicht sofort eliminiert, das bedeutet auch etwas Gutes."

Er schaute von einem zum anderen und insbesondere Wilson tat ihm leid. Er sah schrecklich aus. Dieser begann mühsam zu sprechen:

„Man hat die Crew … die haben uns … am Boulevard aufgelauert. Das *Sunset* gestürmt, ich war zu langsam.“

Seine Stimme brach immer wieder ab und Ron gab ihm noch etwas Wasser.

„Danke Wilson für deine Aussage. Damit wissen wir, dass Mastif, Leeroy, Sam und Sue noch in Freiheit sind, ansonsten wären sie hier. Oder?“

Erst jetzt machte sich Civer leise bemerkbar. Er hielt sich den Arm, für den Salem aus seinem Hemd eine kleine Schlinge gebastelt hatte, um diesen zu unterstützen und zu schonen.

"Ja, die anderen sind alle in der Crew-Basis, ich bin nur weg, um euch abzuholen. Was ja eigentlich auch geklappt hat…“

Ein bitteres Grinsen auf Civers Gesicht sollte wohl etwas Zuversicht ausstrahlen.

„Sue und Sam sind auch in die Basis gezogen, in ihrem Apartment war es zu gefährlich. Dieser Reyko war auch am *Sunset* und hat sich die Operation der „ZM“ mit angeschaut.

Wilson räusperte sich kurz und sprach leise:

„Wir sind im selben Gefängnis …“

„Aha, das kann ein Vorteil für uns sein!“

Brandon fasste wieder Mut.

„Wir sollten alles einmal zusammenfassen und überlegen, wie wir hier wieder rauskommen. Beim letzten Mal konnte ein

Tunnel für die Flucht benutzt werden, bin gespannt, ob man uns wieder einen Hofgang genehmigt!"

Damals war die Flucht von Leeroy und Mastif, durch Brandon organisiert worden. Brandon hatte hier Undercover für die „ZM" gearbeitet und während eines Hofgangs war der gut geplante Ausbruch gut letztendlich gelungen. Hierbei befand sich Wilson zufällig mit im Gefängnishof, so dass Brandon gezwungen war, ihn einfach mitzunehmen. Gemeinsam flüchtete man durch einen Traforaum, indem sich eine versteckte Tür zum Tunnel befand, der an einem Turnover-Point der Monorail endete. Danach wurde Wilson in die Antarfari-Crew aufgenommen und hatte sich bald als ein wertvolles Mitglied erwiesen.

Man setzte sich gemeinsam in einen Kreis, zumindest Salem, Ron, Brandon, Civer und Sotra konnten sitzen, Wilson lag weiterhin derbe angeschlagen daneben. Ron wollte gerade starten, um seine Sicht der Dinge vorzutragen, als weiter hinten im Gang, an dem sich mehrere, völlig identische Arrestzellen befanden, eine Stahltür laut aufgeschlossen wurde.

„Verteilt euch in der Zelle!"

Brandon zischte es leise durch die Zähne, während er sich bereits in eine dunklere Ecke verzog. Nachdem sie viele laute Schritte vernahmen, konnten sie schließlich mehrere, mit E-Tasern ausgestattete Männer des Staatsschutzes in ihren üblichen Kampfanzügen vor den Gittern ihrer Zelle erkennen.

„Na? Wo ist er denn? Versteckt er sich?"

Laut war die Stimme eines der Männer zu hören. Von der Crew erwiderte niemand etwas, keiner wusste wer jetzt grad gemeint war, bis der Wachmann deutlicher wurde.

„Brandon Copper, erhebe deinen Arsch und komm her!"

Brandon erstarrte. Das war einer seiner damaligen Kollegen, die mit ihm gemeinsam in dieser als Militärbasis getarnten Gefängnisanlage gearbeitet hatte.

Langsam stand er auf und näherte sich vorsichtig dem Gitter.

„Aha, da ist er ja! Unser Undercover-Agent, der seine Kollegen verarscht hat!"

Die Zellentür wurde geöffnet und Brandon rabiat herausgezogen. Brandon versucht sich kurz zu erklären, als bereits mehrere Schlagstöcke auf ihn niederprasselten. Die Männer des Staatsschutzes prügelten so lange auf ihn ein, bis er bewusstlos auf dem Boden liegen blieb. Danach schleppte man ihn wieder zurück in die Zelle, nicht ohne ihm noch ein paar Tritte zu verpassen. Die Männer gingen wortlos zurück und schlossen die Stahltür hinter sich wieder ab. Die Crew war wieder allein, sodass Ron sofort zu seinem Freund eilte, um diesen zu versorgen. Das Licht erlosch und wieder umgab die Dunkelheit die Eingesperrten, die sich von dem gerade passierten Geschehen erstmal wieder sammeln mussten.

Brandon war ein zäher Mann und kam schnell wieder zu sich. Sein Gesicht, wenn man es denn noch so nennen wollte, war grün und blau, voller Blut und schon stark geschwollen. Er stöhnte und wollte sich bei den anderen bedanken, brachte aber keinen Ton über seine zerschlagenen Lippen. Sotra schaute entsetzt von einem zum anderen und beobachtete die Szenerie. Klar, er selbst hatte ja auch schon des Öfteren mit den Staatsmännern kämpfen müssen, aber er hatte bis dato den Fight immer für sich entscheiden können. Trotzdem wirkte er zufrieden, als er die Crew-Member beobachtete.

„Freunde …"

Leise murmelte er es vor sich hin, er begriff nun, was es bedeutete, echte Freunde zu haben.

Erneut war die Stahltür zu hören und erneut kamen energische Schritte näher. Die Freunde stellten sich nun, anders als zuvor, vereint vor Brandon. Die Fäuste geballt warteten sie nun auf das, was noch kommen würde. Ein Mann der „ZM" erschien vor der Zelle und warf ein paar wenige, trockene Brotstücke in die Zelle und verließ wortlos wieder den Trakt.

Ron hob die Brotstücke auf und pustete den Sand ab, bevor er sie an alle anderen weiterverteilte. Es war nicht viel, aber zumindest etwas. Wortlos setzte man sich wieder in den Sand. Auch Wilson war inzwischen in der Lage wieder etwas zu essen. Es ereignete sich nichts mehr und die Crew legte sich nach und nach wieder schlafen, gespannt darauf, was mit ihnen noch passieren wird. Die Angst hatte sich mittlerweile bei allen gelegt, der Wille zum Kampf war bei jedem Einzelnen gewachsen. So leicht würde man die Antarfari-Crew nicht klein kriegen. Trotzdem war die Nacht unruhig, mehrfach waren sie aufgeschreckt, weil diverse Türen und Schritte zu hören waren. Nach und nach wachten sie wieder auf, obwohl es immer noch stockdunkel im Zellentrakt war. Das es inzwischen Tag sein musste, konnten sie nur an einem schmalen Lichtspalt hinten an der Stahltür am Ende des Ganges erkennen. Schweigend saßen sie nebeneinander, mit dem Rücken an die Rückwand der Zelle gelehnt und nur ab und zu redete einer von ihnen.

Irgendwann schwang die Stahltür auf und Schritte vieler Männer näherten sich wieder. Mit E-Tasern in der Hand sicherten sie einen ihrer Männer, der routiniert die Zelle aufschloss und für einen alten Mann, in einem merkwürdigen langen Gewand Platz machte:

„Soso, da ist sie ja, unsere „ZM" feindselige Antarfari-Crew."

Mit ernster Miene und einem bösen Blick sah er sich jeden für einige Sekunden einzeln an. Seine Augen schienen dabei die Farbe zu ändern und die vermeintlichen Pupillen drehten sich und wurden wie bei einer automatischen Kamera größer und kleiner.

„Wir werden auch noch den Rest eurer Vereinigung finden und euch dann gemeinsam öffentlich, als Mahnung für alle, hinrichten."

Danach drehte er sich um und die Häscher verschlossen die Zellentür wieder und verschwanden wortlos aus dem Trakt. Wieder umgab die Insassen die Dunkelheit und alle dachten nun nach, was weiter auf sie zukommen würde.

Mastif und Leeroy saßen derweil bereits bei einem kleinen Frühstück in der Crew-Basis, als die beiden völlig übernächtigten neuen Mitbewohner den Gemeinschaftsraum betraten. Sue und auch Sam hatten selten so schlecht geschlafen und sahen entsprechend zerknittert aus, als sie sich mit einer Tasse Kaffee in der Hand zu den anderen gesellten. Auf den fragenden Blick von Sam hin, schüttelte Leeroy den Kopf:

„Nein, nichts. Keine Neuigkeiten. Wir haben auch unsere Nachrichten auf den Terminals durchgeschaut, bislang haben sich weder Wilson, Civer noch die restliche Crew der *City 35* gemeldet."

Sue stöhnte und hielt sich den Kopf. Die aktuelle Situation war einfach zu schwierig. Was machten sie hier? War die Entscheidung, sich gegen die „ZM" zu stellen, die Richtige gewesen? Sie hausten nun in einem Bunker ohne Fenster, tief unter der Stadt versteckt und mussten höllisch aufpassen, nicht von den Häschern der „ZM" erwischt zu werden. Ihre Freiheit, die sie bis gestern eigentlich noch genossen hatten, war dahin. Dann riss sie sich zusammen. Sie hatte gute Freunde, denen sie vertrauen konnte und mit Sam den Lebensgefährten gefunden, den sie immer gesucht hatte. Und so versuchte sie sich nicht nur selbst, sondern auch den anderen Mut zuzusprechen:

„Unsere Crew lässt sich nicht unterkriegen. Die werden sich melden, sobald sie eine Möglichkeit dazu haben, da bin ich mir sicher!"

Sam nickte erstaunt, seine Sue hatte er selten so zuversichtlich erlebt. Er nahm sie in den Arm, so lange sie zusammen waren, konnte auf dieser Welt nichts schief gehen.

Mastif hatte ein Terminal aktiviert und ließ die aktuellen Nachrichten, die natürlich durch die „ZM" gesteuert wurde, mittels eines Beamers auf die Wand werfen. Nachdem belanglose Propaganda über Antarfari und ein kurzer Wetterbericht gelaufen war, startete eine Sondersendung mit dem eindeutigen Titel:

„Gesucht!"

Sam schluckte, als ein Bild von ihm und anschließend auch von Sue zu sehen war. Die Bevölkerung ganz Antarfaris wurde aufgefordert, sofort die „ZM" zu informieren, wenn diese beiden Personen irgendwo, ganz gleich in welcher City, gesehen wurden.

Sue hielt sich die Hand vor dem Mund, um ihren Aufschrei zu unterdrücken.

Auch Mastif und Leeroy waren erstaunt.

„Die „ZM" scheint neue Wege einzuschlagen, wenn sie jetzt auch in der Öffentlichkeit fahnden."

Mastif schaute zu Leeroy und auch dieser war von den Nachrichten überrascht.

„Damit dürfte klar sein, dass ihr zwei vorerst nicht mehr nach oben gehen könnt."

Sam war geschockt, ganz so heftig hatte er sich sein neues Leben nicht vorgestellt, Wie wird es weiter gehen? Er nahm Sue noch fester in den Arm, als weitere Nachrichten auf sie einprasselten.

Zu sehen war zuerst eine Gruppe von Menschen in orangenen Overalls, die in einem offensichtlich sehr schlechten Zustand waren und sich in einer dunklen Gefängniszelle befanden. Danach wurde jeder der Gefangenen einzeln in einer Großaufnahme vorgestellt.

>DER „ZM" IST EIN GROßER SCHLAG GEGEN DIE ORGANISIERTE KRIMINALITÄT GELUNGEN! <

In roten Buchstaben blinkte die Überschrift auf, als ihre Freunde Brandon, Ron, Wilson, Civer, Salem und ein ihnen Unbekannter gezeigt wurden.

>DIE „ZM" WIRD AUCH DIE RESTLICHEN MITGLIEDER DER ANTARFARI-CREW IN KÜRZE FESTNEHMEN UND IHNEN DIE GERECHTE STRAFE ERTEILEN! <

Anschließend startete wieder die übliche Propaganda und Mastif schaltete den Beamer ab. Die vier schauten sich sprachlos an, nur der sonst so souveräne Leeroy schrei laut aus, was alle anderen dachten:

„Scheiße!"

Sam löste sich kurz von Sue und holte die Kaffeekanne. Er goss völlig abwesend jedem, ohne nachzufragen, etwas in die Tasse und setzte sich wieder wortlos neben Sue. Das waren gewaltige Neuigkeiten, die ihnen allen zu schaffen machte.

Mastif stand auf und ging wortlos, mit der Tasse in der Hand, im Raum hin und her. Irgendwann blieb er stehen und brach das quälende Schweigen:

„Nun, die Nachrichten haben auch etwas Gutes. Wir wissen nun, wo sie sind und dass sie noch am Leben sind.“

Sam sprang auf:

„Vermutlich sind sie in der gleichen Arrestanstalt wie letztes Mal! Wir könnten wieder den Tunnel nutzen, um sie rauszuholen!“

Mastif schüttelte energisch den Kopf:

„So ein Plan funktioniert nicht zweimal Sam. Der Tunnel ist inzwischen bekannt und die „ZM“ schläft nicht!“

Das sah auch Sam ein und pflichtete Mastif nun bei:

„Aber es ist wirklich gut zu wissen, dass alle zusammen und am Leben sind. Kennt jemand den unbekannten Typen?“

Alle verneinten, Sotra konnte niemand von ihnen kennen.

Zuhause, in seinem Luxusapartment, hatte auch Reyko O´Hara die neuen Nachrichten gesehen. Er hatte komischerweise keine interne Informationen durch die „ZM“ erhalten. Er schaute noch einmal explizit in sein Postfach, aber weder Anrufe, noch Nachrichten waren eingegangen. Das alles kam ihm verdächtig vor und er fühlte sich von der „ZM“ versetzt. Er hatte doch den Auftrag bekommen, sich um die Antarfari-Crew zu kümmern, wieso wurde er jetzt von der „ZM“ übergangen? Raptor hatte die Informationen bereits länger erhalten und tat unbeteiligt, als Reyko den Media-Screen abschaltete und nachdenklich auf der Couch saß. Raptor war auch bereits in die weitere Planung eingebunden und würde die gestellten Anweisungen ordnungsgemäß ausführen. So stellte er sich vor die Terrassentür, als 4 schwarz gekleidete Männer des Staatsschutzes in das Apartment von Reyko eindrangen.

„Reyko O´Hara sie wurden des Amtes entbunden. Sie sind nicht mehr länger für die „ZM" von Nutzen. Widersetzen sie sich nicht dem Staatsschutz bei der Durchsetzung des Rechts der Zentralen Macht!"

Der völlig überraschte Reyko wurde abgeführt und Raptor lief neben ihm her, als sei es das normalste der Welt, wenn sein Herrchen von anderen durch die Gänge geschubst wurde. Er hatte bereits die Info über ein neues Herrchen erhalten, bis dahin würde er sich im Apartment selbst in einen Standby-Mode versetzen.

Es war eine friedliche, heile Welt …

Arrest (Part 2)

„Wir müssen gemeinsam angreifen! Sobald sie aufschließen, müssen wir denen einen auf die Mütze geben!"

Ron lief in der Zelle im Kreis, redete sich leicht in Rage und versuchte, die anderen von seinem Plan zu überzeugen. Salem schaute etwas genervt, denn er sah es weitaus kritischer:

„Was denkst du, wie viele Leute der „ZM" hier stationiert sind? Selbst wenn wir den ersten Trupp hier überwältigen, wie kommen wir aus dem Gefängnis an sich raus? Die werden uns über den Haufen schießen!"

Zuletzt war auch Salem immer lauter geworden und verstummte aber sofort, als sich wieder die Stahltür am Ende des Traktes öffnete. Ron sah sich um:

„Was ist? Seid ihr dabei? Ich werde mich nicht kampflos ergeben!" Er schaute im jetzt schummrigen Licht von einem zum anderen und Salem schließlich nickte langsam:

„Was haben wir, außer einer Tracht Prügel und eventuell ein paar Narkoseschüsse aus E-Tasern zu verlieren?"

Gemeinsam stellten sie sich mit breiter Brust vor Brandon und Wilson, um den beiden zumindest ein wenig Schutz zu bieten.

Eine einzelne Person kam leise näher, es waren nicht die gleichen, energischen Schritte wie zuvor, was der Crew sofort auffiel. Irritiert schaute Ron zu Salem, der mit der Schulter zuckte. Ein Mann des Staatsschutzes kam langsam auf ihre Zelle zu und öffnete langsam eine schwarze Tasche. Er legte eine

Handvoll Kraftriegel und diverse Medikamente vor sich auf den Boden und schob dann alles durch das Gitter. Überrascht schauten sich die Crew-Member gegenseitig an, wagten aber nicht, an die Zellengitter heranzutreten. Der Wachmann nahm seine Kapuze ab und die Crew konnte einen Mann, knapp um die 40 Jahre, mit harten Gesichtszügen erkennen.

„Ihr dürft euch bedienen. Ich habe nichts gegen euch.“

Mit dunkler Stimme und in der von Wachmännern bekannten monotonen Sprachweise sprach er die Crew nun direkt an:

„Leider musste ich Brandon zusammen mit den Robots bestrafen. Ich wäre sonst aufgeflogen. Versteht mich, ich bin hier der letzte menschliche Vertreter! Es gibt außer mir nur noch Robots hier! Alle anderen sind nach und nach verschwunden.“

Ron ging näher und schaute dem vermeintlichen Feind direkt ins Auge:

„Wieso dienst du der „ZM“? Warum musstest du Brandon so zurichten?“

„Ich habe schon immer der „ZM“ gedient, mir ging es immer gut dabei, ich habe nicht hinterfragt, ob es richtig oder falsch ist, was ich mache. Ich habe das getan, was mir befohlen wurde und ich habe nie Probleme gehabt.

Bis ich irgendwann bemerkte, dass alle Kollegen nach und nach verschwanden und durch Robots ersetzt wurden. Ich werde der nächste sein, den die „ZM“ hier ersetzen wird, denn ich bin hier der letzte Mensch.“

Ron zweifelte noch, stieß aber mit dem Fuß die Energieriegel und auch die Medikamente in die Zellenmitte.

„Und, wie geht es nun weiter? Werden wir nun alle von dir und den Blechköpfen zu Tode gequält? Du als angeblich letzter Mensch unterstützt die Robots dabei, Menschen zu töten?

Was weißt du überhaupt über uns?"

Ron hatte sich gefasst und ging nun den menschlichen Wachmann laut und derbe an.

„Seit Monaten habe ich nicht mit einem Menschen gesprochen!"

Der Wachmann war völlig unaufgeregt und antwortete ruhig.

„Ich weiß nur, dass ihr einer kriminellen Vereinigung angehören sollt. Ihr sollt, sobald die restlichen aus eurer Gruppe gefasst sind, gemeinsam hingerichtet werden."

Leise fügte er noch hinzu:

„So wie fast alle, die hier landen …"

Auch Salem und Civer waren näher gekommen und schauten dem fremden Häscher der „ZM" ins Gesicht.

„Warum hast du Brandon mit den anderen so zugerichtet? Was habt ihr mit Wilson gemacht? Dem armen Kerl geht es richtig mies!"

Salem brüllte es durch das Gitter der Gefängnistür und war stinksauer.

Wieder ließ sich der Mann der „ZM" nicht aus der Ruhe bringen:

„Seid leiser. Die meisten Häscher sind zwar im Sleepmode, aber trotzdem können sie plötzlich erwachen. Den hohen Gesandten der „ZM" habt ihr ja bereits kennengelernt. Er ist vor kurzem hier eingetroffen, er scheint im Rang der „ZM" sehr hoch angesiedelt zu sein, persönlich hat er aber noch nicht mit mir gesprochen. Er hat jedoch euren Freund Wilson gefoltert, um zu erfahren, wo sich die restliche Antarfari-Crew aufhält, aber Wilson hat tapfer geschwiegen. Das hat mich letztendlich überzeugt, dass ihr nicht so schlechte Menschen sein könnt, wie uns versucht wird, weiszumachen."

Ron hatte aufmerksam zugehört und zog seine Schlüsse:

„Kannst du uns hier rausholen? Kannst du uns helfen?"

Der Wachmann ging kurz auf und ab und entgegnete bedächtig:

„Ja, ich kann euch hier rausholen, aber dann bin ich genauso wie ihr, Freiwild."

Er holte kurz hörbar Luft und fragte die versammelten Insassen:

Was könnt ihr mir bieten?

Kann ich mit euch kommen?

Wo lebt ihr normalerweise?

Ihr müsst euch doch irgendwo verstecken können, damit ihr nicht sofort enttarnt werdet?

Könnt ihr mir Schutz und ein besseres Leben als bei der „ZM" bieten?"

Ron runzelte die Stirn, antwortet aber genauso ruhig:

„Das sind viele Fragen, auf die ich dir jetzt noch nicht antworten werde. Aber eines ist klar, wir sind keine Verbrecher. Wir sind nur mit der Diktatur der „ZM" und der KI nicht einverstanden. Hilf uns hier raus und dann kannst du zeigen, ob du das Zeug hast, zu uns zu gehören."

Der kräftig gebaute Mann war überrascht, dass jemand in einer solchen Situation auch noch Forderungen stellte, aber innerlich hatte er sich bereits entschieden, denn die Leute waren ihm sympathisch.

„Ok, ich helfe euch hier raus, aber ihr nehmt mich mit, ich will hier nicht mit den Robots bis zum Lebensende versauern!"

Ron blickte zu Salem und Civer und auch Sotra bezog er mit ein:

„Was meint ihr?"

Civer kam mutig näher:

„Welche Wahl haben wir?"

Der Wachmann lächelte gequält:

„Wenn ihr wirklich überleben wollt, habt ihr nur eine einzige Wahl und die bin ich. Man nennt mich Luca, mein echter Name kann euch egal sein."

Luca setzte sich die Kapuze wieder auf, verließ wortlos den Zellentrakt und ließ die Freunde wieder allein.

Konnte die Crew diesem Mann vertrauen?

Andererseits, welche Möglichkeiten blieben ihnen sonst noch …?

Ron verteilte die Kraftriegel und prüfte die Medikamente. Es waren gute Schmerzmittel, die er sofort seinen Freunden Brandon und Wilson mit etwas Wasser verabreichte. Das Schicksal hatte ihnen eine neue Chance gegeben und sie würden sie wahrnehmen, da waren sich Ron und Brandon sicher.

Es vergingen Stunden, bis das Licht wieder etwas heller wurde, alle hatten bis dahin etwas hingedöst und jeder vor sich hin sinniert, wie Luca sie hier rausholen wollte. Ein Mann des Staatsschutzes brachte wieder etwas Brot, diesmal sogar mit etwas Käse, er hatte auch eine Handvoll Becher und etwas Kaffee in einer Kanne dabei. Vermutlich hatte Luca ein wenig nachgeholfen und etwas Hafterleichterung durchgesetzt. Dankbar nahmen die Freunde das zur Verfügung gestellte Mahl entgegen und es keimte so langsam etwas wie Hoffnung in ihnen auf. Brandon dachte an die Crew-Basis, waren sie da überhaupt noch sicher? Wie nah war die „ZM" wirklich an ihnen dran? Wo sollten sie auch sonst noch hin? Es würde schwierig werden, sich normal am Leben zu beteiligen, die „ZM" würde an jeder Ecke auf sie lauern, da war er sich absolut sicher.

Wieder ertönte das Geräusch der Stahltür am Ende des Zellentrakts und man hörte, wie die Männer des Staatsschutzes eine andere unbekannte Person grob vor sich her schubsten. Diese Person kam bald ins Sichtfeld der Zelle der Crew und Ron stieß gemeinsam mit Brandon ein lautes „Oh" aus.

Vor Ihnen fiel Reyko O´Hara, auch in einem orangenen Overall gekleidet, hart in den Staub und wurde unsanft am Kopf wieder hochgerissen. Man hielt ihn direkt vor die Zelle und eine tiefe Stimme aus dem Hintergrund tönte rau:

„Da schau du Looser, die haben wir bereits alle ohne deine Hilfe hier zum Wohle Antarfaris hier eingepfercht!"

Ein Tritt beförderte den bereits ziemlich übel zugerichteten Reyko, der die Crew mit großen Augen angestarrt hatte, tiefer in den Gang und damit aus den Augen der Crew. Man hörte wiederum das Geräusch einer Stahltür auf der anderen Seite des Ganges, dann war es wieder ruhig im Zellentrakt.

„Da kannst du sehen, wie die „ZM" mit ihren Leuten umgeht! Dem geht es jetzt nicht besser als uns, obwohl er auf der anderen Seite war!"

Brandon zischte es nur so aus den Mundwinkeln und sah dann zu Sotra:

„Die „ZM" ist nicht unser Freund. Die „ZM" ist Freund von niemandem!"

Sotra verstand was gemeint war und nickte Brandon zu:

„Ihr seid Freunde, nicht die „ZM"!"

Crew-Basis

Mastif, Leeroy und die beiden neuen Bewohner Sue und Sam
saßen vor dem im Tisch eingelassenen Multimediascreen und
schauten zum zehnten Mal den Bericht über die Gefangenen und
die Suche über sie selbst. Mastif und auch Leeroy wurden nicht
erwähnt. Sie benötigten neue Lebensmittel und so einigte man
sich darauf, dass Leeroy es wagen sollte, in das Einkaufscenter zu
gehen um unauffällig die dringend benötigen Nahrungsmittel und
andere Dinge einzukaufen. Man verabschiedete sich kurz und
dann war Leeroy auch schon draußen.

Oben angekommen lief dieser erst einmal im Shoppingcenter
durch verschieden Etagen und Abteilungen und kontrollierte
dabei, ob irgendwer ihn verfolgte. Als er feststellte das er
unbehelligt war, kaufte er zügig alles ein was sie gemeinsam
besprochen hatten. Mit vollgepacktem Rucksack und zwei
zusätzlichen Taschen ging er, auch wieder über diverse Umwege
und immer nach Verfolger ausschauhaltend, zurück zum
getarnten Aufzug. Ihm kam eine Idee, er stellte alles in den
Aufzug, legimitierte sich am kleinen Terminal und schickte den
Aufzug nur mit den Taschen in die unten gelegene Bunkeretage.
Er hatte da noch etwas im Kopf und er freute sich schon auf die
Gesichter der anderen, wenn er zurückkommen würde. Sein
Vorhaben dauerte noch gut 30 Minuten, dann stand er selbst,
wiederum vollgepackt im Aufzug, auf dem Weg zur sicheren
Crew-Basis.

Die anderen warteten schon gespannt und waren sichtbar erleichtert, als Leeroy vollbepackt mit Taschen und Kartons den Aufzug mit einem breiten Grinsen verließ.

„Ich hab da mal etwas besorgt!"

Mit einer großzügigen Geste stellte er eine Menge kleiner Papiertütchen, die noch heiße Fingerfoods enthielten, auf den Tisch. Dazu kamen große Kartonagen voller Bier und auch an ein paar Flaschen Wein hatte er gedacht. Natürlich etwas zum Knabbern, und vorsorglich auch Limonade für Wilson, Leeroy hoffte, dass er seinen Freund bald wiedersehen würde.

Die Stimmung in der Crew-Basis verbesserte sich sofort und für einen Moment waren alle Sorgen etwas in den Hintergrund getreten, was allen auch mal guttat.
Sam schaltete den Mediascreen ein und man verfolgte gemeinsam wiederholt die Nachrichten, die aber nichts Neues zu berichten hatten. Sue und Sam wurden weiterhin öffentlich gesucht und der Bericht der gefangengenommenen Antarfari-Crew lief unverändert in einer stündlichen Wiederholung.

Nach dem Essen erhob sich Mastif, der bislang in Gedanken versunken am Tisch gesessen hatte:

„Lasst uns überlegen, wie wir unsere Leute retten können. Irgendetwas müssen wir so langsam tun!"

Leeroy nickte bestätigend und zu Mastif gewandt meinte er:

„Du und ich, sind die einzigen, die von der „ZM" aktuell nicht gesucht werden. Wir können uns auf jeden Fall draußen aufhalten, ohne direkt in den Knast zu wandern. "Deshalb kommen nur wir zwei für eine neue Mission in Frage, denke das ist klar verstanden?"

Er schaute zu Sam, der wie immer darauf brannte, etwas zu tun. Sue antwortete anstelle Sam:

„Wir wissen, dass wir hier in der Basis am besten aufgehoben sind. Aber was können wir tun?"

Sam gesellte sich zu Mastif und äußerte seine eigene Meinung:

„Das ich nicht draußen herumlaufen kann, ist klar. Aber wir können sicher irgendwie aus der Basis heraus Unterstützung leisten. Eventuell begebt ihr zwei euch wirklich mal zu dem Fluchttunnel und versucht die Lage zu checken?"

Mastif schaute Leeroy wieder an:

„Wie kommen wir unauffällig hin? Civer kann uns nicht fahren."

Leeroy hatte einen ersten Plan:

„Bis zum Turnover-Point sind es knapp 30 Kilometer. Lass uns Marschgepäck klar machen und wir laufen in der Nacht dorthin. Wir könnten im Tunnel die restliche Nacht verbringen und am nächsten Tag schauen, ob wir irgendetwas auskundschaften können. Am besten starten wir heute noch!"

Mastif streichelte seinen Bauch:

„Nach dem reichlichem Essen tut etwas Bewegung sicher gut!"

Sue stand auf:

„Ok, ich stell schon mal alles zusammen, was ihr auf jeden Fall für den Trip benötigt. Den Rest könnt ihr selbst dann mit in die Rucksäcke packen.“

Sie verschwand im Vorratsraum und stellte diverse Lebensmittel auf den Tisch und auch Mastif und Leeroy, begannen alles was sie für wichtig erachteten, zusammenzustellen. Eine Stunde später waren die beide bereit, für die neue Mission. Zum Glück hatten sie noch einen Satz der Funkgeräte, so dass man zumindest bis zum Tunnel noch in Kontakt mit der Basis sein konnte, was alle befürworteten. Es wurde gerade dunkel und die beiden verabschiedeten sich kurz. Sie nahmen diesmal nicht den Aufzug zum Einkaufscenter, sondern nutzten den geheimen Gang durch den Schaltschrankraum, wo sie durch eine getarnte Tür direkt in den Bahnhof der Monorail-Bahn gelangten. Den Weg hatten sie seit längerem nicht mehr genutzt, aber alles war wie gewohnt und konnten unauffällig neben dem Gleisbett in Richtung Turnover-Point marschieren. Beide, Leeroy und auch Mastif waren gut in Form, aber nach vier Stunden hatten sie gerade einmal die Hälfte der Strecke zurückgelegt.

„Wenn wir weiter so langsam unterwegs sind, kommen wir erst am frühen Morgen am Turnover-Point an.“

Leeroy hatte Kontakt zu Sam aufgenommen; die Verbindung war erstaunlicherweise sehr stabil.

„Ok, es ist gut, dass ihr genug Proviant dabeihabt, dann müsst ihr mindestens einen Tag mehr für die Mission einplanen!“

„Ja, wir werden uns den Tag dann im oder am Tunnel aufhalten und in der kommenden Nacht dann versuchen, in Richtung Gefängnis zu gelangen. Hoffentlich ist der Tunnel nicht zerstört oder abgesperrt worden!“

„Wir werden sehen, wir drücken euch die Daumen!“

Man einigte sich darauf, dass sobald die beiden am Tunnel angekommen waren, erneut Kontakt aufzunehmen.

Mastif und Leeroy marschierten weiter und Sue und Sam waren das erste Mal alleine im Bunker. Es kam Sue etwas bedrückend vor und sie kuschelte sich an Sam, der jedoch aufstand und mit zwei vollen Weingläsern zurückkam.

„Jetzt haben wir mal endlich wieder etwas Zeit für uns!“

Sue lächelte und bald war die erste Flasche Wein Geschichte und eine zweite folgte. Später gingen die beiden zu Bett und ja, die beiden amüsierten sich prächtig!

Gegen 06:30 Uhr wurden beide unsanft aus dem Schlaf gerissen. Das Funkgerät meldete eine eingehende Verbindung, das mussten die beiden sein!

Schnell löste sich Sam von seiner Sue, die in seinen Armen immer noch schlief, schwang sich leise aus dem Bett und schnappte sich das Funkgerät. Im Gemeinschaftsraum meldete er sich dann bei Mastif und Leeroy, die auch sofort antworteten.

„Wir sind am Tunnel angekommen! Die Tür ist nicht verriegelt worden und die ersten 100 Meter haben wir auch schon überprüft, alles so wie es vorher war. Wir werden uns ein paar

Stündchen ausruhen und schauen dann mal, ob wir bis zum Gefängnis kommen. Bedeutet aber, dass wir ab dann keine Funkverbindung mehr haben werden."

Das war sich Sam bewusst. Er selbst war damals ja schon durch den ganzen Tunnel gelaufen und kannte die Gegebenheiten nur zu gut.

„Alles klar meldet euch, wenn ihr zurück seid, egal welche Uhrzeit!"

Sam beendete das Funkgespräch und legte das Gerät auf dem Tisch, als er Sue bemerkte, die sich mit zerzauster Frisur die Stirn hielt und leise stöhnte.

„Puh, das war aber doch ein Glas Wein zu viel …"

„Aber die Nacht war schön!"

Sam grinste seine Sue an und deutete aufs Bad.

„Geh du duschen, ich mache Frühstück!"

Sue nickte verhalten und schlurfte ins Bad. Sam schaute, was er für ein zünftiges Frühstück finden konnte und war erfreut, dass Leeroy sogar frische Eier besorgt hatte. Bald saßen die beiden zusammen am Tisch und frühstückten in aller Ruhe, das hatten die zwei schon lange nicht mehr zelebriert. Der Tag verlief dann eher ruhig und beiden wurden so langsam langweilig in der Crew-Basis, allein ohne die anderen; ohne Balkon und frischer Luft kamen sich beide nun doch ein wenig wie im Gefängnis vor, obwohl es ihnen an Nichts fehlte.

Arrest (Part 3)

Langsam und mit leisen Schritten betrat ein Mann in einem schwarzen Kampfanzug, den dunklen Hangar der Gefängnisanlage, in dem verschiedene Jetcopter zum Abflug bereitstanden. Der Mann hatte einen ganz speziellen Jetcopter im Auge und wollte gerade gezielt darauf zugehen, als plötzlich wie aus dem Nichts ein alter Mann vor ihm stand. Es war der Gesandte der „ZM", der Luca durchdringend mit sich drehenden Pupillen anschaute und ungeniert musterte. Luca erschrak, beruhigte sich aber rasch. Er hatte alles zigmal im Kopf durchgespielt, er hatte die Befugnis hier zu sein und das auch außerhalb seiner regulären Dienstzeit.

„Was tust du hier?"

Der Gesandte sprach laut und deutlich, aber auch recht fordernd. Luca hatte genau für diesen Fall bereits vorgesorgt. Da er ab und zu Jetcopterflüge absolvieren durfte, hatte er seine persönliche Fluglizenz in genau diesem einen Jetcopter platziert, auf den er es eigentlich abgesehen hatte.

„Entschuldigt, ich vermisse meine Fluglizenz und wollte nachsehen, ob ich sie in einem Jetcopter habe liegen lassen!"

Etwas Nervosität klang in seiner Stimme doch mit und er hoffte inständig, dass der alte Mann dies nicht merken würde.

„Nun dann, schauen wir doch gemeinsam nach, Luca."

Erstaunt bemerkte Luca, dass der Gesandte seinen Namen kannte, obwohl sie sich noch nicht vorgestellt worden waren. So fragte er forsch aber höflich:

„Mit wem rede ich jetzt gerade und woher kennen sie meinen Namen?"

„Entschuldigt."

Der alte Mann verneigte sich leicht und sein Gesicht nahm etwas freundlichere Züge an.

„Man nennt mich Zandar, den Gesandten der „ZM".

Ich bin im direkten Kontakt mit der Zentralen Macht und habe sämtliche Befugnisse. Ich herrsche über Leben und Tod, meine Entscheidungen und Befehle werden nicht in Frage gestellt."

„Sehr erfreut! Man nennt mich Luca, mein richtiger Name ist …"

„SCHWEIG!"

Der Gesandte schlug eine schärfere Tonart an und schaute wieder so grimmig wie zuvor.

„Ich weiß, wer du bist und ich bin nicht hier, um dummes Zeug zu reden. Zu welchem Jetcopter wolltest du?"

Erschrocken zeigte Luca auf einen der kleineren schwarzen Jetcopter im hinteren Bereich des Hangars. Diesen konnte man mit leichten Lasten und zusätzlich mit maximal sechs Personen beladen.

Der Gesandte ging vor und ließ sich von Luca die Tür öffnen, die sich leise und sanft nach oben bewegte.

„Was denkst du, wo du deine Lizenz verstaut haben könntest?“

Luca zeigte auf ein kleines, geschlossenes Fach gleich neben dem Pilotensitz. Der Gesandte kletterte trotz seines anscheinend hohen Alters, behände in den Jetcopter und öffnete flink das Fach. Er griff hinein und hielt die von Lucas deponierte Fluglizenz in den Händen.

„Da ist sie ja. Ich bemerke, du sprichst die Wahrheit, Luca. Nimm deine Lizenz und tue das, was du sonst noch vorhattest. Ich verabschiede mich jetzt von dir.“

Er reichte Luca das Mäppchen mit der Fluglizenz und verschwand lautlos in der Dunkelheit des Hangars.

Luca atmete tief durch und ging langsam zu seinem kleinen Apartment zurück. Das war noch einmal gut gegangen. Dass der Gesandte jetzt hier in der Anlage war, machte es ihm nicht einfacher, eine Flucht gemeinsam mit der Antarfari-Crew zu organisieren. Aber er hatte einen Plan und den Jetcopter hatte er bereits vor der Verhaftung der Antarfari-Crew präpariert. Er konnte die Kennung manuell verändern und einen Tarnmodus aktivieren, so dass der Jetcopter ohne jegliche Überwachung über den Kontinent fliegen konnte. Er hatte eine Vielzahl an Sichtflügen trainiert und war zu verschiedenen Städten geflogen, ohne dass das Überwachungsnetzwerk der „ZM“ Alarm geschlagen hatte. So war er sich sicher, wenn er mit der Crew mit diesem Jetcopter einmal in der Luft war, sollte eine Flucht gelingen. Auch wenn die Antarfari-Crew nicht verhaftet worden wäre, wäre er sowieso geflüchtet, nun war aber eine neue, bessere Zukunft für ihn in greifbare Nähe gerückt.

Er legte sich bald schlafen, morgen früh hatte er wieder Dienst und dann wollte er noch einmal unbemerkt mit den Insassen sprechen.

Zusammen mit zwei Robots der „ZM", die kaum noch von echten Menschen zu unterscheiden waren, brachte er ein spärliches Frühstück zu den Insassen. Er würdigte, während die Robots dabei waren, die Antarfari-Crew nicht eines Blickes. Nur der neue Insasse weckte sein Interesse. Er hatte das Zentralregister der „ZM" durchforstet und so gut wie nichts über diesen Reyko O´Hara finden. Die von ihm gezogenen Ergebnisse präsentierten sich als unglaubwürdig, denn laut Daten wäre dieser Reyko aktuell ein Jahr alt. Es konnte also irgendetwas mit diesem Typen nicht stimmen. Luca schaute sich ihn genauer an, er war kein Robot und doch verhielt es sich teilweise so. Manche Bewegungen ließen erkennen, dass der Typ auf jeden Fall manipuliert worden sein musste. Luca hatte schon einige manipulierte Menschen gesehen, der letzte trug den Namen Doug Beaufort.

Luca sah auf seinen Auftrag, den er zu diesem neuen Insassen erhalten hatte:

>Die Exekution ist innerhalb einer Woche durchzuführen.<

Diesen Spruch hatte er schon so oft gelesen, auch bei der Antarfari-Crew hatte er den identischen Auftrag bekommen. In letzter Zeit waren es immer mehr alte Personen gewesen, die angeblich sterbenskrank sein sollten. Luca zweifelte an der Richtigkeit der Informationen der „ZM", aber er würde es nie wagen, diese in Frage zu stellen. Vermutlich war er nur deswegen noch am Leben.

Gemeinsam mit den Robots verließ er wieder den Gefängnistrakt. Er durfte heute wieder einen Jetcopterflug absolvieren, das war für ihn in seinem sonst so tristen Job, immer wieder ein Highlight. Er war ziemlich gut im Jetcopter fliegen und es machte ihm riesigen Spaß. Der nächstmögliche Termin war wieder in zwei Tagen, dann würde er die Flucht mit der Antarfari-Crew versuchen. Heute würde er den Gesandten und damit die Zentrale Macht in Sicherheit wiegen und genau nach Vorschrift den Jetcopterflug abarbeiten.

Luca begab sich zu seinem Jetcopter und machte die vorgeschriebene technische innere Durchsicht vor der Verwendung. Alles war in bester Ordnung, die sich selbst regenerierenden Hochleistungsakkus waren so voll, dass man über 1000 Kilometer ohne Unterbrechung in Höchstgeschwindigkeit fliegen könnte. Er schaltete den Radar wieder auf den normalen Modus, damit die „ZM" genau prüfen konnte, ob er vorschriftsmäßig die vorgegebene Route abflog. Dann fuhr er den Jetcopter aus dem Hangar in die markierte Parkposition. Nun war die vorgeschriebene äußere technische Überprüfung an der Reihe, die keinerlei Mängel offenbarte. Nach einer Stunde war er dann bereit und ging zu seinem Apartment, um seinen Piloten-Kampfanzug anzuziehen. Mit dem Helm in der

Hand ging er gut gelaunt zurück zum Jetcopter und erschrak, als er den alten Gesandten vorn im Cockpit sitzen sah.

„Luca, ich werde heute mit dir fliegen. Ich hoffe, das macht dir nichts aus. Ich möchte verschiedene Bereiche aus der Luft erkunden und du bist, so wie ich es bewerten kann, der beste Pilot auf diesem Stützpunkt.“

Luca brauchte einen Moment, um sich zu fassen, reagierte dann aber professionell.

„Es ist mir eine Ehre den Gesandten der „ZM“ fliegen zu dürfen.“

Er versuchte ein Lächeln, obwohl er derbe enttäuscht darüber war, einen eher ungebetenen Gast an Bord zu haben.

„Dann steig ein, wir haben nicht ewig Zeit!“

Die Freundlichkeit des alten Gesandten war wie auch gestern, nur von kurzer Dauer und im scharfen Befehlston ging es weiter:

„Aufsteigen und langsam Richtung Westen fliegen.“

Luca prüfte noch einmal alle Instrumente und schnallte sich an. Nachdem er sich den Helm aufgesetzt hatte, nickte er dem Gesandten zu, der ihn nur stumm und ohne jede Regung anschaute. Der Jetcopter hob ab und wie gewünscht ließ Luca die Drohne mit mäßiger Geschwindigkeit Richtung Westen fliegen.

Leeroy und Mastif hatten sich eine Weile ausgeruht und waren dann den Tunnel bis zum Ende, wo sich die kleine Stahltür zum Gefängnis-Technikraum befand, abgelaufen. Alles war bislang glatt gelaufen und so öffneten sie die Verriegelung der circa einen Meter hohen Stahltür. Diese war jedoch, wie es schien, auf der anderen Seite ebenfalls verriegelt worden, denn die äußerst stabile Tür bewegte sich um keinen Millimeter.

„Tja, Pech gehabt. Hier kommen wir leider nicht weiter. Gehen wir erstmal wieder zum Ausgang?"

Leeroy sprach leise mit der Taschenlampe in der Hand zu Mastif.

„Ja, so ein Mist. Wir gehen zurück und nehmen Funkkontakt auf. Wir lassen die Tür von dieser Seite aus entriegelt, eventuell wollen die anderen ja den Tunnel für eine Flucht nutzen, Dann war unsere Mission zumindest nicht vergebens."

Mastif drehte sich um und ging voran und Leeroy folgte schweigend. Am Ausgang angekommen, schlossen sie die Tür, verriegelten diese aber natürlich auch nicht. Sie verwischten ihre Spuren im roten Wüstensand, bis sie das Gleis am Turnover-Point erreicht hatten. Hier konnten sie dann auf den befestigten Boden weiterlaufen, ohne dass Spuren von ihnen entdeckt werden konnten. Beide hatten gerade ihre Rucksäcke wieder aufgezogen, um los zu marschieren, als sie das leise Brummen eines Jetcopters bemerkten.

„Los, zurück in den Tunnel!"

Leeroy rief es leise aus und rannte zu der knapp 15 Meter entfernten Tür. Mastif lief rückwärts natürlich etwas langsamer hinterher und verwischte erneut die Spuren im Sand notdürftig so gut es ging. Keuchend kam er zwei Minuten später als Leeroy beim Tunneleingang an. Die beiden gingen in den Tunnel hinein und zogen die Tür so weit zu, dass sie noch aus einem Spalt herausschauen konnten. Schon bald hörten sie den Jetcopter näherkommen, welcher einen engen Kreis flog, dann aber ohne zu landen weiter nach Norden abzog und den Gleisen der Monorail folgte.

„Das war knapp! Das war ganz klar ein Jetcopter der „ZM", das Teil gehörte nicht zur Monorail!"

Mastif war noch völlig außer Puste und setzte sich erstmal in den Wüstensand, der sich auch im Tunnel ausgebreitet hatte.

Auch Leeroy hatte Schweißperlen auf der Stirn.

„Ja, das hätte gehörig ins Auge gehen können. Lass uns hier bis zur Dunkelheit warten. In der Nacht marschiert es sich auch besser."

Beide waren sich einig und so ruhten sie sich aus, bis die Sonne rot-orangeglühend über den Hügeln der roten Sandwüste unterging. Die Luft flimmerte noch in der Hitze, aber diese würde sich rasch abkühlen und die hereinbrechende Nacht würde es den beiden etwas angenehmer gestalten.

Leeroy flog den Jetcopter in der ihm zugeteilten Höhe und konnte bald in einiger Entfernung die Gleise der Monorail erkennen. Dort drüben war ein Turnover-Point und der Gesandte befahl, etwas tiefer zu gehen, einen Kreis zu fliegen und dann nach Norden der Monorail zu folgen. Leeroy tat wie befohlen und beobachtete aus dem Augenwinkel frische Spuren im Wüstensand, die nur schlecht verwischt worden waren. Zum Glück saß der Gesandte in der Außenkurve so erhöht, dass er den Boden nicht sehen konnte. Luca flog nach dem kleinen Kreis weiter, der Monorail folgend, nach Norden und damit aus der vermeintlichen Gefahrenzone. War hier etwa die restliche Antarfari-Crew aktiv? Er würde die Inhaftierten später dazu befragen. Nachdem sie mit dem Jetcopter noch einige andere Turnover-Points überflogen hatte meldete sich der Gesandte wieder zu Wort und äußerte sich fast väterlich:

„Luca, fliege nun auf direktem Wege zurück. Dein Auftrag für heute ist erfüllt.“

Eine Stunde später erreichten sie die Militäreinrichtung und der Gesandte Zandor verließ wortlos den Jetcopter, an dem Luca anschließend die Wartung nach der Benutzung durchführte. Nachdem der Jetcopter wieder in den Hangar gebracht worden war, prüfte er, ob die kontaktlose Ladung gestartet war, und ging dann auch in das Hauptgebäude, um sich in seinem Apartment wieder umzuziehen. Die Gedanken immer bei den Spuren, die er aus der Luft im Wüstensand ausgemacht hatte. Er holte sich aus der automatisierten Kantine eine Mahlzeit und aß diese allein in seinem Apartment. Er hatte keine Lust, noch einmal auf den Gesandten zu treffen und die Robots brauchten keine Kantine, so hätte er auch da vermutlich allein gegessen.

Danach ging er nochmal in die automatisierte Kantine, um den Insassen etwas Essen zu besorgen. Ihm stand es frei, diese gut, schlecht oder gar nicht zu versorgen. Ihr Urteil stand sowieso bereits fest.

Es war eine friedliche, heile Welt …

Verbindung

Im Bunker der Crew war die Tageszeit egal, man sah nicht ob es hell oder dunkel, ob es Tag oder Nacht war. Man schlief und lebte aber nach der Uhr, um zumindest den Rhythmus einzuhalten. Am Abend, Sue war gerade unter der Dusche, kam der lang ersehnte Signalton aus dem Funkgerät. Sam sprang auf und meldete sich hastig:

„Hier Crew-Basis, wer spricht?"

„Hier Leeroy mit Mastif! Hallo Sam!"

Erleichtert hörte Sam der kurzen Geschichte der beiden zu. Sie würden sich nun wieder auf den Weg machen und wenn alles gut ging, morgen früh zurück in der Basis sein. Einigermaßen beruhigt, deckte er den Tisch für das Abendessen, morgen früh werden sie nicht mehr alleine sein und er spürte, wie sehr er all die anderen vermisste. Sue kam aus dem Bad und beim gemeinsamen Essen mit einem Glas Wein, erzählte er ihr vom kurzen Gespräch mit Leeroy und Mastif.

„Wie soll das nur weitergehen? Wir müssen doch irgendwann hier wieder raus? Wir können uns nicht ewig verstecken!"

Verzweiflung kam in Sue hoch und Sam benötigte eine Menge Feingefühl, um seine Lebensgefährtin wieder zu beruhigen.

„Es ist gut, dass die beiden am Tunnel waren. So können die anderen eventuell den Tunnel nutzen, wenn sie eine Chance dazu bekommen. Noch ist nicht alles verloren!"

Sam glaubte seinen Worten selbst nicht wirklich. Aber was konnten sie aktuell noch tun? Wenn sie die Basis verlassen würden, wären sie über kurz oder lang genauso im Gefängnis wie die anderen. Die Lage war wirklich verzwickt und die Antarfari-Crew brauchte so langsam etwas wie ein Wunder.

Die beiden gingen früh ins Bett und hofften auf die baldige Wiederkehr der beiden anderen, noch freien Crew-Member.

Leeroy und Mastif verließen den Tunnel und beide verwischten die Spuren vom Eingang bis zu den Gleisen der Monorail.

„Ich bin mir nicht sicher, ob die Typen mit dem Jetcopter die Spuren nicht gesehen haben. Besonders gut konnte ich die in der Hetze nicht verwischen."

Mastif schaute in der Abenddämmerung noch einmal zurück zum Tunneleingang. Jetzt waren ihre Spuren gut verwischt, niemand würde jetzt noch aus der Luft erkennen können, ob dort jemand entlang gegangen war.

„Du hast getan, was du konntest. Bislang lassen sie uns in Ruhe, von daher, auf geht's!"

Leeroy zeigte Richtung Süden und beide marschierten hintereinander, dicht an den befestigten Gleisen, um keine weiteren Spuren zu hinterlassen. Stunde um Stunde liefen sie meist schweigsam vor sich hin. Ab und an legten sie eine Pause ein und setzten sich auf die Gleise.

„Wenn wir zurück sind, brauche ich neue Schuhe!"

Mastif zeigte auf die sich auflösende Sohle und grinste. Leeroy's Schuhe sahen nicht besser aus.

„Hoffentlich halten die bis zur Basis! Mit solch kaputten Tretern fallen wir auf und das sollten wir vermeiden. Komm, ich will auf jeden Fall noch im Dunkeln in der Basis ankommen."

Beide standen wieder auf und liefen fast im Gleichschritt weiter. Gegen Morgen kamen die beiden unbehelligt in der Basis an und die Freude bei Sam und Sue war groß. Obwohl es gerade erst morgens war, holte Sam vier Bier aus dem Kühlschrank und die beiden Neuankömmlinge erzählten nun im Detail, was sie erlebt hatten.

„Wichtig ist, dass die Türen von außen nun wieder entriegelt sind. Vielleicht klappt es ja noch einmal mit einer Flucht durch den Tunnel!"

Sam strahlte wieder eine positive Euphorie mit seinen Worten aus und die drei stimmten ihm zu:

„Wir haben jetzt erstmal getan, was wir tun konnten, jetzt müssen wir abwarten.

Leeroy nickte die anderen zu und stand auf.

„Ich brauche jetzt eine Dusche und eine Mütze voll Schlaf. Bis später!"

Auch Mastif erhob sich, denn genau das hatte er auch im Sinn und so sagte er am frühen Morgen:

„Gute Nacht!"

Arrest (Part 4)

Luca machte einen Kontrollgang im Hof der Anlage. Er begegnete noch zwei weiteren Häschern der „ZM", die wie bei Robots so üblich wortlos an ihm vorbeigingen. Er hatte die Robots schon oft beobachtet und festgestellt, dass sie immer nach dem gleichen Schema ihren Dienst verrichteten. Wenn diese beide im Hauptgebäude verschwunden wären, würde genau eine Stunde niemand den Hof betreten. Genau diesen Umstand wollte Luca für die Flucht nutzen. Wie zufällig stand er vor dem Traforaum, der zuletzt von Brandon für die Flucht verwendet worden war. Man hatte die Stahltür, die zum Tunnel führt, mit einem neuen elektronischen Schloss versehen und auch von der Tunnelinnenseite aus verriegelt. Er öffnete das Elektronikschloss mittels seines implantierten Chips, er hatte alle Befugnisse in dieser als Militäranlage getarnten Haftanstalt, was ihm jetzt zu Gute kam. Vorsichtig zog er an der Tür und überraschenderweise öffnete sich diese ohne Probleme. Nun war Luca klar, dass seitens der Antarfari-Crew ebenfalls eine Flucht vorbereitet werden sollte. Er überlegte eine Weile, lehnte die Tür aber unverschlossen nur wieder an, dieser Umstand würde die Flucht vereinfachen.

Der eigentliche Plan war, mit den Insassen in seinem Jetcopter zu flüchten. Mit eingeschaltetem Radar wollte er Richtung Norden zur City 22 fliegen, dort hätte er den Radar abgeschaltet, um dann getarnt zurück nach Süden zur City Zwölf zu fliegen. Sein Jetcopter war stets für diese Flucht präpariert, jedoch war es ein kleines Problem, während des Hofgangs der Häftlinge, den Jetcopter aus dem Hangar zu fahren. Auch die aktuelle

Anwesenheit von Zandor störte ihn, dass konnte die ganze Flucht verhindern.

Aber nun eröffnete sich eine andere Lösung. Die Häftlinge der Antarfari-Crew konnten den Tunnel benutzen, derweil würde er den Jetcopter klar machen und die Crew am altbekannten Turnover-Point aufnehmen. Sein Plan nahm im Geiste immer mehr Gestalt an und Luca kam zu dem Schluss, dass nun fast nichts mehr schief gehen könnte. Er würde nun die Insassen besuchen und ihnen heimlich, ihre alte Kleidung zurückgeben. Mit den orangenen Häftlingsanzügen, würden sie in der angeblich freien Welt sofort auffallen.

Er verließ den Traforaum und verschloss diesen natürlich auch nicht. Den Robots würde das nicht auffallen, denn sie hatten nicht die Aufgabe, irgendwelche Räumlichkeiten zu kontrollieren. Sie waren da eher fürs Grobe zuständig. Auf dem Weg zum Hauptgebäude ging er noch einmal seinen neuen Fluchtplan durch. Er befand, dass es besser sei, die Kleidung der Insassen nicht zu ihnen zu bringen, sondern alles, inklusive der Rucksäcke im Traforaum zu deponieren. Das war noch unauffälliger und so nutzte er die Ruhephase, um schnell alles in den Traforaum zu schaffen. Vorher packte er noch Wasserflaschen und Energieriegel in die Rucksäcke, falls es beim Abholen der Crew am Turnover-Point zu ungeplanten Verzögerungen kommen sollte. Anschließend ging Luca in den Zellentrakt. Er schaute zuerst nach dem Neuankömmling im zweiten Trakt, der in einer Ecke auf dem Boden schlief. Luca betrachtete ihn kurz, sollte er auch ihn befreien? Sein Jetcopter wäre dann an der

Belastungsgrenze. Er ging zurück in den ersten Trakt und lief direkt zur einzigen belegten Zelle.

Ron stand mit Salem an der Zellentür und betrachtete ihn kritisch. Civer saß mit den anderen im hinteren Teil der Zelle und war gespannt darauf, was nun passierte.

„Morgen werden wir flüchten."

Leise sprach Luca zu den beiden Insassen und erklärte seinen Plan. Anscheinend waren Freunde von euch bereits hier und haben den Tunnel wieder geöffnet. Das machen wir uns zu Nutze."

Ron schaute erstaunt:

„Woher willst du das wissen?"

„Ich bin über den Turnover-Point in der Nähe geflogen und habe schlecht verwischte Spuren entdeckt. Daraufhin habe ich den Tunnel zum Traforaum überprüft, er ist von der anderen Seite entriegelt worden."

Ron nickte:

„Ok, das könnten sie gewesen sein, viele andere Möglichkeiten haben sie auch sonst nicht."

„Ich hole euch am Anfang der Ruhephase morgen zu einem Hofgang raus.", fuhr Luca fort und schaute sich kurz um, aber sie waren immer noch alleine im Zellentrakt.

„Was ist mit dem Neuzugang? Ist das auch einer von euch? Kennt ihr ihn?"

„Er gehört nicht zu uns, sondern zur „ZM“. Anscheinend war er aber nicht gut genug für euch!“

„Ok, dann bleibt er hier seinem Schicksal überlassen.“

Ron nickt grimmig, wohlwissend, dass er damit Reyko O´Haras Todesurteil in Kauf nahm.

„Also noch einmal von vorn. Ich hole euch am Anfang der Ruhephase morgen zu einem Hofgang raus, ihr geht in den Traforaum, die Tür ist unverschlossen. Dort findet ihr eure Kleidung und eure Rucksäcke. Ich habe vorsichtshalber Proviant hineingepackt. Ihr zieht euch um, versteckt die Overalls im Tunnel und verschließt die Tür von der Tunnelseite aus. So kann euch niemand folgen.“

Salem schaute Ron kritisch an:

„Ist da keiner vom Wachschutz der „ZM“ im Hof?“

Luca schüttelte den Kopf.

„Die gehen für eine Stunde in den Sleepmode, ich bin in dieser Zeit der einzige, der sich in der Basis bewegt. Außer der Gesandte; der könnte uns noch einen Strich durch die Rechnung machen, also etwas Glück werden wir brauchen.“

Ron hakte nach.

„Was ist mit dir? Und wie soll es dann weitergehen? Kommt ein Zug, um uns abzuholen?“

„Nein, kein Zug. Ich komme mit einem Jetcopter, nehme euch auf und wir fliegen dann nach Norden zur City 22. Dort manipuliere ich das Radar und wir fliegen getarnt zur City Zwölf. Dort müssen wir irgendwo den Jetcopter verstecken, da zähle ich auf euch."

Ron überlegt angestrengt, aber der Plan erschien ihm insgesamt plausibel, bis auf den Haken mit dem komischen alten Typen, dem Gesandten.

Luca schaute in die Zelle.

„Was ist mit Brandon und eurem Freund Wilson. Sind die inzwischen fit genug? Der Tunnel misst 400 Meter, das sollte für alle zu schaffen sein, oder?"

Salem schaute die beiden verletzten Crew-Member an, die Medikamente haben gut angeschlagen und beide zeigten mit dem Daumen nach oben. Luca reichte der Crew noch ein paar Kraftriegel und neue Medikamente und verabschiedete sich:

„Also bis morgen. Haltet euch bereit."

Leise wie er gekommen war verschwand Luca wieder aus dem Trakt und war gespannt, wie der morgige Tag verlaufen würde. Es musste einfach klappen, er war bestens vorbereitet. Bald legte er sich schlafen, wurde aber immer wieder wach. Zu viele Gedanken kreisten in seinem Kopf und immer wieder musste er an Zandor denken, er kam ihm unheimlich vor. War wirklich ein Gesandter der „ZM", oder war er sogar eine KI? Auf jeden Fall war er kein richtiger Mensch, zu viele Hinweise deuteten darauf, dass er diverse Implantationen hatte. Allein die Augen waren unheimlich und dass ein alter Mann so flink und sportlich war, kam ihm merkwürdig vor.

Flucht

Der neue Tag begann und die Zeit bis zur Ruhephase kam Luca vor wie eine Ewigkeit. Schließlich war es soweit, der Hof war leer und er holte die Crew aus der Zelle. Schnell trieb er sie in den Traforaum und verschloss ihn dann von außen. Danach ging er schnurstracks in den Hangar und fuhr den Jetcopter hinaus. Er überprüfte alle Instrumente und schaltete das Radar ein. Er schaute nach vorn und sah plötzlich Zandor direkt vor dem Jetcopter stehen. Lucas Herz krampfte sich zusammen; war er aufgeflogen?

Zandor zeigte auf die Tür und Luca öffnete diese widerwillig. Aber welche Wahl hatte er jetzt noch? Elegant schwang sich der alte Mann in den Jetcopter und sprach Luca freundlich aber bestimmt an:

„Schön, dass du mich auf deinen Ausflug mitnimmst, Luca. Ich möchte heute einen anderen Ort besuchen, den du vermutlich noch nie gesehen hast. Wir fliegen jetzt zur *City 35*.“

Luca lief der Schweiß den Rücken hinunter und von der Stirn tropften Schweißperlen.

„Ok, ok. Wenn, wenn es so sein soll. Aber ich, ähm, ich wollte eigentlich nur eine kleine Runde fliegen. Auf etwas Größeres bin ich nicht vorbereitet und ja, auch der Jetcopter müsste erstmal durchgecheckt werden. So, ja, eventuell können wir morgen zu dieser *City 35* fliegen?“

Luca wurde ziemlich nervös und er wusste, dass war in der augenblicklichen Situation gar nicht gut.

Zandor schaute ihn zornig mit sich drehenden Pupillen an.

„Die Drohne ist 100 prozentig einsatzbereit, ich habe bereits mit dem Bordcomputer kommuniziert. Was stammelst du da rum?"

Zandor schnallte sich an und seine Stimme wurde lauter:

„WIR FLIEGEN JETZT LUCA. SOFORT!"

Hastig und etwas ungeschickt schnallte sich Luca an. Was konnte er jetzt, in dieser schier ausweglosen Situation, noch anderes tun?

Er startete die Drohne und schaute kurz fragend zu Zandor. Der schien den Blick deuten zu können.

„Flieg in den Nordwesten, wir werden bei mittlerer Geschwindigkeit drei Stunden benötigen."

Luca schluckte, jetzt lief wirklich alles aus dem Ruder. Die Antarfari-Crew würde ohne ihn flüchten und wenn die „ZM" die Flucht entdeckt hatte, würde er dran glauben müssen. Niemand anderes als er, würde für schuldig befunden werden und das Urteil kannte er auch schon. Er startete den Jetcopter und hob langsam, wie befohlen, in Richtung Nordwesten ab. Er stellte im Bordcomputer eine Höhe von 3000 Metern und eine mittlere Geschwindigkeit von 400 km/h ein und schaltete dann auf Autopiloten. Zandor schaute zufrieden aus dem großen Cockpitfenster und Luca schnallte sich kurzentschlossen ab.

„Ich hole mir etwas zu trinken von hinten, wenn das gestattet ist."

Der Gesandte nickte desinteressiert und Luca ging an ihm vorbei und nahm sich wirklich ein Wasser aus der Kühlung. Seine Gedanken rasten, als so tat, als würde er in Ruhe trinken. Dann fasste er einen Entschluss, Alles oder Nichts. Jetzt würde es sich zeigen, ob er Erfolg haben würde. Er nahm leise den E-Taser und stellte die maximalste und tödlichste Stufe ein. Er ging leise von hinten auf den alten Mann zu und schickte sich an, ihm direkt in den Hinterkopf zu schießen. Plötzlich drehte sich Zandor um, ergriff mit einer unglaublichen Geschwindigkeit und einer brachialen Gewalt den Arm von Luca. Da Luca bereits den Abzug berührt hatte, löste sich ein gewaltiger Schuss. Der Gesandte wurde schwer getroffen, aber leider auch das Cockpit des Jetcopters, welches sofort Feuer fing. Laute Signale ertönten, viele Lämpchen blinkten warnend auf, dann fiel der Jetcopter wie ein Stein aus 3000 Metern Höhe senkrecht in die Tiefe. Luca stürzte sich auf seinen Pilotensitz und versuchte alles Mögliche um den Jetcopter wieder zu starten. Der Gesandte lag röchelnd neben ihm. Sekunden vergingen und Luca schrie sich die Seele aus dem Leib, bis der Jetcopter auf einen Felsen aufschlug und sofort in einem riesigen Feuerball explodierte. Der Fluchthelfer Luca und Zandor der Gesandte, hatten ihre letzte Reise angetreten.

Die Crew hatte es durch den Tunnel zum Turnover-Point geschafft. Sie sahen wie der schwarze Jetcopter aufstieg und wunderten sich, dass er in eine andere Richtung als abgesprochen flog. Was hatte das zu bedeuten? War bei Luca irgendetwas schiefgelaufen?

„Wir warten maximal 15 Minuten, dann marschieren wir von hier
weg.“

Ron übernahm das Kommando, Brandon bestätigte seine
Entscheidung:

„Wenn wir überhaupt so lange warten sollten.“

Er genoss die wiedergewonnene Freiheit, wie alle anderen Crew-
Member auch. Er schaute zu Wilson:

„Wirst du laufen können?“

Wilson zeigte wieder mit dem Daumen nach oben, als eine laute
Explosion die Stille der Wüste zerriss. Ein riesiger Feuerball
schoss in ein paar Kilometern Entfernung in den Himmel und die
Crew schaute sich erschrocken an.

„Damit hat sich unsere Wartezeit auf null Minuten verkürzt. Auf
geht's, ab nach Hause.“

Ron schaute erst grimmig in den Himmel und hob dann die
Hände.

„Das überlebt niemand, der kommt nicht mehr.“

Und so marschierten die Freunde hintereinander an den Gleisen
der Monorail-Bahn entlang in Richtung City Zwölf, wo ihre
Freunde schon sehnsüchtig in der Crew-Basis auf sie warteten.

Es war eine friedliche, heile Welt …

Nachtrag

Werte Leser, an dieser Stelle endet der zweite Band meiner Trilogie
2091 Deine Zukunft Die Fünfunddreißigste Stadt

Wie es weitergeht, erfahrt ihr dann in der Fortsetzung
2092 Deine Zukunft Die Zentrale Macht

Die Mitglieder der Antarfari-Crew werden weiteren Geheimnissen auf die Spur kommen. Der Kampf gegen die angebliche Zentrale Macht und die KI wird weitergehen.

Was plant die „ZM", um die Antarfari-Crew zu finden?
Was passiert mit Reyko O´Hara?
Kann die Crew die Zentrale Macht finden und letztendlich auch besiegen?
Kommt es 2092 endlich zu einem Showdown?

Liebe Leser,

ein Autor lebt von guten Rezensionen, ich würde mich über eine 5-Sterne-Bewertung und eine Weiterempfehlung sehr freuen!

Aber auch konstruktive Kritik und neue Ideen für die Story sind mir jederzeit sehr willkommen.

Kontaktiert mich auf Facebook oder schreibt mir gern eine Nachricht an:

Arden.rheer@yahoo.com

Bis bald,
Arden Rheer